マンアライヴ

G・K・チェスタトン

った日、ロンドンの下宿ビーコン・ハウスでは珍事が発生する。新参者のスミスという男が、下宿の管理人ダイアナの友人である女相続人ロザマンドの話相手《コンパニオン》メアリーに唐突に求婚し、その上友人を訪ねてきた流行医師ウォーナーに銃を向けて発砲したのだ。彼はしかも、メアリーを連れて馬車でその場から逃走をはかった。ビーコン・ハウスの面々はスミスの奇妙な行為を裁くため、私的法廷を開く。検察側に立った犯罪学者サイラス・ピムと、弁護に名乗りを上げた皮肉屋マイケル・ムーンは、スミスを告発する、あるいは擁護する様々な手紙に基づき、舌戦を繰り広げるが――巨匠幻の傑作長編、新訳にて登場。

マンアライヴ

G・K・チェスタトン
南條竹則訳

創元推理文庫

MANALIVE

by

G. K. Chesterton

1912

目次

マンアライヴ

第一部　イノセント・スミスの謎

第一章　ビーコン・ハウスに大風が吹いて来たこと

不合理な幸福の波のように風が西方の空高く吹き起こり、森の霜《しも》の降りた匂いと海の冷たい酔いを引き連れて、イングランドを東へ突き進んだ。風は無数の穴や片隅で人間を酒の大壜のように元気づけ、殴打のように驚かせた。樹の間にある入り組んだ家々のもっとも奥の部屋部屋で、風は家庭が爆発したように目醒め、教授の論文を床に撒《ま》き散らして、逃げてゆくその論文が貴重な物であるかのように思わせ、あるいは、『宝島』を読んでいた少年の蠟燭《ろうそく》を吹き消して、彼を吠えたける暗闇に残した。しかし、風は到る処《ところ》で劇的でない生活に劇を持ち込み、世界中で危機の喇叭《らっぱ》を吹き鳴らした。みすぼらしい裏庭にいる大勢の悩める母親が、洗濯紐に掛かった五つの矮《ち》小さいシャツを、何か小さい、胸の悪くなる悲劇を観るように見た。まるで五人の子供を吊るし首にしたようだった。風が吹いて来ると、シャツはあたかも五匹の肥った小鬼がとび込んだかのようにふくらんではためき、母親は抑圧された潜在意識の底で、妖精がまだ人間の家に住んでいた時代の、先祖たちの野卑な喜劇を半ば思い出していた。人に顧《かえり》みられない大勢の娘が、塀に囲まれたじめじめした庭で、テムズ川にでも飛び込むような自暴自棄な動作《しぐさ》をして、ハンモックの中に飛び込んだ。その風は波打つ樹々の壁を劈《つんざ》き、ハンモックを気球のように持ち上げ、遙《はる》か彼方の風変わりな雲の形と遙か下方の輝く村々の姿を見せて、まるで妖精の小舟に乗って天に浮かんでいるような心地にさせた。埃にまみれた大勢の事務員や聖職者が、望遠鏡を覗いて見たようなポプラ並木をトボトボと歩きながら、あのポプラの木々は霊柩車の羽飾りに似ているな、と百回目くらいに考えていた。その時、この目に見えぬ力が木々をつかまえて揺り動かし、花冠か天使の翼の挨拶のように、彼の頭にぶつけた。そこには例の諺《ことわざ》の風にもまして霊感に満ち、権威あるものがあった。これは誰にも害をもたらさない良い風であったから。*1

駆けゆく突風がロンドンを襲ったのは、ちょうど、この街がエディンバラさながら、段の上に段を重ねて絶壁のごとく北の高台を攀《よ》じ登って行く場所だった。ある詩人が、たぶん酔っ払っていたのだろう、空へ向かって登って行く街路《とおり》を見上げてびっくりし、(氷河と命綱をつけた登山家のことを漠然と思って)ここに「スイス山荘」という名をつけたが、以来、街はその名を完全に払拭《ふっしょく》したことがないのである。高台のある場所では、高い灰色の家々の並ぶ段——その家々は大部分空家《あきや》で、ほとんどグランピアン山脈*2のように寂しい——が西の端で湾曲しているため、突《と》っ端《ぱし》の建物である「ビーコン・ハウス」という下宿屋は高く狭い聳《そび》え立つ末端を夕陽に向かって忽然《こつぜん》と、無人の船の舳先《へさき》のように向けていた。だが、この船はまったく無人ではなかった。この下宿屋の所有者はデューク夫人といい、無力だが、宿命が戦を仕掛けても一向に効き目のない人々の一人だった。夫人はこれまで大不幸が起きる前も後も曖昧に微笑《わら》っていた。柔弱すぎて傷つけることができないのだ。しかし、頑張り屋の姪に助けられて（いや、むしろ、その指図を受けて）顧客の残り――主として、若いが物憂げな人々――をつねに保っていた。そして海が突き出した崖に押し寄せるごとく、大風が背後にある突《と》っ先《さき》の塔の基部にぶつかった時も、現《げん》に五人の下宿人が庭のあちこちに悄然《しょうぜん》と立っていたのである。

家々が立ち並んでロンドンを見下ろしているその丘は、一日中冷たい雲によって円屋根のように覆われ、密閉されていた。それでも三人の男と二人の若い娘は、灰色の肌寒い庭でも、真っ暗で陰気な屋内よりはまだ我慢できると思っていた。風が吹いて来ると天を二つに裂き、雲を左右に押し分けて、黄金色の夕空の大きな澄んだ炉を開けた。解き放たれた光と吹きつける空気がほとんど同時にどっと押し寄せたようで、とくに風はあらゆるものを、窒息するほどの激しさでとらえた。光り輝く短い芝生は櫛《くし》をかけた髪のように一方

＊1　「誰の得にもならない風は悪い風だ」という諺がある。
＊2　スコットランド中央部を横断する山脈。

に靡《なび》いた。庭の藪《やぶ》という藪が、頸輪《くびわ》で引かれる犬のように根元から引っ張られ、狩り立て皆殺しにしようとする自然力に従って、すべての葉をピンと跳ね上げた。時折、小枝がポキッと折れて、大弓から太矢が飛ぶように飛んだ。三人の男は身を硬張《こわば》らせ、風に対し斜めに立って、まるで壁に凭《もた》れているかのようだった。二人の婦人は家の中に姿を消した。いや、本当のことを言うと、家の中へ吹き込まれたのだ。かれらが着ている青と白の二つのフロックは、二つの大きな千切れた花が突風に舞っているようだった。しかも、こうした詩的な空想が場違いでなかったのは、雲が覆いかぶさる長い鉛《なまり》色の一日のあとで、こうして空気が吹き込んで来たことに、何か不思議とロマンティックなものがあったからだ。芝生も庭の木々も、妖精郷から来た火のように、善良だが不自然なもので光り輝いているようだった。まるで一日の終わりに奇妙な夜明けが訪れたかのようだった。

白い服を着た娘は、随分と素早く家にとび込んだ。落下傘ほどもある白い帽子を被っていて、それが彼女を夕暮の彩雲の中へふわりと飛ばしてしまいかねなかったからだ。彼女はその貧乏な下宿にいる（友人と一時滞在しているのだ）唯一の光であり、輝ける富であった。ささやかながら財産の相続人で、名をロザマンド・ハントといい、茶色の瞳で、丸顔だが、意志は強く、少し騒々《そうぞう》しかった。財産がある上に気立てが良くて容姿も悪くなかったが、まだ結婚していなかった。たぶん、まわりにいつも大勢の男がいたからだろう。ふしだらではなかった（とはいえ、俗っぽいと言う人間はいたかもしれない）が、奥手の若者には、人気者であると同時に高嶺《たかね》の花という印象を与えた。男はクレオパトラに恋したような、あるいは、楽屋口で大女優に会いたいと言っているような気がしたのだ。実際、ハント嬢には舞台衣装のスパンコールがまといついているようだった。彼女はギターとマンドリンを奏《ひ》き、いつも言葉当て《シャレード》遊びをしたがった。太陽と嵐によって空が大きく引き裂かれると、胸のうちに少女めいたメロドラマがふたたびふくらんで来るのを感じた。大気の凄まじい管弦楽につれて、長い間待っていたパントマイムの幕が上がるように、雲が上がったのだ。

妙なことに、青い服を着た娘も、庭に出現したこの黙示録的光景にまったく動かされなかったわけではなかった。とはいえ、ごく散文的で実際的な人間である彼女は、ほかでもない、彼の滅《か》びの館をたった一人の力で支えている頑張り屋の姫だった。しかし、疾風が青と白のスカートを揺さぶり、ふくらませて、スカートがヴィクトリア朝のクリノリン[*3]の途方もない輪郭を取った時、彼女の心にほとんど物語《ロマンス》と言っても良い、忘れられた記憶が蘇った——幼い頃、叔母の家で見た埃だらけの『パンチ』[*4]の記憶だ。クリノリンの張り骨《フープ》

＊3　十九世紀中頃、クリノリンと呼ばれる、馬の毛などで織った硬い布を鯨骨や鋼鉄でできた張り骨《フープ》で膨らませるスカートが流行した。ここでいうクリノリンはそのスカートの意。

とクローケーの門《フープ》の絵と何か可愛らしい物語で、張り骨だの門だのは、たぶんその話の一部だったのだろう。彼女の頭に浮かんだ、この半ば鼻腔に感じられる芳香はすぐに消え、ダイアナ・デュークは連れよりもさらに素早く家に入った。背が高く、すらりとして、鉤《かぎ》鼻《ばな》で黒髪の彼女は、そうした速い身動きのためにつくられているようだった。身体に関していえば、グレイハウンドや、鷺《さぎ》や、無害な蛇のように、細長くて俊敏な鳥獣の仲間だった。家全体が、鋼鉄の棒を軸にして回るように、彼女を中心に回っていた。彼女が指図していたと言うのは間違いだろう。彼女は有能だがひどくせっかちなので、他人が自分の言うことを聞くより先に、自分自身の言うことを聞いたからだ。電気工が呼鈴《よびりん》を修理したり錠前屋が扉を開けたりするより前に、歯医者が歯を抜いたり、執事がきついコルクの栓を抜いたりするより前に、彼女の細い手は無言の激しさで仕事を片づけてしまうのだった。彼女は身軽だったが、その身軽さに跳びはねるようなところはなかった。彼女は地面を蹴り、しかも蹴るつもりで蹴ったのだ。人は無器量な女の悲哀や失敗の話をするが、美しい女が女であることを除くすべてのことに成功するのは、それよりももっと恐ろしい。

「この風、頭が吹き飛ぶほどね」白い服を着た娘は姿見《すがたみ》に寄りながら、言った。

青い服を着た娘は返事をせず、庭いじり用の手袋を外して、それから食器棚のところへ行き、午後のお茶のためにテーブルクロスを敷きはじめた。

「頭が吹き飛ぶわね、本当に」ロザマンド・ハント嬢は、歌をうたい演説をすれば、必ずアンコールを求められる人間の落ち着いた朗《ほが》らかさで言った。

「帽子が飛ぶだけだと思うわ」とダイアナ・デュークが言った。「でも、時にはその方が大事《おおごと》かもしれないわね」

ロザマンドの顔は一瞬甘やかされた子供の腹立ちを示し、それから、しごく健康な人間の気分を示した。「ええ、あなたの頭を吹き飛ばすには大風でなければ駄目ね」

ふたたび沈黙があり、雲の切れ目から夕陽がしだいに強く射して、部屋を柔らかな焔に満たし、黒ずんだ壁をルビー色と黄金《きん》色に染めた。

「前に誰かが言ったわ」とロザマンド・ハントは言った。「心を失《な》くした時の方が、頭を保っていやすいって」

「まあ、そんなくだらない話をしないで」ダイアナは無作法な鋭さで言った。

外の庭は黄金色の輝きをまとっていたが、風は今も激しく吹き、自分の地歩を守っていた三人の男も、帽子と頭の問題を考えたかも知れない。実際、帽子に触っているかれらの姿勢は、いささか各々の特徴をあらわしていた。三人のうちで一番背の高い男は高いシルクハットを被って突風に耐え、風はもう一つの陰気な塔、彼の背後にある家に向かってゆくように、その帽子に向かって突撃するが、無駄なようだった。二番目の男は硬い麦藁《むぎわら》帽

＊4　一八四二年発刊の英国の週刊誌。

子をあらゆる角度で押さえようとしたが、結局、手に抱えた。三番目の男は帽子を被らず、その様子からすると、生まれてから一度も被ったことがないようだった。たぶん、この風は人を試みる一種の妖精の杖だったのだろう。この違いには、三人の人となりが良く露《あら》われていたからである。

堅牢なシルクハットを被っている男は、絹の如き柔和さと堅牢さの権化《ごんげ》だった。大柄で、慇懃《いんぎん》で、退屈しており、（ある者が言うには）退屈な男で、まっすぐな金髪の髪を生やし、ととのった重々しい顔立ちをしていた。若い流行《はや》りの医者で、名をウォーナーといった。だが、彼の金髪と慇懃さが最初のうちは少し愚鈍に見えたとしても、馬鹿でなかったことはたしかである。その家で金をたくさん持っているのがロザマンド・ハント一人だったとすれば、彼は今のところ名声というものをつかんだ唯一の人間だった。「最下等生物に於ける苦痛の蓋然《がいぜん》的存在の可能性」に関する彼の論文は、堅実かつ大胆なものとして、学界からあまねく称讃された。手短に言うと、彼には疑いなく頭脳《あたま》があり、たいていの人間が火掻き棒で分析したいと思うような頭脳だったとしても、それは彼の罪ではなかった。

帽子を脱いだり被ったりした青年は、ちょっとした素人《しろうと》の科学好きで、偉大なウォーナーを若者らしく気真面目に崇拝していた。じつをいうと、高名な医師がそこにいるのは彼に招かれたからだった。ウォーナーはこんなおんぼろな下宿屋ではなく、流行りの医師にふさわしいハーリー街の豪邸に住んでいたからである。この青年は本当に三人のうちで一番若く、一番美貌だった。しかし、男にも女にもいる、美貌だが軽んじられる運命を負っている人間のようだった。鳶色《とび》の髪で、桜色の顔をした羞恥《はにか》み屋の彼は、風に立ち向かって頬を赤らめたり目を瞬《しばたた》いたりしていると、いわば茶色と赤のぼかしがかかり、顔立ちの繊細さを失うようだった。彼は明らかに目立たない人間の一人だった。アーサー・イングルウッドといい、独身者《ひとりもの》で、品行方正で、間違いなく知性があり、ささやかな自分の金で暮らし、写真と自転車乗りという二つの趣味に耽《ふけ》っているのを誰もが知っている。誰もが彼を知っていて、彼を忘れた。ぎらぎらする黄金色の夕陽を浴びてそこに立っている時でさえも、何か彼自身が撮《と》った赤茶色の素人写真のように、ぼやけたものが彼のまわりにあった。

三番目の男は帽子を持っていなかった。痩せていて、薄手の、どことなくスポーツ着のような服をまとい、大きなパイプを咥《くわ》えているため、いっそう痩せて見えた。細長い皮肉屋めいた顔をし、髪の毛は青黒く、アイルランド人の青い眼と、役者のような髭剃り跡の青々した顎《あご》を持っていた。アイルランド人だが役者ではなく――ハント嬢が言葉当て遊《シャレード》びをした昔はべつだが――実際はマイケル・ムーンという無名の軽薄なジャーナリストだった。法曹界《バー》に入るための勉強をしているとかつては漠然と考えられていたが、（ウォーナーなら彼一流のぎこちない洒落《しゃれ》で言うだろうが）友人たちが彼を見つけたのは、おおむねべつの種類の酒場《バー》に於いてであった。しかし、ムーンは酒を飲まなかったし、酔っ払うことさえあまりなく、下等な仲間といるのが好きな紳士であるにすぎなかった。一つには、そういう仲間連れの方が社交界よりも静かだからであり、彼が酒場女と話すのを（明らかに）楽しんだのは、酒場女が一人でしゃべってくれたことが主たる理由だった。その上、彼はしばしばもう一人の才能ある人物を連れて来て、彼女を助けた。彼はこういうタイプの人間、知的で野心のない人間が誰しも持つ奇妙な癖――精神的に自分より劣る者と歩きまわる癖を持っていた。同じ下宿屋にモーゼス・グールドという小柄で陽気なユダヤ人がいたが、マイケルには、この男の黒人に似た活力と俗っぽさが面白くてならなかったので、芸をする猿の飼主のように、酒場から酒場へ連れ歩いた。

風が曇り空にあけた巨大な晴れ間はますます澄み渡って、天に部屋の中の部屋が扉を開けたようだった。人はとうとう光よりも明るいものを見つけられそうな気がした。この沈黙の輝きが満ちわたる中では、あらゆるものが色彩を取り戻した。灰色の木の幹は銀色に、くすんだ茶色の砂利《じゃり》は黄金色になった。一羽の鳥が枝から落ちた木の葉のように、木から木へひらひらと飛び、その茶色の羽根は焔でブラシをかけたようだった。

「イングルウッド」マイケル・ムーンは青い眼を鳥に向けて、言った。「君には友達がいるかい？」

ウォーナー博士は自分に話しかけられたのかと思って、幅の広い、にこやかな顔をこちらに向けて言った――

「いるとも、私は始終出かけているよ」

マイケル・ムーンは悲しげに笑って、本当に尋ねたかった相手の返事を待った。相手は少し経ってから、あの鳶色の、薄汚れてさえいる外面《そとづら》から出て来るにしては奇妙に冷静でさわやかな若々しい声で言った。

「本当のところ」とイングルウッドは答えた。「古い友達とは大分御無沙汰になったようだ。僕の一番の友達は学校仲間で、スミスという奴だった。君がその話をするとは奇態《きたい》だな。もう七、八年会わないのに、今日、彼のことを考えていたんだ。学校じゃ彼も僕と同じで科学が好きだった——変人だが頭の良い奴で、僕がドイツへ行った時、彼はオックスフォードへ上がった。じつは、ちょっと悲しい話なんだ。僕は何度も遊びに来いと誘ったが、音沙汰がないので、調べてみたんだがね。気の毒にスミスは頭がおかしくなったことを知って、ショックだった。もちろん、人の話は少し曖昧で、回復したと言う者もいたが、こんな場合は必ずそう言うものだからね。一年ほど前に僕自身、彼からの電報を受け取った。残念ながら、その電報を見て疑いの余地はなくなったよ」

「そうだね」ウォーナー博士は無感動に同意した。「一般に狂気は治らんからね」

「正気だって同じことさ」アイルランド人はそう言うと、寂しげな目で博士をじっと見た。

「狂気の兆候かな？」と医師はたずねた。「電報に何と書いてあったんだね？」

「こういうことを茶化すのは良くない」イングルウッドが誠実な、困ったような言い方で言った。「あの電報を打たせたのはスミスの病気で、スミス自身ではないからね。文面は『生きて二本の脚を持つ《アライヴ・ウイズ・トゥー・レッグズ》男見つかる』だった」

「生きて二本の脚を持つ」マイケルは眉をひそめて繰り返した。「もしかすると、〝生きて《アライヴ・》ピンピンしている《アンド・キッキング》*5〟の変形かな？　正気を失くした人間のことは良く知らないが、足を蹴って《キッキング》いるに違いない」

「それなら正気の人間は？」ウォーナーが微笑《わら》って、訊いた。

「ああ、蹴とばしてやるべきなのさ」マイケルは急にむきになって言った。

「その文面は明らかに異常だね」動じないウォーナーは話をつづけた。「正常かどうかを試す最善の方法は、未発達だが正常なタイプと較べてみることだ。たとえ赤ん坊でも、人間に脚が三本あるとは思わない」

「脚が三本あったら」とマイケル・ムーンが言った。「この風の中ではしごく便利だろうな」

　実際、大気の新たな噴出が起こって、三人は倒れそうになり、庭の黒ずんだ樹々がへし折れた。彼方では、風に洗い流された空をさまざまな物が流れているのが見えた——藁、棒、襤褸《ぼろ》切れ、紙、そして遠くの方に消えてゆく帽子が。しかし、その帽子は消えてそれっきりではなかった。数分経つとまた見えたが、前よりもずっと大きく、近く、白いパナマ帽のようで、気球のように高々と空へ昇り、一瞬、傷ついた凧《たこ》のようにフラついたと思うと、一同のいる芝生の真ん中へ落葉のようにひらひらと舞い降りた。

「誰か立派な帽子を失くしたな」ウォーナー博士が素っ気なく言った。

言いも終わらぬうちに、もう一つの物体がはためくパナマ帽のあとから、庭塀ごしに飛び込んで来た。大きな緑の蝙蝠傘だ。それから巨大な黄色い旅行鞄が放り込まれ、それから、ちょうどマン島の紋章にあるような、クルクルと回転して飛んで行く脚に似た姿がやって来た。

そいつにはほんの一瞬、脚が五、六本あるように見えたけれども、風変わりな電報にあった男のように二本脚で着地した。派手な緑の晴着を着た、大柄な、薄い色の髪をした男だった。風が輝く金髪をドイツ人のようにうしろに撫でつけ、赫らんだ真面目な顔は智天使《ケルブ》のようで、先のとがった高い鼻は少し犬の鼻に似ていた。しかしながら、彼の頭はけして身体がないという意味で智天使に似ているのではなかった。[＊6] それどころか、巨大な両肩と全体に巨人めいた胴体の上にのっている彼の頭は妙に、不自然に小さく見えた。このことから、彼は白痴だという科学的理論（彼の行動がそれを十分裏づけていた）が生まれたのだ。

＊5　原語「alive and kicking」は成句。
＊6　普通絵画などに描かれる智天使は頭のみで、そこに翼が生えている。

イングルウッドには本能的だがぎこちない礼儀正しさがあった。彼の人生は、人を助けようとして途中でやめる仕草に満ちていた。輝く緑のバッタのように塀を跳び越えて来た、この緑衣の驚嘆すべき巨漢ですらも、失くした帽子に関して、彼の習慣であるささやかな善意を麻痺させることはなかった。彼は緑衣の紳士の被《かぶ》り物を拾ってやろうとして進み出たが、その時、雄牛のような唸《うな》り声を聞いて身を硬張らせた。

「反則はいけない！」と大男は怒鳴った。「公平にやらせてくれ！」彼は燃える眼で、素早く、だが慎重に自分の帽子を追いかけた。帽子は初め日射しを受けた芝生の上でいかにも倦怠《けだる》そうにうなだれ、ぐずぐずしているようだったが、風がまた吹き出すと、パ・ド・カトル[*7]さながらの動きで、庭を踊りながら転がって行った。奇人はカンガルーのように跳ねてそのあとを追い、息を切らしてどっとしゃべり出したが、その言葉の筋道を追うのは必ずしも容易でなかった。「フェアプレイ、フェアプレイ……王侯のスポーツ……王冠を追う……まったく人間的な……アルプス下ろしの北風……枢機卿たちは赤い帽子を追う……昔のイングランドの狩り……ブランバー・クームで帽子を狩り出した……追いつめられた帽子……ズタズタにされた猟犬……つかまえたぞ！」

風が吹きつのって唸り声が金切り声に変わった時、彼は嘘のように強靭な脚で空へ跳び上がり、消えようとする帽子につかみかかって取り逃し、草の上へ真っ逆様に落ちて、大の字になった。帽子は勝ち誇る鳥のごとく、彼の上へ舞い上がった。だが、勝ち誇るのはまだ早かった。狂人は地面に両手を突いて前へ飛び出し、靴をうしろへ放り出して、二本の脚を何か象徴的な旗のごとく宙に振り（三人はそれで、また電報のことを思い出した）、まさしく両足で帽子をつかまえたのだ。長く引き伸ばされた鋭い風の叫びが、大空を端から端まで裂いた。男たち全員の目が見えざる突風に昏《くら》まされた――まるで奇妙な、澄んだ、透きとおった物質の大瀑布《だいばくふ》が、かれらとまわりの物との間を駆け抜けて行ったように。だが、大柄な男がのけぞって坐った格好になり、帽子を冠のように被っている間、マイケルは自分が決闘を見守る人間のように息を詰めていたことに気づいて、信じられぬという驚きにかられた。

強風が天を摩《ま》する勢いの極みに達した時、もう一つの短い叫び声が聞こえて来た。それはじつに愚痴っぽい調子で始まったが、たちまち突然の沈黙に呑み込まれて終わった。ウォーナー博士の堅苦しい帽子のつや光《びか》る黒い円筒が、飛行船の長い滑らかな放物線を描いて彼の頭から飛び上がり、庭樹の梢《こずえ》に乗りそうになって、一番上の枝に引っかかった。帽子がまた飛んで行ったのだ。その庭にいた者は慣れない出来事の渦に巻き込まれているような気がした。次に何が吹き飛ばされるか、誰にもわからないようだった。じっくり考えることもできないうちに、猟犬に呼びかけるような歓声を上げている帽子狩人はすでに木

＊7　四人で踊るダンス。

を半分登り、強靭な、曲がった、バッタのような脚で、木の股から股へブランコのように飛び移り、それでも息を切らしながら謎めいた言葉を発していた。

「生命の樹……ユグドラシル……たぶん何百年も登る……帽子に梟《ふくろう》が巣をつくる……梟の遠い子孫……動かない王位簒奪者たち……天に上った……月の中の男が被る……山賊め……おまえのじゃないぞ……鬱《ふさ》ぎ込んだお医者のものだ……庭にいる……そいつを放せ……そいつを放せ！」

その木は唸りを上げる風の中で薊《あざみ》のように揺れ動き、打ち叩かれて左右に揺れ、まともに射す陽光の中で大篝火《おおかがりび》のように燃え上がった。緑の幻想的な人間の姿は秋の赤と金色を背にして鮮やかに浮き上がり、すでに一番上の、狂ったように騒いでいる枝々の中にいた。枝が彼の体重で折れなかったのはまったく幸運だった。彼はその高いところで、上下に揺れる最後の葉と最初に瞬《またた》く夕《ゆうべ》の星々との間で、今も陽気に、筋道を立てて、半ば言訳するように、息を切らしながら独り言を言っていた。息が切れるのも当然だった。彼の途方もない襲撃は一気呵成《いっきかせい》に行われたのだから。彼は一度フットボールのように塀にぶつかって弾《はず》みをつけ、庭を滑走するようにサッと通って、打ち上げ花火のごとく木に登った。他の三人の男は次から次へ起こる出来事に埋《うず》もれてしまったようだった——一つの事が終わらないうちにべつの事が始まる滅茶苦茶な世界。三人とも一つのことを初めて考えた。その木はかれらがこの下宿屋を知ってからの五年間、ずっとそこに生えていた。三人はみな活発で強健だったが、誰もその木に登ろうと考えもしなかったのだ。それに、イングルウッドは単なる色彩の事実を初めて感じた。輝く生き生きした木の葉と物寂しい青空、荒々しく動く緑の腕と脚は、理屈に合わないが、なぜか彼の幼い頃に輝いていたもの、黄金色の樹に登った派手な服装の男に似たものを思い出させた。それは枝にいる猿の絵にすぎなかったのかもしれない。妙なことに、マイケル・ムーンは彼より剽軽者《ひょうきんもの》だけれども、もっと優しい気分にかられて、ロザマンドと一緒にいた老若《ろうにゃく》の舞台俳優を思い出し、自分もシェイクスピアを引用しそうになっていることに気づいて、愉快になった――

「勇気はといえば、愛はヘスペリデスの園の木をいつも登っているヘラクレスではありませんか？*8」

物に動じぬ科学者でさえ、〝タイム・マシン〟がいきなり動いてガタガタ走り出したような、明るい、まごついた感覚をおぼえた。

しかし、彼も次に起こったことには心の用意が出来ていなかった。緑の服を着た男は危なっかしい箒《ほうき》に乗った魔女のごとく脆《もろ》い天辺の枝に跨《また》がり、手を伸ばして黒い帽子を高い小

＊8　「恋の骨折り損」第四幕三場。

枝の巣からもぎ取った。帽子は最初に飛んで行った時、太い大枝にぶつかってひしゃげ、そのあと、もつれ合った枝々があらゆる方向から傷をつけ、引っ掻いた上、風と葉叢《はむら》がピシャッと叩いて、手風琴《コンチエルティーナ》のようにぺしゃんこにした。それに鋭い鼻をした親切な紳士は、最後に帽子を引っかかっている場所から取り外した時、その構造に然るべき優しさを示したとは言い難い。しかし、彼が帽子を見つけた時にしたことを、ある者は奇異と見なした。彼は高らかに勝利の雄叫《おたけ》びを上げて帽子を振ると、たちまち木から後ろ向きに落ちたように見えたが、じつは、尻尾でぶら下がる猿のように、長い強靭な脚で木にくっついたままだった。そうして、無帽のウォーナーの上に頭を下にしてぶら下がりながら、つぶれた絹の円筒をウォーナーの額に厳かに落とそうとした。「すべての人間が国王なり」とさかさまになった哲学者は説明した。「(従って)すべての帽子は王冠なり。しかし、これは天から来た王冠だ」

彼はそう言ってウォーナーの戴冠を試みたが、ウォーナーは宙に浮いている王冠から唐突に身を離した。奇妙なことだが、現在《いま》の姿となり果てた以前の飾りが欲しくないようだった。

「駄目だ。駄目だ！」と親切な人物は陽気に叫んだ。「つねに制服をまといたまえ、たとえ着古した制服でも！　儀式主義者はつねにだらしのない格好をしていても許される。シャツの胸に煤《すす》をつけて舞踏会へ行っても良いが、シャツは着て行きたまえ。猟師は古い上着を着るが、古くてもピンクの上着だ。山高帽《トッパー》を被りたまえ――たとえ頭の天辺《トップ》がなくとも。肝腎なのは象徴なんだよ、大将。帽子を取りたまえ。何と言っても、君の帽子なんだから。けばが樹の皮に擦《こす》り取られているし、鍔《つば》も全然反《そ》り返っていないが、昔のよしみで、そいつはやっぱり世界一洒落《しゃれ》たシルクハットなんだ」

そう言うと、彼は荒々しい気持ちの良さで、よれよれになったシルクハットを困惑した医師の顔の上に置くか叩きつけるかした。そして依然しゃべりながら、ニコニコし、息を切らして、ほかの男たちの間に両足で降り立った。

「人はどうしてもっと風で遊ばないんだろう？」彼は興奮して言った。「凧上げも良いが、どうして凧上げだけなのかな？　僕はあの木に登っている間に、風の強い日の遊びをほかに三つ思いついた。その一つはこうだ。胡椒《こしょう》をたくさん持って――」

「僕の思うに」ムーンがせせら笑うような、穏やかな調子で口を挟んだ。「あなたの遊びはすでに十分面白いですよ。お訊ねしますが、あなたは巡業中の本職の曲芸師なんですか？　それとも、サニー・ジム[*9]の旅回りの広告なんですか？　憂鬱だが、少なくとも理性

＊9　一九〇二年に売り出されたアメリカの「FORCE」というシリアルの箱に描かれたキャラクター。ジムという鬱屈した若者がシリアルを食べて元気活発になり、「Sunny Jim」（明るいジム）と呼ばれるという設定である。

のあるこの郊外で塀を跳び越えたり木に登ったりするために、これだけの力をお見せになるのはどうしてなんです?」

見知らぬ男は、地声の大きい人間に可能な限り声をひそめたようだった。

「じつは、僕の癖なんですよ」と彼は率直に告白した。「僕は二本の脚を持つことによって、これをやるんです」

この馬鹿げた場面のうしろに引っ込んでいたアーサー・イングルウッドはハッとして、近眼の目を細め、桜色の顔をさらに少し赤くして、新来者をまじまじと見つめた。

「何だい、君はスミスじゃないか」彼はさわやかな少年のような声で叫び、それから一瞬相手を見つめたあとで、「でも、ほんとにそうかな」

「僕は名刺を持っていると思う」未知の男は不可解な厳かさで言った――「僕の本当の名前と肩書、仕事場、この地上に於ける真の目的が書いてある名刺だ」

彼はチョッキの上のポケットからおもむろに緋色《ひいろ》の名刺入れを取り出し、やはりおもむろに大判の名刺を出した。それを出した瞬間、普通の紳士の名刺と異なる風変わりな形をしているとほかの男たちは思った。だが、名刺はほんの一瞬しかそこになかった。彼の指からアーサーの指へ渡された時、どちらかが手を滑らしたのだ。甲高い音を立てて庭を吹く突風が見知らぬ男の名刺を運び去り、宇宙をさすらう紙屑の仲間入りをさせた。その強い西風は家中を揺らして、通り過ぎた。

第二章　楽天家の手荷物

大きな動物が小さな動物と同じ比率で跳び上がれるという仮定で遊んだ、幼い頃の科学の御伽話《おとぎばなし》を我々はみな憶えている。もしも象がバッタと同じくらい強靭だったら、（たぶん）動物園からぴょんと跳び出し、喇叭のような声で鳴きながらプリムローズ・ヒル*1に着地することができるだろう。もしも鯨が海から鱒《ます》のように跳びはねることができたら、きっと人は空を見上げて、鯨が空飛ぶラピュタ島のように、ヤーマス*2の上に舞い上がるのを見られるだろう。そのような自然の力は崇高ではあってもさぞや不都合だろうが、その不都合さの多くが、緑の服を着た男の朗らかさと善意に伴っていた。彼は何をするにも大きすぎた——大きいだけでなく活発である故に。幸運なる物理的規定によって、非常に強固な生物はたいてい落ち着いている。そしてロンドンの場末にある中級の下宿屋は、雄牛のように大きくて子猫のように興奮しやすい男向きに建てられてはいなかった。

＊1　ロンドン、カムデン区にある丘。ロンドン動物園から近い。
＊2　イングランド東部、ノーフォーク州にある海沿いの街。

イングルウッドがこの男のあとから下宿屋に入ると、男は無力なデューク夫人に向かって真剣に（そして本人の考えでは、内密に）話していた。気の弱い肥った婦人は、新来の途方もなく大柄な紳士に向かって、死にかけた魚のように目をギョロつかせることしかできなかった。その紳士は片手に鍔広《つばびろ》の白い帽子を持ち、もう一方の手に黄色い旅行鞄を持って、大袈裟《おおげさ》な身振り手振りを交え、部屋を借りたいと丁重に申し出た。幸いデューク夫人の有能な姪である共同経営者がそこにいて、契約を完了させた。じつは、家中の人間がなぜかその部屋に集まっていたのである。まさしく、この事実はこの逸話全体を象徴していた。訪問者は喜劇の山場といった雰囲気を醸し出し、この家に入って来てからそこを去る時まで、人々はどういうわけか彼のまわりに集まり、（嘲笑いながらも）跟《つ》いて行きさえしたのである――まるで子供たちが集まって、「パンチとジュディー」の人形芝居について行くようだった。一時間前、そしてその前の四年間、この家の人間はお互いが本当に好きな時でさえ、お互いを避けていた。新聞だの、針仕事の道具だのを捜して、誰もいない陰気な部屋部屋をそっと出入りしていた。今でさえ、それぞれ関心が異なるかのようにさりげなくやって来たが、それでも全員来たのだった。もじもじしたイングルウッドがやはり一種の赤い影となってそこにおり、物に怖《お》じぬウォーナーが青ざめた、しかし、堅固な物体としてそこにいた。そこにはマイケル・ムーンが、競馬狂いの人間のように粗野な服装と陰鬱で利口な顔つきの対照を謎のごとく示していた。今、ムーンのところへ彼よりもっと喜劇的な仲間、モーゼス・グールドがやって来た。羽振りの良さそうな紫のネクタイを締め、短い脚で威張って歩くこの男は、神を信じぬチビ犬のうちでももっとも陽気な男だったが、この点でも犬に似ていた――どんなに喜んで踊ったり尻尾を振ったりしても、突き出した鼻の両側についている二つの黒い眼は、黒いボタンのように陰気に光っていたことである。そこにはロザマンド・ハント嬢がいて、今も立派な白い帽子が四角い朗らかな顔を縁取り、けして終わらぬパーティーのために着飾っているような持前の雰囲気をまとっていた。ムーン氏と同じように彼女にも新しい連れがいた――この物語の中では新顔だが、実際には古い友達で、ロザマンドの保護を受けていた。鼠色の服をまとったほっそりした若い女で、くすんだ赤い色の豊かな髪の毛がなければ、けして目立つ方ではなかった。その髪形はなぜか彼女の青白い顔に、エリザベス朝の美人たちの髪の結い方と深い華美な襞襟《ひだえり》が与える三角形の、尖っていると言っても良い外観を与えていた。彼女の姓はグレイというらしく、ハント嬢はメアリーと呼んだ――事実上友達となった寄食者《かかりうど》に使われる、何とも形容し難《がた》い声の調子で。彼女はまるで事務服のような灰色の服の上に小さな銀の十字架を掛けており、ここにいる面々のうちで教会へ行く唯一の人間だった。さて、最後にそこにはダイアナ・デュークがおり、新参者を鋼鉄の眼で観察し、彼の言う馬鹿馬鹿しい言葉を一言一句注意して聴いていた。デューク夫人は彼に向かって微笑んでいたが、その話を聴こうなどとは考えもしなかった。夫人は生まれてからこの方、誰の話もちゃんと聴いたことがなく、おかげで長生きしたのだと言う者もあった。

それでも、デューク夫人は新しい下宿人がもっぱら自分に礼儀正しくするのが嬉しかった。彼女が他人《ひと》の言うことを真面目に聴かなかったように、誰も彼女に向かって真面目に物を言わなかったからだ。見知らぬ男が巨大な帽子と鞄を持ち、つむじ風が渦を巻くように大袈裟な説明の仕草をして、正面の扉からではなく塀から入って来たことを詫《わ》びている間、夫人はほとんどにこやかに笑っていた。彼は自分の振舞いを、身だしなみの良さと服装への注意を重んずる不幸な家風のせいにしているらしかった。

「本当のところ、僕の母はそのことに少しやかましかったんです」彼は声をひそめてデューク夫人に言った。「母は僕が学校で帽子を失くすのをいつも嫌がりました。人間は身だしなみ良く綺麗にするように躾《しつけ》られると、それが習い性《しょう》になるんです」

良いお母様をお持ちでしたのね、とデューク夫人は弱々しい声で言ったが、姪はその件をもっと追究したいようだった。

「あなたは身綺麗さに関して、おかしな考えをお持ちですわね」と彼女は言った。「それが庭の塀を飛び越えて、庭の木に攀《よ》じ登ることなのでしたら。人間は身だしなみ良く木に登ることなんかできません」

「塀を綺麗に跳び越すことならできますよ」とマイケル・ムーンが言った。「僕は彼がそうするのを見ました」

スミスは心底びっくりして娘を見つめているようだった。「お嬢さん」と彼は言った。「僕は木を綺麗にしていたんですよ。去年の帽子が引っかかっているのは、去年の枯葉があるのと同様、お厭《いや》でしょう？　木の葉は風が持って行きますが、あの帽子は持って行けませんよ。あの風は今日、森をすっかり身綺麗にしたようですね。こいつはおかしな考えですが、身綺麗さというのは臆病な、静かな種類のものです。そう、身綺麗さは巨人にとって骨の折れる仕事なんです。人は自分を身綺麗でなくしなければ、何も綺麗にすることはできません。僕のズボンをごらんなさい。おわかりじゃありませんか？　春の大掃除をしたことがないんですか？」

「ございますとも」デューク夫人はほとんどむきになって言った。「そういうことはみんな、ちゃんとしておりますわよ」彼女は初めて理解できる単語を聞いたのだった。

ダイアナ・デューク嬢はあれこれ計算しながら見知らぬ男を観察しているようだったが、やがてその黒い眼に決意が浮かび、お気に召せば最上階の寝室を使っても良い、と言った。感じやすいイングルウッドは、こうしたやりとりの間無言でやきもきしていたが、部屋へ案内しましょうと熱心に申し出た。スミスは階段をいちどきに四段上がり、彼が一番上の天井に頭をぶつけた時、イングルウッドはこの背の高い家が前よりずっと低くなったような奇妙な感覚をおぼえた。

アーサー・イングルウッドは旧友――あるいは新しい友だろうか。どちらかはっきりしなかったから——のあとについて行った。男の顔は、昔の学校友達そっくりに見える時もあれば、全然似ていないように見える時もあった。イングルウッドが持前の礼儀正しさをかなぐり捨てて、「あなたの名前はスミスですか?」といきなり言った時も、要領を得ない返事を受けとっただけだった。「そう、そう。じつに良い。素晴らしい!」それは大人が自分の名前を認めるというより、新生児が名前をもらって受け入れる時の言葉のようだとイングルウッドは思った。

彼が何者かについてこうした疑いはあったものの、不運なイングルウッドは相手が荷解《にほど》きするのを見ながら、男友達がする勿体《もったい》ぶった態度を色々と示して、彼の寝室に突っ立っていた。スミス氏は木に登った時と同種のつむじ風のような正確さで荷を解いた——鞄の中の物をまるで塵芥《ごみ》のように投げ出していたが、それらはまわりの床の上にごく整然と並んだ。

その間も、彼は例の喘《あえ》ぐようなしゃべり方で話しつづけ(一度に四段ずつ階段を上がって来たが、そうでなくても、彼の話し方は息を切らしているようで、訥々《とつとつ》としていた)、その話はやはり大なり小なり意味のある、しかし、しばしば独立した絵を継ぎ合わせたものだった。

「審判《さばき》の日のようだ」彼は一本の壜を投げ出し、その壜は何とか床に落ち着いて、底の方を下にして揺れていた。「人々は、広大な宇宙……無限だの天文学だのと言う。確かにじゃないが……僕の思うに、物はあんまり近づきすぎている……詰め込んである。旅行用に……星と星がほんとに近すぎる……太陽だって星だ。近すぎて、ちゃんと見えない。地球も星だ。近すぎて全然見えない……浜の小石が多すぎる。丸く並べて輪にした方がいい。草の葉は多すぎて良く調べられない。鳥の羽毛は頭をクラクラさせる。大きい鞄を開けるまで待ちたまえ……そうしたら、みんな然《しか》るべき場所に片づけられるだろう」

ここで彼は、文字通り息をするために言葉を切った——シャツを一枚、部屋の向こうの端へ放り投げ、それからインク壜を、そのシャツの向こうに上手く落ちるように投げた。イングルウッドはこの奇妙な、半ば均整のとれた乱雑さを見まわして、ますます疑いを深めた。

実際、スミス氏の休暇中の荷物を調べれば調べるほど、それが何だかわからなくなったのだ。一つの特徴は、ほとんどすべての物が間違った理由でそこにあることだった。他の誰にとっても二の次なものが、彼にとって最重要なものだった。彼は鉢や平鍋を茶色い紙で包むのだったが、何も考えずに手伝っている者は、鉢や平鍋は値打ちがないか不必要ですらあり、本当に貴重なのは茶色の紙であることに気づくのだった。彼は葉巻の箱を二つ三つ取り出して、率直な、人を当惑させる誠実さで、自分は煙草を吸わないが、葉巻の箱の木は雷文細工をつくるのに最適なのだと説明した。彼はまた六本ほどある紅白の葡萄酒の小壜を見せ、イングルウッドは、上等な酒だと知っているヴォルネイが一本あるのにたまたま気づいて、この男は年代物の葡萄酒の通《つう》なのだと、初めはそう思った。だから、次の壜が植民地産のひどい偽物のクラレットで、植民地の人間でも（かれらに公平を期して言えば）飲まない代物であるのを知って驚いた。その時やっと気づいたのだが、六本の壜にはみなさまざまな色のピカピカ輝くシールが貼ってあり、単に三原色と三つの等和色――赤、青、黄と緑、菫色、橙色――がついているから選ばれたに過ぎないようだった。この男は本当に子供っぽいのだと思って、イングルウッドは背筋が寒くなって来るようだった。スミスは本当に、人間の心理として可能な限り、無邪気《イノセント》だったのである。彼には無垢《く》の官能的な嗜好があった。ゴムがネバネバするのを愛し、まるでケーキでも切るように、貪欲に白い木を切った。この男にとって、酒は弁護したり非難したりするべき疑わしいものではなく、子供が商店の飾り窓に見るような、面白い色のついたシロップだった。彼は一方的にしゃべりまくって社会状況を攻撃したが、現代劇に出て来る超人のように自己主張しているのではなかった。パーティーに出た幼い少年のように、我を忘れていただけなのだ。彼はどういうわけか一足飛《いっそく》びに赤ん坊から大人になり、我々の大部分が年をとる青春期の危機を免れたのだ。

彼が大きな鞄をわきへどけている時、アーサーは「I・S」という頭《かしら》文字が鞄の片側に入っているのを見て、スミスが学校で「イノセント・スミス」と呼ばれていたことを思い出した。しかし、正式なクリスチャン・ネームなのか、彼の性格を言い表わしたものなのかは思い出せなかった。もう一つ質問をしようとしたその時、扉を叩く音がして、グールド氏の小柄な姿が現われ、そのうしろに憂わしげなムーンが、グールド氏の背の高い曲がった影のように立っていた。かれらは彷徨《さまよ》って群れたがる男の性質によって、他の二人について来たのだった。

「お邪魔でなければよろしいんですがね」にこやかなモーゼスはいかにも人が好さそうに言ったが、謝っている様子はつゆほどもなかった。

「本当を言うと」マイケル・ムーンが割合と丁寧に言った。「部屋の居心地が良いかどうか、様子を見ようと思ったんです。デューク嬢は、その――」

「わかってます」新来の男は鞄から嬉しそうに視線を上げて、言った。「素晴らしい人だというんでしょう? 彼女のそばへお行きなさい――軍楽が通るのをお聞きなさい、ジャンヌ・ダルクのように」

イングルウッドは目を丸くして話し手を見つめた。途方もない御伽話を――だが、忘れられた些細《ささい》な事実を一つ含む話を聞いたように。彼自身、何年も前にジャンヌ・ダルクのことを考えたのを思い出したからだ。その時、彼はまだ学校を終えたばかりで、初めてこの下宿屋へ来たのだった。そのような若者の無知と身の程知らずな夢は、彼の友人ウォーナー博士の、論敵を粉砕する合理主義がとうの昔に打ち砕いてしまった。ウォーナー流の懐疑主義と人間をタイプに分ける希望のない科学に影響されて、イングルウッドは大分前から自分を臆病で無能な「弱い」タイプ――けして結婚しないタイプと見なしていた。ダイアナ・デュークは実利主義の女使用人であり、自分が最初に彼女を好きになった気持ちは、大学生が下宿の女将の娘にキスするような、ちょっとした退屈な茶番劇だと思っていた。それでも、軍楽についての言葉は、まるで遠い太鼓の音を聞いたかのように、妙に彼の心を動かした。

「彼女は厳しいやりくりをしなければいけないんです、当然のことですが」ムーンはややちっぽけな部屋を見まわしながら言った――傾いた天井がV字形になっているその部屋は、小人が被るとんがった頭巾《ずきん》のようだった。

「あなたには少々小さい箱ですな」グールド氏がおどけて言った。

「でも、素晴らしい部屋ですよ」スミス氏は旅行鞄に頭を突っ込んだまま、熱をこめて答えた。「僕はこういうゴシック建築みたいな、とんがった部屋が大好きです。ところで」彼は驚くべきやり方で一点を指差しながら、言った。「あのドアはどこへ通じてるんです？」

「確実な死に、とでも言いましょうか」マイケル・ムーンが屋根裏部屋の傾斜した天井についている、埃だらけで今は使っていない揚蓋をじっと見上げて、答えた。「あそこには天井裏はないと思いますから、ほかの何かに通じているとは思えません」彼がそう言い終わらぬうちに、強い緑の脚を持つ男は天井の揚蓋めがけてとび上がり、身体を揺らしてその下の棚に取りつくと、少しガタガタやって蓋をこじ開け、外に出た。しばしの間、象徴的な二本の脚が切断された彫像のようにぶら下がっていたが、やがて脚は姿を消した。こうして天井にぽっかり開いた穴から、空《から》っぽの澄んだ夕空が見えた――さまざまな色に染まった大きな雲が一つ、まるでさかさまになった一つの州のように、そこを流れて行った。「やあ、みなさん！」イノセント・スミスの声が、どこか遠くの高いところから聞こえて来た。「上がっていらっしゃいよ。僕の荷物の中から、何か食べ物と飲み物を持っていらっしゃい。ここはピクニックにもってこいです」

マイケルは突然の衝動にかられて、葡萄酒の小壜を二本、片手に一本ずつしっかりつかんだ。アーサー・イングルウッドは催眠術にでもかかったように、ビスケットの缶と大きな生姜菓子の壺を手探りで取り出した。イノセント・スミスの巨大な手が御伽話の巨人の手のように開き口から現われて、これらの贈物を受け取り、屋根の上へ持って行った。それから二人共、窓の上へ攀《よ》じ登った。二人共運動好きで、体操家と言ってもよかった。イングルウッドは健康法への関心から、ムーンはスポーツへの関心からだったが、その関心は平均的なスポーツマンのそれのように怠惰で不活発ではなかった。それに二人共、屋根に突然扉が開けられた時、天に昇るような感じが頭をスッと突き抜けたのだ――まるで空にいきなり扉が開いて、ほかならぬ宇宙の屋根へ攀じ登ることができるかのようだった。二人共、長い間無意識のうちに凡庸《ぼんよう》さに閉じ込められている人間だった――もっとも、一人はそれを滑稽にとらえ、もう一人は真剣に受けとめていたが。それでも、感情はけして死んではいなかった。しかし、モーゼス・グールド氏はかれらの自殺的な力技も意識下の超越主義もひとしなみに軽蔑して、異人種の厚顔な合理主義でそれを笑っていた。

変わり者のスミスは煙突の筒に跨っていたが、グールドがついて来ないのを知ると、子供じみたお節介と人の好さのために屋根裏部屋へ戻り、彼を慰めるか説得せずにいられなかった。イングルウッドとムーンはスレート屋根の長い灰緑色の棟に残され、足を樋《とい》に、背中を煙突の筒にあてて、不可知論者のような目つきでお互いを見ていた。二人が最初に感じたのは永遠の中へ出て来たということで、その永遠はさかさまの状態に良く似ていた。一つの定義が両者の心に浮かんだ――自分は、その中ですべての信仰が始まった、透明な輝く無知の光の中へ出て来たということだ。頭上の空は神話に満ちていた。天はあらゆる神々を宿すに十分なほど深く見えた。円い蒼穹《そうきゅう》は大きな熟さない果実のように、次第に緑から黄色へ変わって行った。日が沈んだあたりの空はレモンのようだった。東空は一種の黄金色を帯びた緑で、レモンよりも西洋季《せいようすもも》を思わせたが、全天に昼の光の空虚さがまだ残っており、夕闇の秘密めかしさはなかった。黄金色と淡い緑のそこかしこに、黒ずんだ紫の雲の大小の欠片《かけら》が転がっており、種々の巨大な遠近画の中で、大地に向かって落ちて来るように見えた。雲の一つは本当に、たくさんの冠を被り、たくさんの顎鬚を生やし、たくさんの翼を持つアッシリアの彫像が、巨大な頭を下に向けて天から放り出されたように見えた――一種の贋物《にせもの》のエホヴァ、たぶんサタンである。他の雲はすべて途方もない尖った形をしていて、まるでこの神の諸々の宮殿が、あとから投げ落とされたかのようだった。しかし、空っぽの天空が無言の大変動に満ちている一方で、イングルウッドとムーンがその上に坐っている人間の建物の高みには、ここかしこにそれと正反対の、ちっぽけな取るに足らぬ音があった。下方の六本ばかり先の街路《とおり》で新聞売りの少年が叫ぶ声と、人々を礼拝堂へ呼ぶ鐘の音が聞こえた。下の庭の話し声も聞こえて、あの御《ぎょ》しがたいスミスがグールドを追いかけて階下《した》へ下りて行ったことがわかった。彼の熱心に嘆願するような声が聞こえたし、そのあとにデューク嬢の半分ふざけた抗議と、ロザマンド・ハントの高らかな、じつに若々しい笑い声がしたからである。あたりの空気には、嵐のあとの冷たい優しさがあった。マイケル・ムーンは安物のクラレットの小壜をほとんど一口で空《あ》けていたが、それと同じくらい真剣に味わって、空気を吸った。イングルウッドは生姜《しょうが》菓子をごくゆっくりと、頭上の空のような底知れぬ厳かさで食べつづけた。さわやかな大気の中にはまだ十分風のそよぎがあったので、庭の土と秋の最後の薔薇《ばら》の匂いがするようだった。突然、暗くなる部屋から、銀の鈴を振るように澄んだピン、ポンという音が聞こえて来て、ロザマンドが長い間触らなかったマンドリンを持って来たことがわかった。最初に少し音を鳴らしたあと、遠い鐘の音のような笑い声がまた聞こえて来た。

「イングルウッド」とマイケル・ムーンが言った。「僕は悪《あく》たれだと聞いたことがあるかい?」

「聞いたことはないし、信じないね」イングルウッドは妙な間を置いて、答えた。「だが、君は――少し乱暴だったとは聞いている」

「もし乱暴だと聞いているなら、その噂は否定しても良い」ムーンはいやに冷静に言った。「僕はおとなしい。まったくおとなしいよ。地に這う獣の中でもっともおとなしい獣だ。僕は毎晩同じ時刻に、同じ種類のウイスキーを飲みすぎる。飲みすぎる量まで大体同じだ。僕は同じ数の酒場を梯子《はしご》する。薄紫の顔をした同じろくでもない女たちと会う。同じ数の下品な話を聞く――大体、同じ下品な話だ。イングルウッド、僕の友人たちにこう言ってやってもかまわないよ。今君の前にいる人間は、文明がとことん飼い馴らした人間だとね」

アーサー・イングルウッドは屋根から落ちそうになるほど慌てて、目を丸くした。実際、このアイルランド人の顔はいつも悪相だったが、この時はほとんど悪魔に取り憑かれたようだったからだ。

「くそっくらえ!」ムーンが突然、空いたクラレットの壜を握りしめて、言った。「こんなに薄くてひどい葡萄酒は今まで栓を抜いたことがないが、この九年間に僕が本当に美味しく飲んだ酒は、これだけだ。僕はつい十分前まではけして乱暴じゃなかった」彼はそう言って、壜を放り投げた。壜はガラスの輪になり、ビュンと風を切って、遠く庭の向こうの道路へ飛んで行ったが、深い夕暮の静寂《しじま》の中では、それが石にあたって粉々に割れる音さえ聞こえた。

「ムーン」アーサー・イングルウッドは少ししゃがれた声で言った。「そんなに腹を立てちゃいけないね。誰でも世界をあるがままに受け入れなきゃいけない。もちろん、少し退屈に思うことがしばしばあるがね」

「あの男はそうじゃない」マイケルはきっぱりと言った。「あのスミスのことさ。彼の狂気には秩序があるような気がする。あいつは平凡な道から一歩踏み出せば、一種の不思議の国へ行けるみたいだ。あの揚蓋のことを誰が考えただろう？　煙突の筒の間にいると、この忌々しい植民地のクラレットが素敵に美味しいかもしれないなんて、一体誰が考えただろう？　たぶん、それが本当の妖精郷の鍵なんだろう。たぶん、でかっ鼻《ぱな》のグールドの厭らしい、小さいエンパイアの紙巻煙草は、竹馬か何かに乗って吸うべきなんだろう。きっとデューク夫人のマトンの脚の冷肉も、木の天辺に登ればじつに美味《うま》そうに見えるんだろう。僕がオールド・ビル・ウイスキーを嫌らしく、汚ならしく、単調に啜《すす》っているのも――」

「自分をそんなにいじめるなよ」イングルウッドが真剣に苦しんで言った。「退屈なのは君のせいでもウイスキーのせいでもない。飲まない――つまり、僕みたいな人間でも――すべてが少し平板で失敗だと同じことを感じている。でも、この世界はそういうものなんだ。すべて生存競争なんだ。成功するように出来ているウォーナーみたいな者もいれば、鳴りを潜めているように出来ている僕みたいな者もいる。自分の気性はどうしようもないさ。君は僕よりずっと頭が良いけれども、哀れな文学野郎のだらしない生活をせずにいられないし、僕はちっぽけな科学野郎のあらゆる疑問と無力さを持たずにいられない。魚が浮いたり、羊歯《しだ》が巻いたりせずにいられないのと同じだ。人類は、ウォーナーが講義でいみじくも言ったように、じつは、人間に仮装したいろいろな動物から成り立っているんだ」

下方の薄暗い庭で低い話し声がふっと途切れ、ハント嬢の楽器が突然大砲を撃ったように、俗っぽいが元気の良い曲を奏きはじめた。

ロザマンドの声が豊かに力強く、他愛もない流行《はやり》のクーン・ソング*3を歌いはじめた。

「黒ん坊が古い農園で歌を歌うよ、
　歌っておくれ、昔々僕らが歌ったように」

浮かれた調子のロマンティックな曲に合わせて、独り諦めを語っているうちに、イングルウッドの鳶色の眼はますます潤《うる》んで悲しげになった。だが、マイケル・ムーンの青い眼はイングルウッドには理解できない硬質な光に輝いた。もしもイングルウッドやイングルウッドの同国人がその光を理解したなら、あるいは最初のきらめきで、それがアイルランドの戦の星だと察したなら、多くの世紀が、多くの村や谷間がもっと幸福になっていただろう。

「いかなるものもそれを変えることはできない。それは宇宙の歯車に組み込まれているんだ」イングルウッドは低い声で語りつづけた。「弱者もいれば強者もいて、我々にできる唯一のことは自分が弱いと知ることだ。僕は何度も恋をしたが、何もできなかった。自分の移り気さを忘れられなかったからだ。色々な意見を持ったが、それを押し通す厚かましさがない。あまりにしばしば意見を変えたからだ。とどのつまり、そういうことさ。我々は自分を信用できない――それはどうしようもないんだ」

マイケルはすっくと立ち上がり、屋根の端の危険な位置に――まるで破風《はふ》の上にかかっている黒い彫像のように立った。彼のうしろでは、あり得ないような紫色をした巨《おお》きな雲の群が、天の静かな無秩序の中でゆっくりと出鱈目《でたらめ》に回転した。それらの雲の旋回がマイケルの黒い影をさらに眩暈《めまい》がするようなものにした。

「こうしよう……」彼は言いかけて、急に口をつぐんだ。

＊3　一八八〇年代から一九二〇年代にかけて英語圏で流行った流行歌。当時の偏見に満ちた紋切型の黒人の姿が描かれている。

「何をしようというんだ？」アーサー・イングルウッドは同じように素早く、しかし、幾分用心深く立ち上がりながら、たずねた。彼の友が何か言いにくそうにしていたからだ。

「我々にできないことをしに行こう」とマイケルは言った。

その時、下の揚蓋から、イノセント・スミスのオカメインコのとさかのような髪と上気した顔がいきなりとび出し、ぜひ下りて来たまえと呼びかけた——「コンサート」が佳境に入《い》り、モーゼス・グールド氏が「若きロッキンヴァー[*4]」を朗誦するところだからと。

イノセントの屋根裏部屋に飛び降りた時、二人は楽しい手荷物の上にまた転がり落ちそうになった。イングルウッドは散らかった床を見て、とっさに子供部屋の散らかった床を思った。それだけに、大きな良く磨かれたアメリカ製の回転式拳銃に目が留まった時、彼はいっそう感動し、衝撃すら受けたのだった。

「何とまあ！」彼は人が蛇を見て後退《あとずさ》るように、鋼鉄の輝きから後退りした。「泥棒が入る心配でもしているのかい？　さもなくば、いつ、そしてなぜ、その銃で人に死を与えるんだ？」

「ああ、そいつかね！」スミスは拳銃をチラと見て、「僕はあれで生を与えるんだ」そう言うと、階段をとび跳ねて下りて行った。

＊4　ウォルター・スコットの譚詩。

第三章　ビーコンの旗印

翌日《あくるひ》は一日中、〝ビーコン・ハウス〟に全員の誕生日だというイカれた感覚があった。慣例は冷たく束縛するものだと語ることが当節流行っている。しかし、本当のことを言うと、人々が例外的に上機嫌で、自由と創意に沸《わ》き返っている時は、つねに慣例をつくらずにいられないし、つねにそうしているのである。人間は疲れると無政府状態に陥るが、明るくて元気な時は必ず規則をつくる。これは歴史上のあらゆる教会や共和国に言えることだが、取るに足らぬ室内遊戯にも、素朴な原《はら》っぱの遊びにも言えるのだ。我々は何らかの慣例によって自由にされない限り、けして自由ではなく、解放は権威によって宣言されるまで存在し得ない。道化師スミスの破天荒な権威でさえ、やはり権威には違いなかった。到る処に突拍子もない規則や条件の山を生み出したからだ。彼はみんなを自分の半分狂った生命力で一杯にしたが、それは破壊にではなく、むしろ眩暈《めまい》がするような建設のうちに表現された。趣味を持つ者はみな、その趣味が名物的存在となるのを見た。ロザマンドの歌は合体して一種の歌劇となるようだったし、マイケルの冗談や寸評は一冊の雑誌になるようだった。彼のパイプと彼女のマンドリンは、両者でいわば喫煙随意の音楽会を開いているようだった。はにかみ屋ですぐにオロオロするアーサー・イングルウッドは、自分がだんだん重要な人物になることと戦っているようだった。まるで心ならずも自分の写真が画廊になり、自転車が運動競技大会となりつつあるような気がした。だが、こうした即席の地位や役目を批判する閑《ひま》は誰にもなかった。それらはとりとめのない話し手の話題さながら、次から次と出鱈目《でたらめ》に繋《つな》がって行ったからである。

そのような男と一緒にいるのは、愉快な障碍物でできている障碍物競走をすることだった。彼はどんなに地味で些細な物からも、奇術師のように、誇張という糸巻の糸を手繰《たぐ》り出すことができた。気の毒なアーサーの写真ほど内気で己を出さないものはなかった。ところが、とんでもないスミスが日の照る午前中、熱心に彼の手伝いをしていたと思うと、やがて「道徳写真」と称する弁護の余地なき連作が下宿のまわりに繰り広げられた。それは古い写真家の悪戯《いたずら》――一枚の写真に同じ人物を二重写しにして、自分自身とチェスをさせたり、食事をさせたりする悪戯の一変形にすぎなかった。だが、これらの写真はもっと神秘的で野心的だった――たとえば、「ハント嬢、我を忘れる」という写真では、彼の御《か》婦人が、夢中になって自分に見惚《みと》れる彼女自身を、あなたは誰と言わんばかりの目つきでまじまじと凝視《みつ》めている。また「ムーン氏、自らに問う」には、ムーン氏が自分自身に反対尋問をされて怒り狂う人間として現われる――その反対尋問は長い人差し指を立て、悪質な悪ふざけの態度で行われるのだ。イノセント・スミスは良く出来た三部作――イングルウッドをその人と認めるイングルウッドと、イングルウッドの前にひれ伏すイングルウッド、そして雨傘でイングルウッドを激しく打擲《ちょうちゃく》するイングルウッド——を大きく引き伸ばして、フレスコ画のように玄関の壁に掛け、次のような題銘を入れたいと思った——

「自己尊敬、自己認識、自己抑制——この三つのみが人を似而非《えせ》道徳家にする。——テニソン」

もう一度言うが、ダイアナ・デューク嬢の家事に関するテキパキした行動力ほど散文的で頑固なものはなかった。しかし、イノセントは彼女が倹約しながら服を仕立てているのは、衣服への女性らしい関心を——彼女の孤独な自尊心をけして裏切らなかった唯一の女らしさを伴っていることを知った。そこで、スミスはある理論（彼はそれを真剣に考えていたらしい）をうるさく主張して、彼女を悩ました——すなわち、無地の服にクレヨンで薄く柄《がら》を描き、あとでまた消してしまえば、御婦人方は経済と贅沢を両立できるというものである。彼はついたて二つと、厚紙の看板と、色鮮やかな柔かいクレヨンで「スミスの電光石火洋裁会社」をつくり、ダイアナ嬢は実際に、着なくなった黒い上《うわ》ズボンないし仕事着を彼にやって、仕立人の才能を試してみるように言った。彼は早速、彼女のために燃え上がる赤と黄金色の向日葵《ひまわり》が描かれた服をこしらえた。彼女はそれを一瞬肩にかけ、まるで皇后のように見えた。数時間後、アーサー・イングルウッドは自転車を掃除していて（例のごとく、自転車の中に潜り込んで出られないような格好で）、ふと上を見ると、赤い上気した顔がさらに赤くなった。ダイアナがほんの一瞬笑いながら戸口に立ち、その黒い衣裳にはまるで『アラビア夜話』の秘密の園のように、大きな孔雀《くじやく》が緑と紫で華麗に描かれていたからである。

　苦痛とも喜悦とも言われぬはかない疼《うず》きが、旧世界のレーピア[＊1]のごとく彼の心臓を刺し貫いた。彼は何年も前、誰にでも恋をしそうだった頃、ダイアナをじつに綺麗だと思ったことを思い出したが、それは前世でバビロニアの姫君を崇拝したのを思い出すようなものだった。次に彼女をチラと見た時（彼は自分がその時を待っていることに気づいていた）、紫と緑のチョークは掃《はら》い落とされ、彼女は仕事着姿でさっさと通り過ぎた。

　デューク夫人に関して言えば、この老婦人を知る人には、家を引っくり返したこの侵略に彼女が積極的に抗《あらが》うさまは想像できなかっただろう。だが、克明《こくめい》な観察者たちは、夫人がそれを気に入っていると本気で信じていたのである。というのも、夫人はすべての男を同じように気が狂った、まったく別種の野生動物と心の底で見なしている女性の一人だからだ。スミスの煙突のピクニックや真紅の向日葵に、イングルウッドの使う薬品やムーン

＊1　決闘用の細身の剣。

の冷笑的な言葉よりも奇矯な、あるいは不可解なものを夫人が認めていたかどうかは疑わしい。一方、礼儀というのは誰にでも理解できるものであり、スミスの振舞いは型破りであると同じくらい礼儀正しかった。あの人は「本当の紳士」だと夫人は言ったが、彼女が言いたかったのは単に心優しい人だということであって、それは大分違うことである。夫人はふくよかな手を組み、ふくよかな、皺の寄った微笑を浮かべて、ほかのみんなが一時《いちどき》にしゃべっている間、何時間もテーブルの上座に坐っていた。少なくとも、他の例外はロザマンドの話相手メアリー・グレイだけで、彼女の沈黙はもっと熱意のあるものだった。彼女はけしてしゃべらなかったが、いつでもしゃべりそうな顔をしていた。たぶん、これこそ話相手というものなのだろう。イノセント・スミスは他の冒険に身を投じたと同様、彼女に口を利かせるという冒険に乗りだしたようだった。彼はけして成功しなかったが、つれなくあしらわれもしなかった。彼が何かを為し遂げたとすれば、それはこの物静かな人物に注意を惹きつけ、ほんの少しだけれども、彼女を慎しみ深さから神秘に変えたことだった。しかし、もし彼女が謎だとしても、春の空や森の謎のように爽《さわ》やかで毒されていない謎であることを誰もが認めていた。実際、彼女は他の二人の娘よりも少し年上だったにもかかわらず、早朝の熱情を、若さの爽やかなひたむきさを持っていた——ロザマンドはただ金を費《つか》うことによって、ダイアナはただ金を護ることによって、それを失くしてしまったようだったが。スミスは何度も彼女を見た。彼女の眼と口は、顔の中の間違った場所についていたが——じつはそれが正しかったのだ。彼女は何でも顔で言うこつを知っており、彼女の沈黙は一種の間断ない喝采だった。

だが、その休日（それは一日の休みというより一週間の休みのようだった）に行われた陽気な実験の中でも、一つの実験が抜きん出ている。他の実験よりも馬鹿げていたり上手く行ったりしたからではなく、ほかならぬこの愚行から、その後の奇妙な出来事がすべて生じたからだ。ほかの悪ふざけはみなひとりでに爆発して、あとに空虚を残した。ほかのつくりごとはみなそれ自身の上に返って来て、歌のように終わった。だが、中身のある驚くべき一連の出来事が——それには二人乗りの辻馬車や、探偵や、ピストルや、結婚許可証が含まれる——可能になったのは、何よりもビーコン高等法院に関する冗談によってだった。

そのことを言い出したのはイノセント・スミスではなく、マイケル・ムーンだった。ムーンは奇妙な感情の高まりと圧力を感じて、ひっきりなしにしゃべっていたが、その時ほど冷笑的で、非人間的でさえあったことはかつてなかった。彼は法廷弁護士としての古い役に立たぬ知識を用い、英国法の仰々《ぎょうぎょう》しい変則をもじって考えついた裁判所のことを面白可笑《おか》しく話した。ビーコン高等法院は、自由で道理にかなった我々の憲法の輝かしい実例であると彼は明言した。それはジョン王によって、マグナ・カルタをものともせずに創設され、今は風車と、葡萄酒と蒸溜酒の販売免許と、トルコを旅する御婦人方と、犬盗人と親殺しに下される判決の修正と、さらにマーケット・ボズワースの町で起こるあらゆることに絶対的な権限を持っている。ビーコン高等法院の百九人の裁判員は四百年に一度集まるが、それ以外の時は（ムーン氏の説明によると）、機関の全権はデューク夫人に与えられる。しかし、他の者が玩具《おもちゃ》にしたため、高等法院は歴史的、法的な真剣さを失い、家内の小さなごたごたの際にいささか無節操に用いられている。もしも誰かがウスターソースをテーブル掛けにこぼすと、これは一つの儀式であって、これなくしては法院の開廷も評決も無効なのだと言いだすし、また誰かが窓を閉めたままにしておきたいと、ペンジ[*2]の荘園の殿様の第三子以外、誰にもそれを開ける権利はないことを突然思い出すのだ。かれらは人を逮捕したり、犯罪の取り調べを行ったりすることさえあった。愛国心を持つという嫌疑でモーゼス・グールドを裁こうというもくろみは、一同の、ことに容疑者の理解をいささか越えるものだったが、写真による名誉毀損の嫌疑でイングルウッドを裁判にかけたこと、彼が精神異常を口実に大勝利して無罪を勝ち取ったことは、法院の良き伝統に則《のっと》ったものと認められた。

しかし、スミスは興奮して来ると、マイケル・ムーンがますます軽薄になるのとは違って、ますます真剣になった。私的な法廷をつくろうというこの提案を、ムーンは政治的滑稽家の超然たる態度でしたのだが、スミスは抽象的哲学家の熱意をもってそれをとらえた。個々の所帯にも主権を主張することが、我々にできる最善のことだと彼は言い張った。

「君はアイルランドの自治[*3]を信ずるだろう。僕は各家庭の自治を信ずる」彼は熱意をこめてマイケルにそう言った。「古代ローマ人のように、すべての父親が息子を殺すことが〝許されれば〟、世の中は今よりも良くなるだろう。誰も殺されないから、良くなるんだ。ビーコン・ハウスから独立宣言を発しようじゃないか。僕らはあの庭で食べていけるだけの野菜をつくれるだろうし、徴税人が来たら、我々は自給自足しているんだと言って、ホースでからかってやろう……たしかに、君の言うように、ホースは役に立たないかもしれない。あの水は水道管から来るんだからね。しかし、この白堊《はくあ》の大地に井戸を掘ることはできるし、水差しでもいろいろなことができる。……この家を本当に篝火の家《ビーコン・ハウス》にしてしまおう。屋根に独立の篝火を焚《た》いて、テムズ川の谷間の彼方此方で家また家がそれに答えるのを見よう！　〝自由家庭同盟〟を作るんだ！　地方政府なんか追っ払え！　愛郷心なんか糞喰らえ！　すべての家をこの家みたいな主権国家にして、我々がビーコン法院によってそうするように、子供たちを自分の法で裁くようにさせるんだ！　本国の軛《くびき》を断ち切って、無人島にいるみたいに楽しく暮らしはじめよう」

＊2　ロンドン南東部の地域の名。

＊3　一八七〇年頃から、英国政界ではアイルランドの自治が重大な問題となった。アイルランドは一九二二年に独立するが、本書が書かれたのはそれ以前である。

「僕はその無人島を知ってるよ」とマイケル・ムーンが言った。「それは『スイスの家族ロビンソン』[*4]の中だけに存在するんだ。植物性のお乳が妙に欲しくなると、未発見の猿が思いがけずココナツをドサッと投げ落とす。文学者がソネットを書きたい気分になると、たちまちお節介な豪猪《やまあらし》が茂みからとび出して、鵞《が》ペンを一つ突き出すんだ」

「『スイスの家族ロビンソン』の悪口を言わないでくれ」イノセントはむきになって叫んだ。「あれは正確な科学じゃないかもしれんが、至って厳密な哲学ではある。君は本当に難破した時、何が必要か本当にわかるだろう。本当に無人島《デザート・アイランド》にいたら、そこはけして不毛の地《デザート》じゃないだろう。僕らが本当にこの庭にいて包囲されたら、ここにあるとは知らなかったイングランドの鳥とイングランドの漿果《ベリー》が百も見つかるだろう。雪でこの部屋に閉じ込められたら、あそこの書棚にあることを知らなかった何十冊もの本を読んで賢くなるだろう。僕らはお互いに楽しくて恐ろしい話を――普通なら墓場へ行くまで想像もしないような話をするだろう。僕らはあらゆることに必要な材料を見つけるだろう――洗礼や、結婚や、葬式の。そうだ、戴冠式の材料さえも――共和国にするつもりでなければね」

「『スイスの家族』流の戴冠だね」とマイケルが笑いながら言った。「ああ、そういう雰囲気なら何だって見つかるだろうさ。たとえば、戴冠式用の天蓋《キャノピー》みたいな簡単な物が欲しかったら、ゼラニウムの向こうへ歩いて行けば満開の樹冠木《キャノピー・トリー》[*5]があるだろう。もし黄金《きん》の王冠みたいなつまらない物が欲しかったら、そら、タンポポを掘り返せば芝生の下に金鉱があるだろう。儀式のための油が必要な時は、大嵐があらゆる物を海岸に打ち上げて、敷地に鯨が転がっているだろう」

「君が御存知なくとも、この敷地には鯨がいるんだ」スミスは熱が入ってテーブルを叩きながら、力説した。「賭けてもいいが、君はこの敷地を調べていないだろう！　賭けてもいいが、君は、僕が今朝そうしたように、家の裏手へ行ったことがないだろう――というのも、僕は君たちが木にしか生《な》らないという、まさにその物を見つけたんだ。塵芥《ごみ》入れのところに古い四角いテントがある。布に三つも穴が空いていて、柱が折れているから、テントとしてはあまり役に立たないが、天蓋としてなら――」彼はその輝かしい適切さを言い表わそうとしたが、声が詰まった。それから、論争のような熱心さで語りつづけた。

「さあ、いつでも挑戦を受けて立つぞ。あり得ないと君が言うすべての素敵なものが、つねにここにあったと僕は信じる。油を手に入れるためには、鯨を浜に打ち上げなければならないと君は言う。でも、君の肘の先にある薬味立てに油があるが、ここ数年誰もそれに触ったことがないし、そいつのことを考えもしなかったと僕は信じる。黄金の王冠はどう

＊4　スイスのヨハン・ダビット・ウィース（一七四三－一八一八）の児童向け小説。デフォーの「ロビンソン・クルーソー」を下敷きにした冒険譚。

＊5　天蓋のように上を覆う高い木のこと。

かというと、ここにいる僕たちは誰も裕福じゃないが、紐でつないで、三十分ばかり人の頭に巻きつけられるだけの十シリング貨を集めることができるだろうし、ハント嬢の黄金の腕輪の一つは十分に大きいから――」

上機嫌なロザマンドは笑いすぎて、窒息しそうだった。「輝く物すべて黄金にあらずよ」と彼女は言った。「それに――」

「何という間違いだ！」イノセント・スミスはひどく興奮して跳び上がり、叫んだ。「輝く物はすべて黄金ですよ――ことに主権国家にいる今ではね。何をソブリン金貨とするかを決めることができないなら、主権国家《ソブリン・ステイト》は何の役に立つんです？　我々はどんな物でも貴金属に変えられます――世界の初めの人間にできたように。かれらが黄金を選んだのは、珍しいからではありませんでした。科学者に訊けば、黄金よりも珍しい泥が二十種類もあると教えてくれますよ。かれらが黄金を選んだのは輝くからだったんです――見つけるのは大変ですが、見つけてしまえば綺麗だからです。黄金の剣で闘ったり、黄金のビスケットを食べたりすることはできません。見ることしかできません――あすこでも見られますよ」

彼は持前の予測し難い動きでうしろへ跳びすさると、庭に通じる扉をバタンと開けた。同時に、その瞬間《とき》はさほど型破りなものには見えない彼一流の仕草をして、メアリー・グレイの方に手を伸ばし、ダンスに誘うように、外の芝生へ連れ出した。

こうして大きく開けられたフランス窓から、前日のそれにもまさって美しい夕暮が入って来た。西空は紅《くれない》に滲《にじ》み、一種眠たげな焔が芝生に広がっていた。一、二本の庭樹のねじくれた影がこの輝きの上にくっきりと際立《きわだ》っていたが、ふつうの昼の光で見るような灰色や黒ではなく、東洋の書物の黄金のページに鮮やかな菫色で描いたアラベスク模様のようだった。日没は祝祭のような、だが謎めいた大火事の一つだった。さまざまな平凡な物がその色彩によって高価な、あるいは珍奇な物を思い出させた。傾斜した屋根のスレートは巨大な孔雀の羽根のように、青と緑のあらゆる神秘的な取り合わせに燃えた。塀の赤茶色の煉瓦《れんが》は、濃いルビー色と黄褐色の葡萄酒の色から成るすべての十月の色彩に輝いた。太陽は花火に点火する人さながら、一つ一つの物体を異なる色の焔で光らせるかのようだった。そして岩石庭園の高い尾根に向かって芝生を大股に歩いて行く時、金髪だが、やや色の薄いイノセントの髪の毛さえも、異教の黄金の焔がかぶさっているように見えた。

「もし輝かなかったら、黄金が何の役に立ちますか？」と彼は言った。「真っ黒いソブリン金貨が正午の黒い太陽よりも好ましい理由がありますか？　黒いボタンだって同じくらい役に立つでしょう。この庭にある物はすべて宝石のように見えるじゃありませんか？　それに、宝石らしく見えること以外に宝石が一体何の役に立つのか、どうぞ教えてくれませんか？　売ったり買ったりするのはやめて、見ることを始めなさい！　眼を開けなさい、そうすれば〝新エルサレム〟に目醒めるでしょう。

輝くものはすべて黄金である――
樹々も、真鍮《しんちゅう》の塔も。
黄金色の草の上を
黄金色の夕暮の空気が渡る。
エリコに叫びをぶつけよ、
黄色い泥がいかにして売られるかと。
輝くものはすべて黄金である、
輝きこそが黄金なのだから」

「それは誰が書いたの?」ロザマンドが面白がってたずねた。

「誰も書いたりはしません」スミスはそう答え、一っ跳びして岩石庭園を越えた。

「本当に」ロザマンドはマイケル・ムーンに言った。「あの人は瘋狂院《てんきょういん》に入れるべきだわ。そう思わない?」

「失礼、何とおっしゃいました?」マイケルがやや陰気にたずねた。彼の長く黒ずんだ頭は夕陽を背にして黒々と見え、偶然かその時の気分のせいか、庭の社交的な大騒ぎのさなかで、彼には何か孤立して、敵対的でさえあるようなところがあった。

「スミスさんは癲狂院へ行くべきだと言っただけです」と御婦人は繰り返した。痩せた顔がますます長く伸びたように見えた。ムーンは明らかにせせら笑っていたからである。

「いや。それはまったく必要ないと思いますね」と彼は言った。

「どういう意味ですの？」ロザマンドが間髪を入れずに言った。「なぜ必要ないんです？」

「彼は今癲狂院にいるからです」マイケル・ムーンは穏やかだが不愉快な声で言った。

「おや、知らなかったんですか？」

「何をですの？」と娘は叫んだが、声の調子が変わっていた。アイルランド人の顔も声も、本当に無気味なほどだったからだ。陽光の中で黒い姿をし、暗いことを言う彼は楽園にいる悪魔のようだった。

「すみません」彼はいわばとげとげしく謙《へりくだ》って、言葉を続けた。「もちろん、我々はそのことをあまり話題にしません……でも、みんな知っていると思ったんです」

「知っているって、何を？」

「その」とムーンは答えた。「〝ビーコン・ハウス〟は少し変わった家だということです——瓦の弛《ゆる》んだ家[*6]とでも言いましょうか？　イノセント・スミスは往診に来る医者にすぎ

＊6　瓦が一枚弛んでいる（have a tile loose）、には少し頭がおかしい、の意味がある。

ませんよ。彼が前に来た時、あなたはいませんでしたか？　僕らの病の大半は憂鬱症なので、もちろん、彼は格別に陽気でなければなりません。正気さは、もちろん、僕らには非常に威張った奇嬌なものに思えるんです。塀を跳び越し、木に登る――それが彼の患者への接し方なんです」

「よくもそんなことが言えますわね！」ロザマンドが怒り狂って叫んだ。「まさか、こうおっしゃるんじゃないでしょうね、私が――」

「僕よりひどくはありませんよ」マイケルは慰めるように言った。「ほかのみんなと似たようなものです。デューク夫人がけしてじっと坐っていないのに気がつきませんでしたか――顕著な兆候なのに？　イングルウッドが始終手を洗っているのに気がつきませんでしたか――精神病の良く知られたしるしですよ。僕はもちろん、アルコール中毒です」

「あなたの言うことは信じません」彼の相手はぴしゃりと言ったが、動揺していなくもなかった。「あなたには少し悪い習慣があると聞いています――」

「習慣はすべて悪習です」マイケルは恐ろしく冷静に言った。「狂気というものは突破することではなく、屈服することによって起こるんです。汚ない、ちっぽけな、自己反復する一群の考えのうちに落ち着くことによって、飼い馴らされることによって起こるんです。あなたはお金のことで気が狂いました。遺産相続人であるために」

「嘘です」ロザマンドは烈火のごとく怒って叫んだ。「私はお金に汚なかったことなんか、ありません」

「それよりもなお悪い」マイケルは小声で、しかし、乱暴に言った。「ほかの人がそうだと考えました。自分に近づく人間はみんな財産狙いにちがいないと思いました。自分を解放して正気になろうとはしませんでした。それで今あなたは狂っているし、僕も狂っている。当然の報いなんです」

「厭《いや》な人！」ロザマンドは真っ青になって言った。「それは本当なの？」

ケルト人は自己の深淵が叛乱を起こした時、知的に残酷になれるが、マイケルはその残酷さで数秒間黙り込み、それから皮肉めいたお辞儀をして、後ろへ退《さが》った。「もちろん、文字通り本当ではありません。真の意味で本当なだけです。寓話とでも言いましょうか？社会的な諷刺《ふうし》ですよ」

「あなたの諷刺なんか嫌いですし、軽蔑します」ロザマンド・ハントは叫んだ——大暴風のように、女としての強い個性全体を解き放ち、一語一語を相手を傷つけるために言った。「それにあなたの臭い煙草や、いやらしい、ぐうたらな習慣や、がみがみ言うことや、急進主義や、古い服や、つまらない小さな新聞や、何にでも失敗するどうしようもないところを軽蔑します。俗物根性とお呼びになってもかまいませんけど、私は人生や、成功や、見て楽しいものや、行動が好きなんです。ディオゲネスを持ち出したって私を脅《おど》かすことはできませんわ。私はアレクサンダーの方が好きなんです」

「Victrix causa deae[*7]——」とマイケルは憂鬱そうに言い、それが彼女をいっそう怒らせた。どういう意味かわからず、何か洒落でも言ったのだろうと想像したからである。

「まあ、ギリシア語がおわかりになるのね」彼女は不正確なことを朗《ほが》らかに言った。「それだって、大して勉強なさらなかったんでしょう」そう言うと庭を横切って、姿を消したイノセントとメアリーを追った。

　その途中、イングルウッドと行き遭《あ》った。イングルウッドはゆっくり家へ引き返して来るところで、思案に額を曇らせていた。彼は怜悧《かしこ》いが、果断とは正反対の人間だった。夕陽の庭から黄昏《たそがれ》の談話室へ彼が戻って来た時、ダイアナ・デュークは素早く立ち上がって、茶器を片づけ始めた。だが、その前にイングルウッドは何とも異常な——いつもの写真機でスナップ写真を撮っても良さそうな場面を見てしまった。ダイアナはやりかけた縫物を前に、頰杖をついて坐りながら、まったく考えのない考えに耽《ふけ》って、まっすぐ窓の外を見ていたのである。

「君は忙しいね」アーサーはそんな姿を見たので妙に決まりが悪く、知らんぷりをしようとして言った。

「この世間では夢を見ている時間はありませんもの」若い婦人は彼に背を向けて、答えた。

「僕は最近考えているんです」イングルウッドは小声で言った。「目醒めている時間などないんじゃないかと」

ダイアナは返事をせず、イングルウッドは窓辺へ歩いて行って、外の庭を見た。

「僕は酒も煙草もやりません、御存知のように」と彼は的外れなことを言った。「ああいうものは麻薬だと思うからです。でも、僕の写真機や自転車みたいに、あらゆる趣味はやはり麻薬だと思います。黒い覆いをかぶる、暗室に入る――ともかく、穴の中に入るんです。自分をスピードや、陽光や、疲労や、新鮮な空気で麻薬づけにすること。自転車を速く漕いで、自分自身を自転車にしてしまうこと。それは我々みんなの問題です。我々は忙しくて目醒めることができないんです」

「それじゃ」娘は真面目に言った。「目醒めると何がありますの?」

「あるにちがいない!」イングルウッドは叫び、異様に興奮してふり返った――「目醒めれば、そこに何かがあるにちがいないんです! 我々のすることはすべて準備です――あなたの清潔さも、僕の健康も、ウォーナーの科学器械も。我々はつねに何かの――何かけして実現しないものの準備をしている。僕はこの家に空気を入れるし、あなたは家を掃除する。でも、この家の中で何が起ころうとしているんでしょう?」

＊7　ルカヌスの詩「Pharsalia」第一巻一二八行の一節「victrix causa deis placuit.」のもじり。ラテン語の原文の意味は「勝利をもたらす大義は神々を喜ばせた」だが、マイケルの言葉だと「勝利をもたらす大義は女神を」となる。

彼女は静かに、しかし眼を輝かせて相手を見ていた。何か言葉を探しているが見つからないようだった。

彼女が何も言わないうちにドアがバタンと開き、騒々しいロザマンド・ハントが、派手な白い帽子と襟巻とパラソルというでたちで、戸口に立っていた。興奮して息を弾ませ、あけひろげな顔には子供じみた驚きの表情が浮かんでいた。

「大変なことが始まったわ！」と彼女は息を切らして言った。「私、どうすれば良いのかしら？　ウォーナー博士に電報を打っておいたわ。それしか、やるべきことを思いつかないの」

「どうしたの？」ダイアナは少し突《つ》っ慳貪《けんどん》に訊ねたが、助けを求められることに慣れた人間のように進み出た。

「メアリーよ」と相続人は言った。「私の話相手のメアリー・グレイよ。スミスというあなたのイカれたお友達が、知り合って十時間後に、庭で彼女に結婚を申し込んだの。そして今、彼女を連れて結婚特別許可証をもらいに行こうとしているの」

アーサー・イングルウッドは開いたフランス窓のところへ歩いて行き、夕《ゆうべ》の光に今も黄金色に輝いている庭を覗き見た。そこに動く物といっては、一羽か二羽の鳥が跳びまわり、さえずっているだけだったが、生垣と柵の向こうには、庭の門の外の道に二人乗りの辻馬車が、天辺に黄色い旅行鞄をのせて待っていた。

第四章　神の庭

ダイアナ・デュークはロザマンドがいきなり入って来て話しかけたことに、なぜか苛立っているようだった。

「でも」と素っ気なく言った。「グレイさんは結婚したくなければ、断わることもできるでしょうに」

「ところが、結婚したがっているのよ」ロザマンドは憤慨して言った。「あの人、手に負えない馬鹿なの。それでも、私は彼女と別れるつもりはないの」

「そうかもね」ダイアナは氷のように冷たく言った。「でも、私たちに何ができるか、本当にわからないわ」

「でも、あの男は変人よ、ダイアナ」彼女の友達は腹立たしげに言った。「私の素敵な家庭教師《せんせい》を変人なんかと結婚させられないわ！　あなたか誰かが止めなきゃ駄目よ！――イングルウッドさん、あなたは男でしょう。そんなことできないって、あの二人に言って来てちょうだい」

「生憎《あいにく》、僕には結婚できるように思われますね」イングルウッドは気落ちした様子で言った。「僕には干渉する権利がデューク嬢ほどもありませんし、もちろん、道徳的な説得力も彼女ほどありません」

「二人共、そのようね」ロザマンドが恐ろしい癇癪《かんしゃく》を破裂させて、叫んだ。「も少し分別と勇気のある人を探しに、他所《よそ》をあたってみます。少なくとも、あなたたちより助けになってくれる人を知っていると思うの……彼は意地悪な人でなしですけれど、男だし、心があるし、それをわかっています……」彼女は頰を真っ赤に染めて庭へとび出し、日傘か回転花火のように旋回した。

庭の樹の下にマイケル・ムーンが立って、生垣の向こうを見ていた。猛禽《もうきん》のように背中を丸め、長く青白い顎の先から大きなパイプを垂らしていた。婚約という降って湧いた馬鹿話と他の友人の優柔不断のあとだったので、彼の硬い表情自体がロザマンドには好ましかった。

「さっきは怒っていてすみません、ムーンさん」と彼女は率直に言った。「私、あなたが皮肉屋なので嫌いでしたけれど、十分罰を受けました。今は皮肉屋が必要なんです。感傷には飽き飽きしました——食傷したんです。この世界は狂ってしまったんです、ムーンさん——皮肉屋を除いてね。あの狂人スミスは私の古いお友達メアリーと結婚したがっていて、彼女は——そして彼女は——それでも良《い》いらしいんです」

ムーンが注意深い顔でなおも平然とパイプをふかしているのを見て、彼女は素早くこう言い足した。「冗談を言ってるんじゃありませんのよ。あの外に停まっているのはスミスさんの辻馬車なの。彼はメアリーを叔母さんのところへ連れて行って、特別結婚許可証を取りに行くんだと言っています。どうか実際的な助言をして下さい、ムーンさん」

ムーン氏はパイプを口から離すと、一瞬、考え込むように手に持っていたが、やがて庭の向こう側へ放り投げた。

「僕の実際的な助言はこうです」と彼は言った。「彼に特別結婚許可証を取りに行かせなさい。そして、君と僕のためにもう一つ取ってくれと頼むんです」

「それも冗談なの?」と若い御婦人はたずねた。「あなたが本当に言いたいことを言ってちょうだい」

「僕が言いたいのは、イノセント・スミスは実務家だということですよ」ムーンは重々しい調子で言った――「率直な、実際的な人間です。事務家です。事実と昼の光の人間です。彼は二十トンの良質な建築用煉瓦を突然僕の頭の上に落としましたが、僕はそれで目が醒めたことを喜んでいます。僕らはしばらく前にほかならぬこの芝生で、この陽光《ひかり》の中で眠り込みました。五年ばかりうたた寝していましたが、さあ、今から結婚しましょう、ロザマンド。そして、あの辻馬車を……」

「ほんとに」ロザマンドは断固として言った。「あなたの言う意味がわからないわ」

「嘘だ!」マイケルは叫び、目を輝かせて彼女に近寄った。「普通の嘘なら大好きだが、今夜は駄目だということがわからないかい？　僕らは事実の世界へ迷い込んでしまったんだよ。あの伸び育つ芝生も、あの沈みゆく太陽も、戸口にいるあの辻馬車も事実なんだ。僕は君の金《かね》を狙っていて、本当に君を愛してはいない――君は以前そう言って自分を苦しめ、言訳をした。でも、もしも今僕がここに立って、君を愛していないと言ったとしても――君は僕の言うことを信じないだろう。今夜、この庭には真実があるからだ」

「ほんとに、ムーンさん……」ロザマンドは前よりも少し弱々しい声で言った。

マイケルは人を催眠術にかけるような大きな両眼を、じっと彼女の顔に向けていた。

「僕の名前はムーンだろうか？　君の名前はハントだろうか？　名誉にかけて言うが、こんな名前は僕には、レッド・インディアンの名前みたいに風変わりで縁遠いものに聞こえる。まるで君の名前は『泳ぎ《スウィム》』で、僕の名前は『日の出《サンライズ》』であるかのように。でも、僕たちの本当の名前は〝夫〟と〝妻〟なんだ――僕らが眠りに落ちた時、そうだったように」

「そんなこと言っても無駄よ」ロザマンドは目に本物の涙を浮かべて言った。「もう後戻りはできないのよ」

「僕はどこだろうと行きたいところへ行ける」とマイケルは言った。「君を肩に担いで行ける」

「でも、ほんとに、マイケル、ほんとに、良く考えてちょうだい！」娘は真剣に言った。「あなたはたぶん、私を身も心も持ち上げて連れて行くことができるでしょう。それでも、ひどいことになるかもしれないわ。スミスさんみたいに、ロマンティックな勢いでこういうことをするのが——女を魅《ひ》きつけることは否定しません。あなたの言う通り、私たち、今夜は真実を話しているわ。たとえば可哀想なメアリーはそんなやり方に魅かれたのよ。私だって魅かれるわ、マイケル。でも、冷たい事実が残るのよ。思慮《しりょ》のない結婚の先にあるのは長い不幸と失望だわ——あなたはお酒や何かが癖になってしまったし——私もそういつまでも綺麗ではいられないし——」

「思慮のない結婚だって！」マイケルは怒鳴った。「教えてもらいたいが、一体この天地のどこに思慮のある結婚があるんだ？　思慮のある自殺の話でもした方がました。君と僕はもう長い間そばにいてぐずぐずしていたが、僕らは昨夜会ったばかりのスミスとメアリー・グレイより少しでも安全だろうか？　結婚してみなければ夫を知ることはできない。不幸だって！　もちろん、君は不幸になるだろう。君を生んだお母さんのように不幸になってはいけないなんて、君は一体何様《なにさま》なんだ？　失望？　もちろん、僕らは失望するだろう。僕としては死ぬまでに、今この時の僕ほど立派な男に——すべての喇叭が鳴り響いている塔になれるとは思っちゃいない」

「あなたはそれを全部承知で」ロザマンドはしっかりした顔に大きな誠実さをあらわして、言った。「それでも、本当に私と結婚したいの？」

「愛《いと》しい君、ほかにすることがあるかい？」アイルランド人は説得した。「活発な男にとって、君と結婚する以外にすることがこの地上にあるかい？　眠ることはべつとして、どんなことが結婚以外の選択肢になるんだい？　それは自由ではないよ、ロザマンド。アイルランドの尼さんみたいに神と結婚するのでないなら、君は〝人〟と結婚しなければならない——すなわち、〝僕〟とだ。第三の道は君自身と結婚することだ——君自身、君自身——けして満足しない唯一の伴侶——そして、けして満足させることもない」

「マイケル」ハント嬢はいとも優しい声で言った。「そんなにおしゃべりしないなら、あなたと結婚するわ」

「今はしゃべっている時じゃない」とマイケル・ムーンは叫んだ。「歌わなくちゃ駄目だ。君のあのマンドリンはすぐ出て来るかい、ロザマンド？」

「私のかわりに取って来て」ロザマンドはキリリとした威厳をもって言った。

いつものらくらしているムーン氏はほんの一刹那、びっくりして立っていたが、それから、芝生を突っ切って飛んで行った——まるでギリシアの御伽話に出て来る羽根のついた靴を覆いたように。身軽な彼は一っ跳びで三ヤードと雛菊《ひなぎく》を十五も跳び越して進んだが、開いた談話室の窓から一、二ヤードほどのところへ来ると、飛ぶ足はまたいつものように、鉛のように重くなった。彼は身をよじってふり返り、口笛を吹きながらゆっくり戻って来た。魅せられた晩の出来事は、まだ終わりではなかったのだ。

ロザマンドが乱暴に外へ飛び出してからすぐ後に、ムーンがチラと見た暗い居間の中で奇妙な事が起こったのだ。薄暗い談話室で起こったそのことは、アーサー・イングルウッドには、天地がひっくり返り、海が天井に、星々が床になったかのように思われた。彼がいかに愕然《がくぜん》としたか言葉には表現できない――単純な男はみんな、そういう時愕然とするのだ。しかし、どんなに気丈な婦人の堅忍克己《けんにんこつき》も、それと紙一重《かみひとえ》、あるいは鋼鉄一重隔たっているにすぎないように思われる。それは降服を示すものではないし、ましてや同情を示すものではない。どんなに頑固で無情な女も泣きだすことができるのは、いくら軟弱な男でも顎鬚を生やすことができるのと同じである。それは独立した性的な力であって、性格の強い弱いに関して何一つ証明するものではない。だが、アーサー・イングルウッドのように女性を知らぬ青年にとって、ダイアナ・デュークが泣いているのを見ることは、自動車がガソリンの涙を流すのを見るようだった。

この驚くべき光景を目にした時、彼が何をしたかについて、彼には（たとえ、男性らしい慎しみがそれを許したとしても）漠然とした説明すら出来なかっただろう。彼は劇場が火事になった時、男がするように振舞った――そういう時、自分はこうするだろうと思っている行動とは、良かれ悪しかれ全然違う行動に出た。彼がかすかに憶えているのは、ダイアナが口ごもりながら言った説明、すなわち、あの女相続人は実際に金を払う唯一の下宿人であり、彼女が去ってしまえば、（その結果）執達吏が差し押さえに来るだろうということだったが、そのあと自分のしたことについては、それが引き起こした抗議による以外は何もわからなかった。

「放して、イングルウッドさん――放して。そんなことしても、何の助けにもなりません」

「でも、君を助けられます」とアーサーは迫るような断固たる口調で言った。「できます、できます、できます……」

「でも、あなた、言ったでしょう」と娘は叫んだ。「僕は君よりもずっと弱いって」

「うん、君より弱いとも」アーサーはあらゆるものを突き抜けて震える声で言った。「でも、今はちがいます」

「手を放して！」とダイアナは叫んだ。「いじめないで」

一つの点で、アーサーはダイアナよりずっと強かった――ユーモアという点で。それが突然心の中で跳ね上がり、彼は笑いながら言った。「ああ、君は狡《ずる》いぞ。自分がこれから一生僕をいじめ続けることを君はよく知っている。一生のうちに一分間だけ、男がいじめるのを許してくれてもいいじゃないか」

彼が笑うのは彼女が泣くのと同じくらい異常なことだったので、子供の頃以来初めて、ダイアナは完全に無防備になった。

「私と結婚したいという意味なの？」と彼女は言った。

「ほら、戸口に辻馬車がいるよ！」イングルウッドはそう叫ぶと、無意識に元気良く跳び上がり、庭へ通じるガラスの扉をバタンと開けた。

　イングルウッドがダイアナの手を引いて行く時、二人はこの家と庭がロンドンを見下ろす急な高台にあることに、なぜか初めて気づいた。だが、その場所が高いところにあるのを感じながら、秘密の場所だとも思った。そこは天の小塔の上にある円い、塀に囲われた庭のようだった。

　イングルウッドは夢見心地であたりを見まわした――鳶色の眼は無我夢中の喜びを感じて、景色のあらゆる細部を貪《むさぼ》っていた。庭の藪の向こうにある門の柵が小さい槍の穂先のような形をして、青く塗ってあることに初めて気づいた。青い槍の一つが弛んで、斜めに傾いていることに気づき、笑いそうになった。柵が曲がっていることを、何とも言えず無害で可笑《おか》しなことだと思った。どうしてそうなったのか、誰がそれをやったのか、その男はどうしているのか知りたいと思った。

　燃える焔のような芝生を二、三フィート横切って行った時、ほかにも人がいることに気づいた。ロザマンド・ハントと奇人のムーン氏――どちらも最後に会った時は、いとも暗鬱な孤立した気分でいたのに――それが芝生に一緒に立っていたのだ。まったく普通に立っていたのに、なぜか書物の中の人々のように見えた。

「まあ」とダイアナが言った。「何て素敵な空気でしょう!」

「知ってるわ」ロザマンドが大きな声を上げた――あまりにも嬉しさがこもっているため

に、まるで不平を言っているように聞こえた。「あのひどい、いやらしい、シューシュー泡の立つ飲み物みたい。私、あれを飲むと幸せに感じたわ」

「いいえ、似ているものなんかないわよ！」ダイアナは深く息をしながら、こたえた。「何でしょう。冷たいのに火のような感じがするわ」

「フリート街じゃ香気《バーミー》あるという言葉を使うね」とムーン氏が言った。「香気ある——とくに、クランペット*1についてね」そして必要もないのに麦藁帽子で自分を煽《あお》いだ。一同はみな目的のない、浮き立つ力の小さな跳躍と脈動に満ちていた。ダイアナは長い両腕を動かし、まるで十字架にかけられたように、一種の苦しみに満ちた静穏さの中でぎこちなく伸ばした。マイケルは長い間、筋肉を引き締めてじっと立っていたと思うと、四角《しかく》独楽《ごま》のようにクルクルまわって、それからまた立ちどまった。ロザマンドは躓《つまず》かず——女はうつ向けに倒れる時以外、けして躓かないのである——まるで何か聞こえない踊りの曲に合わせるように、動きながら足で地面を打った。そしてイングルウッドは静かに木に寄りかかりながら無意識に枝をつかみ、独創的な激しい身振りで振りまわしていた。背の高い彫像や戦争の打撃を生む〝人間〟の巨大な仕草が、一同の全身を動揺させ、苦悶させた。かれらは無言でぶらついたり立ったりしながら、電池のごとく動物磁気に満ち溢《あふ》れていた。

「さあ、それじゃ」ムーンがいきなり左右に手を広げて、叫んだ。「あの藪をまわって踊ろう！」

「どの薮のことを言ってるの？」ロザマンドは輝くばかりの乱暴さであたりを見まわしながら、訊いた。

「ここにはない薮さ」とマイケルは言った——「桑の木の薮だよ」*2

二人は半分笑いながら儀式的に互いの手を取り合っていて、その手をまた離す前に、マイケルは相手をクルッと回した——地球を独楽《こま》代わりにクルクル回す魔物のように。円い地平線が即座に彼女のまわりを飛びめぐり、ダイアナはロンドンの彼方の高台や子供の頃に登った庭の隅が輪になって遠く宙に浮かんでいるように感じた。ハイゲイトの古い松の樹のまわりで深山烏《みやまがらす》が啼くのが聞こえたり、蛍がボックス・ヒル*3の森に集まって光るのが見えるような気がした。

輪は破れ——そのように完全な軽さの輪は破れざるを得ない——それをつくったマイケルは遠心力に飛ばされるように、遠く門の青い柵まで飛んで行った。クルクル回ってそこまで行くと、突然新しい劇的な性格の叫び声を何度も上げた。

＊1　ホットケーキの一種。
＊2　「桑の木のまわりをまわろう Here we go round the mulberry bush.」と歌いながらする子どもの遊びがある。
＊3　ロンドン南東部サリーにある丘。

「あれはウォーナーだぞ！」彼は両腕を振りながら叫んだ。「愉快なウォーナー先生だ――新しいシルクハットをかぶって、例の絹みたいな口髭を生やしてる」

「あれはウォーナー先生なの？」記憶と可笑しさと困惑とが一気に噴き出して、ロザマンドは前に飛び出した。「ああ、ごめんなさい！　何でもなかったってあの人に言ってちょうだい！」

「手を取って、一緒に言おう」とマイケル・ムーンは言った。実際、二人が話している間にもう一台の辻馬車が、すでに待っている車のうしろを駆け上がって来て、ハーバート・ウォーナー博士が辻馬車の中に連れを残し、注意深く歩道に下りたのだ。

さて、仮にあなたが高名な医師で、危険な狂気の症状を診《み》てくれと女相続人から電報が来たとする。それで庭から家へ入って来ると、女相続人と下宿の女将と二人の紳士の下宿人が手をつなぎ、輪になってあなたのまわりを踊り、「何でもない！　何でもない！」と呼びかける。こういう時、あなたは面喰らって、不機嫌にさえなりがちである。ウォーナー博士は穏やかだが、宥《なだ》めやすいとは言えない人物だった。この二つはけして同じではないのだ。ムーンは博士にこう説明した――山高帽子を被った背の高いウォーナーはがっしりした身体つきで、じつに古代的な風貌だから、どこか古い黄金のギリシアの海岸で、笑いさざめく乙女たちがまわりを輪になって踊らなければいけないのだと。しかし、博士はその説明を聞いても、一同がはしゃいでいる理由を察しかねるようだった。

「イングルウッド！」ウォーナー博士は以前の弟子を睨《にら》みつけて、叫んだ。「君は狂っているのか？」

アーサーは鳶色の髪の付根まで真っ赤になったが、まずまず呑気に、穏やかに答えた。

「今は違うよ。じつをいうと、ウォーナー、僕はいささか大事な医学的発見をしたところなんだ――君がお得意の方面だよ」

「どういう意味だね？」偉大なる医師は堅苦しく訊ねた――「何の発見をしたんだね？」

「健康は、じつは病気みたいに伝染することを発見したんだ」とアーサーは答えた。

「そうとも。正気が発生して、蔓延しているんだ」マイケルが考え深げな表情で、独り舞《パ・スール》をしながら言った。「さらに二万人の患者が病院へ運ばれる。看護婦が夜も昼も働かされる」

ウォーナー博士はマイケルの真面目な顔と軽やかに動く脚とを、底知れぬ驚異《おどろき》をもって観察した。

「訊いてもいいかね。それで、こいつが」と彼は言った。「蔓延《まんえん》する正気なのかね？」

「許して下さいね、ウォーナー先生」ロザマンド・ハントが心の底から叫んだ。「重々申し訳ないことをいたしました。でも、ほんとに、あれは間違いだったんです。あなたをお呼びした時、私はものすごく気が立っておりましたの。でも、今はそれも夢のようです――スミスさんはかつてこの世に存在したもっとも優しくて、分別があって、楽しい人ですし、誰でも好きな人と結婚してかまいませんわ――私以外には」

「デューク夫人が良いと思うね」とマイケルが言った。

ウォーナー博士の顔はますます厳しくなった。彼はチョッキのポケットから一枚のピンクの紙を取り出したが、その間ずっと水色の眼でロザマンドの顔を静かに見つめていた。

彼は弁解できぬこともない冷淡さで話した。

「本当に、ハントさん。あなたのお話を聞いても、まだあまり安心はできませんな。電報を打たれたのは、つい半時間前のことです。『すぐ来て下さい、可能なら、もう一人のお医者を連れて。男性が――イノセント・スミスが――敷地で発狂し、恐ろしいことをしています。彼のことを何か御存知ですか?』私はただちに著名な同業者のところへ回りました。その医師は私立探偵でもあり、精神異常による犯罪の権威でもあります。私と一緒に来て、辻馬車で待っています。今、あなたはこの狂った犯罪者がごく優しい、正気のお友達だと平然として言われる――しかも、あなた御自身の正気の定義について私に考え込ませるような状況で。私にはその変化が理解できません」

「ああ、太陽と月とみんなの魂の中で起こる変化をどうして説明できるでしょう?」ロザマンドは絶望して叫んだ。「申し上げなければいけませんか? 私たちは、ただ彼が結婚したがったから狂っていると考えるほど病的になっていたのだと――そんな風に考えるのは、自分が結婚したかったからにすぎないことも知らなかったのだと。お望みなら、先生、私たちは恥を掻いてもようございます。十分幸せなんですから」

「スミス氏はどこにいるのかね？」ウォーナーはイングルウッドに鋭く訊ねた。

アーサーはハッとした。この笑劇の中心人物のことをすっかり忘れていたからだ。その男はもう一時間以上姿を見かけなかった。「その――たぶん家の向こう側に、塵芥《ごみ》入れのそばにいるんじゃないでしょうか」

「ロシアへ行く途中かもしれんな」とウォーナーが言った。「だが、彼を見つけなければならん」そう言って大股にズンズン歩いて行き、家の角の向日葵のところをまわって、姿を消した。

「あの人」とロザマンドが言った。「スミスさんにお節介をしなければいいんだけど」

「雛菊にお節介をするだって！」マイケルがふんと鼻を鳴らした。「恋に落ちたからといって、人を監禁することはできないさ――少なくとも、僕はそう願いたいね」

「そうよ、たとえお医者様でも彼を病気にはできないでしょう。彼はお医者を病気みたいに投げ捨ててしまうんじゃない？　これは一種の聖なる泉の例だと思うわ。イノセント・スミスはただただ無垢《イノセント》で、だからあんなに並外れているんだと思うわ」

しゃべったのはロザマンドだった――彼女は白い靴の先で芝生の上に落ち着きなく輪を描いていた。

「思うに」とイングルウッドが言った。「スミスはちっとも異常なんかじゃない。彼が可笑しいのは、びっくりするほど平凡だからにすぎないんだ。学校に行っている少年が休日に家へ帰って来る時、みんなが一つの家族で、おばさんやおじさんもいるというのがどういうことかわかるかい？　あすこの辻馬車の上に載っているのは、少年の手提げ籠にすぎない。この庭にあるこの木は、どんな少年でも攀じ登ったような木にすぎない。そう、スミスについて僕らが頭を悩まし、上手く言い表わす言葉を見つけられないのは、そのことなんだ。彼は僕の昔の学校仲間であってもなくても、少なくとも昔の学校仲間全員なんだ。僕らみんながそうだった、果てしなく菓子パンを食べて球を転がす動物なんだ」

「それはあなたたち馬鹿な男の子だけよ」とダイアナが言った。「そんなに馬鹿な女の子はいなかったと思うし、女の子はけしてそんなに幸せじゃなかったわ、例外は――」と言って、口を閉ざした。

「イノセント・スミスに関する真実を教えよう」とマイケル・ムーンが小声で言った。「ウォーナー博士が彼を探しに行ったけれども、無駄だよ。彼はいやしないよ。僕らが自分自身を見つけて以来、一度も彼を見ていないことに気づかなかったかい？　彼は我々全員から生まれたアストラル体の赤ん坊だったんだ。戻って来た僕ら自身の若さにすぎなかった。ウォーナーが馬車から下りるよりもずっと前に、僕らがスミスと呼んでいた存在は、この芝生の上の露と光に分解してしまったんだ。僕らは神様のお慈悲でもう一度か二度あんな気分になるかもしれないが、あの男を見ることはけしてないだろう。朝食前の春の庭で、僕らはスミスという匂いを嗅ぐだろう。小さい暖炉で小枝がパチパチとはじける時、スミスという名の音を聞くだろう。菓子パンの御馳走を食べる赤ん坊みたいに、地面を貪り食う草や――少年が白い樅《もみ》の木を割るように空を断ち割る白い暁にある、すべての飽くことを知らぬ無垢なもの――僕らは一瞬、それを熱烈な純粋さの現前だと感じるだろう。でも、彼の無垢《イノセンス》さは無生物の無意識に近いから、ちょっと触れただけで穏やかな生垣や空に溶けて消えてしまうんだ。彼は――」

爆弾が破裂したような大きな音が家の裏手から聞こえて、話は遮《さえぎ》られた。それとほとんど同時に、辻馬車の中の見知らぬ人物が馬車からとび出し、馬車は道路の石の上で揺れていた。その人物は庭の青い柵をつかんで、柵ごしに音のした方を一心に見た。小柄な男で、締まりのない身体つきだが敏捷だった。非常に痩せこけ、魚の骨で作ったような顔をしていて、ウォーナーの帽子と同じくらい硬くてピカピカ光るシルクハットを被っていたが、その帽子は無頓着に頭のうしろへ押しやられていた。

「殺人だ！」彼は甲高い、女のような、しかし良く徹《とお》る声で叫んだ。「あの人殺しを止めろ！」

そう叫んでいるうちにも、第二撃が家の低い方の窓を震わせ、その音と共に、ハーバート・ウォーナー博士が脱兎《だっと》のごとく家の角をまわって飛んで来た。しかし、彼が一同のいるところへ着く前に、第三の銃声が耳を聾《ろう》し、一同は不幸なハーバートの二つ目の山高帽子に二つの穴があいて白い空が覗くのを見とどけた。次の瞬間、逃げる医師は植木鉢に躓《つまず》いて転倒し、四つん這いになって、雌牛のように目を丸くした。撃たれて二つの穴が空いた帽子は彼の前の砂利道に転がり、イノセント・スミスが鉄道列車のように角をまわって来た。彼は本来の大きさの倍も大きく見えた——緑の服を着た巨人で、手にした大きな回転式拳銃は今も煙を吹いており、顔は血色が良いが影になっていて、その眼は満天の星を集めたように輝き、黄色い髪の毛はもじゃもじゃペーター[*4]の髪のごとく八方に逆立っていた。

　この驚くべき場面はほんの一瞬静寂の中に現われただけだったが、イングルウッドには、ほかの恋人たちが芝生に立っているのを見た時感じたことを、もう一度感じる時間があった。経験というよりもむしろ芸術作品に属する、何か清澄なものを切り取り、彩色したような感覚である。真っ赤なゼラニウムが植わっている割れた植木鉢、スミスの緑の巨体とウォーナーの黒い巨体、そのうしろの青い忍び返しのついた柵——見知らぬ男が黄色い禿《はげ》鷲《わし》のような爪でそれをつかみ、長い禿鷲のような首がその上から覗き込んでいる。砂利道のシルクハット、そして紙巻煙草の煙のように無害《イノセント》に庭を漂う小さな煙——こうしたものすべてが不自然にくっきりと見えた。それらは象徴のごとく、分離の恍惚境に存在していた。実際、画面全体がバラバラになりつつあるため、すべての物体がますます特別で貴重なものとなったのである。物は破裂する直前、そんな風に輝いて見えるのだ。

彼の空想が始まるずっと前に――終わるより前だったことは言うまでもない――アーサーは進み出てスミスの片腕を取った。同時に小柄な見知らぬ男が石段を駆け上がり、もう片方の腕を取った。スミスは大声で笑い出し、進んで拳銃を渡した。ムーンは博士を立ち上がらせると、庭の門のところへ行って、不機嫌そうに門に凭《もた》れた。娘たちはたいていの善良な女性が大災害の時そうするように、静かに様子を見ていたが、その顔はなぜか空から光が飛び去ってしまったことを示していた。博士自身は立ち上がると、帽子と落ち着きを取り戻して、不愉快そうに服の埃を払い、娘たちの方を向いて素っ気なく詫びを言った。さいぜんの恐慌のために真っ蒼な顔をしていたが、完全な自制を保って語った。

「お赦《ゆる》し下さい、お嬢さん方。私の友人とイングルウッド氏はどちらも、形こそ異なりますが、科学者なのです。私たちはスミスさんを家の中に連れて行って、みなさんにはのちほどお話しした方が良いと思います」

丸腰になったスミスは三人の自然科学者に護られ、巧みに家の中へ連れ込まれたが、まだ大声で笑っていた。

次の二十分間、彼の遠い笑い声は半分開いた窓から時々聞こえて来たが、医師たちの静かな声の谺《こだま》は聞こえて来なかった。娘たちは一緒に庭を歩きまわりながら、精一杯励まし

＊4　ハインリヒ・ホフマン（一八〇九－九四）の子供向け絵本の主人公。

合った。マイケル・ムーンは今も門に重苦しく凭れていた。その二十分がそろそろ経つ頃、ウォーナー博士が前ほど青ざめてはいないが、前よりも厳しい顔をして、家から出て来た。魚の骨のような顔をした小男が、うしろから厳かについて来た。日のあたったウォーナーの顔が人を絞首刑にする判事の顔だとすると、うしろにいる男の顔はむしろ死神の顔に似ていた。

「ハントさん」とハーバート・ウォーナー博士は言った。「あなたに心からの感謝と賞讃を捧げたいと思います。あなたが今晩、即座の勇気と賢明さで電報を下さったおかげで、いとも残忍で恐ろしい人類の敵を捕らえ、犯行を防ぐことができました――この犯罪者のように、もっともらしさと冷酷さを一身に兼ねそなえた例はありません」

ロザマンドは青白いうつろな顔と瞬《また》く眼で博士の方を見た。「どういう意味です？　スミスさんのことをおっしゃっているんじゃないでしょうね？」

「あの男はほかにもたくさんの名前を名乗っています」と博士は厳粛に言った。「どの名前も呪われるべきものとしてあとに残して行ったのです。あの男はね、ハントさん、世界中行く先々に血と涙の跡を残しました。悪人であるだけでなく狂っているかどうかは、これから科学のために確かめるつもりです。ともかく、まず彼を判事のもとへ連れて行かねばならんでしょう――たとえ、そこから癲狂院へ行くとしても。ですが、彼を閉じ込める癲狂院は、壁の中に壁をつくって封鎖し、要塞のように大砲でぐるりと囲まなければならんでしょう。さもないと奴はまた脱出して、地上に殺戮《さつりく》と闇をもたらすでしょうから」

ロザマンドは二人の医者を見たが、その顔はますます蒼ざめて行った。それから彼女の目はさまよって、門に凭れているマイケルの方を向いたが、彼は依然じっと門に寄りかかり、暗くなりまさる道に顔を向けていた。

第五章　寓意的かつ実際的なる冗談の犯人

　ウォーナー博士と一緒に来た犯罪学の専門家は、柵をつかんで庭の中に首を伸ばした時よりもいくらか垢抜《あか》け、小粋にさえ見えた。帽子を取ると割合に若くも見えた。金髪を真ん中で分け、両側に入念にカールさせていて、動作はとくに手の動きが生き生きしていた。洒落者めいた片眼鏡を幅の広い黒のリボンで首にかけ、まるで大きなアメリカの蛾《が》がとまったように大きな蝶ネクタイをしていた。服装と仕草は少年のものといっても良いほど晴れやかだったが、ただ魚の骨のような顔には、苦い年老《とし》ったものが見えるのだった。行儀作法は素晴らしかったが英国式とは言えず、半分無意識にやっている癖が二つあって、そのために一度でも会った人は彼を忘れなかった。一つは、とくに礼儀正しくしたい時に目をつむる癖で、もう一つは、ある言葉を言おうとしてためらうか戸惑っている時、まるで嗅ぎ煙草をつまみ上げるように親指と人差し指を合わせて、持ち上げる癖だった。しかし、彼と長く一緒にいる者は、彼の一風変わった厳かな話しぶりと次々に繰り出される特異な見解の流れの中で、こうした奇妙なことを忘れてしまう傾向があった。

「ハントさん」とウォーナー博士が言った。「こちらはサイラス・ピム博士です」

サイラス・ピム博士は、子供が〝ズルをしないで〟遊ぶ時のように、紹介の間目をつぶっていた。素早く小さなお辞儀をしたが、どういうわけか、それで合衆国の市民であることが突然明らかになった。

「サイラス・ピム博士は」ウォーナーは語りつづけた（ピム博士はまた目を閉じた）。「おそらくアメリカでも第一級の犯罪学の専門家でしょう。我々がこの尋常ならざる事件で彼の助言を得られるのは、じつに幸運です――」

「私には何が何だかわかりません」とロザマンドが言った。「可哀想なスミスさんが、どうしてあなたのおっしゃるような恐ろしい人間のはずがあるでしょう」

「あるいは、あなたの電報にあったような、ですな」ハーバート・ウォーナーは微笑んで言った。

「ああ、わかっていらっしゃらないんだわ」娘はじれったくなって言った。「だって、あの人は私たちに、教会へ行くよりもためになることをしてくれたんです」

「お嬢さんに御説明できると思います」とサイラス・ピム博士は言った。「この犯罪者ないし狂人スミスはまさに悪の天才で、独自の方法を持っております。いとも大胆かつ巧妙な方法です。彼はどこへ行っても人気があります。どの家にも騒々しい子供として侵入するからです。人は悪漢が立派な人間のふりをするのを疑うようになっています。そこで、彼はいつも――何といいましょうか――ボヘミアンに、非の打ち処のないボヘミアンに扮《ふん》するのです。彼はいつも人々の足を掬《すく》います。人々は型通りの品行方正さの仮面に慣れています。彼は好んでお人好しの奇人を装うのです。人はドン・ファンが謹厳で物堅いスペインの商人に扮装することを予想しますが、ドン・キホーテに扮装するとは思っていません。人はぺてん師がサー・チャールズ・グランディソン[*1]のように振舞うことを予想します。なぜなら（サミュエル・リチャードソンの深い、涙を誘う優しさには敬意を払いますがね、ハントさん）、サー・チャールズ・グランディソンはしばしばぺてん師のような振舞いをしたからです。しかし、いかなる現実の、赤い血の通《かよ》った市民も、サー・チャールズ・グランディソンではなくサー・ロジャー・デ・カヴァリー[*2]を手本にして振舞うぺてん師には、心の用意ができていません。少しイカれた善人のふりをすることは、新しい犯罪の隠れ蓑《みの》なのですよ、ハントさん。これは大した思いつきで非常に成功していますが、成功するが故に、ひどく残酷なものとなるのです。もしディック・ターピン[*3]がバズビー博士[*4]になりすましても私は許せますが、ジョンソン博士になりすましたら許せません。私の思うに、瓦が一枚弛んだ聖人は、少し神聖すぎて茶化すにはふさわしくないのです」

「でも」ロザマンドは絶望したように叫んだ。「スミスさんが名うての犯罪者だと、どうしてわかるんです？」

「友人のウォーナーが」とアメリカ人は言った。「あなたの電報を受け取って私を叩き起こした時に、すべての資料を引き合わせてみました。こうした事実を知ることは私の職業的な仕事なのです、ハントさん。そしてそれらの資料に疑いの余地がないことは、駅に置いてある時刻表と同様です。この男はこれまで子供っぽさや狂気を見事に装い、法の網をくぐり抜けて来ました。しかし、私自身は専門家として、彼がそうやって試みたりやり遂げたりした十八か二十の犯罪に関する、個人的に信頼できる記録を持っております。彼はこちらの家へ来たようにあちこちの家へ行って、人々に大そう好かれるのです。彼は物事を上手く運ばせます。物事は上手く運びますが、彼がいなくなると、何もかも消えてなくなります。消えてしまうのですよ、ハントさん、人間の命や、人間のスプーンや、もっと多くの場合、女性が消えてしまうのです。私はすべての事件の記録を持っていると自信を持って申します」

「私もそれを見ました」ウォーナーが力強く言った。「今の言葉がすべて正しいことを保証できます」

＊1　サミュエル・リチャードソンの同名の小説の主人公。

＊2　十八世紀の雑誌「スペクテイター」に載った随筆の登場人物。英国の典型的な地主階級を表現した。

＊3　十八世紀の名だたる追剝《おいはぎ》。

＊4　リチャード・バズビー（一六〇五－九五）英国の聖職者。ウェストミンスター校の校長を長く勤めた。鞭による体罰をさかんに行った。

「私の気持ちからすると、あの男のもっとも卑怯な面は」アメリカ人の博士は語りつづけた。「いつも図々しく無邪気《イノセント》な風を装って、無垢な女性を騙していることです。想像力旺盛なこの悪魔は、あいつがいたほとんどすべての家から気の毒な娘さんを連れ去っています。ある人々が言うには、彼は他の奇妙な特徴と共に催眠術をかける眼を持っていて、女たちは自動人形のようについて行くんだそうです。気の毒な娘さんたちがどうなったのかは誰も知りません。たぶん、殺されたんでしょう。彼が殺人に手を染めた事例は、このほかにもたくさんありますからな――とはいえ、いずれの事件でも起訴されたことはありませんが。とにかく、最新の調査方法を以てしても哀れな女性たちの足取りはつかめないのです。私はかれらのことを思うと本当に胸が痛むのですよ、ハントさん。そして今のところ、私にはウォーナー博士が言われたこと以外に何も申すべきことはありません」

「その通り」ウォーナーは大理石で造ったような微笑を浮かべて、言った――「ですから、我々はみな、あの電報を打って下さったことに大いに感謝しなければなりません」

小柄なヤンキーの科学者はいかにも誠実そうな話しぶりだったので、べつの時には少々滑稽だった彼の声と身振りの癖を――落ちる目蓋《まぶた》、上がる抑揚、宙に持ち上げた人差し指と親指を――聞く者は忘れていた。彼はウォーナーより賢かったわけではない。ウォーナーより著名だったが、たぶん、彼ほど賢くはなかっただろう。だが、彼にはウォーナーにけしてないもの、生き生きした気取らぬ真剣さがあった――単純さというアメリカの偉大な美徳である。ロザマンドは眉を顰《ひそ》め、腹黒い大悪党がいる、暗くなりゆく家の方を憂鬱に見た。

明るい日射しはまだ残っていたが、もう黄金色から銀色に、銀色から灰色に変わろうとしていた。庭の一、二本の立木の羽の生えたような長い影が、薄暮の冴えない背景の中でしだいに薄れて行った。もっともくっきりした深い影は大きなフランス窓がある家の入口だったが、ロザマンドはその中に、イングルウッド（彼はまだ謎めいた捕虜の番をしていた）と外から手伝いに行ったダイアナが慌てて相談している様子を見た。二人は数分間あれこれ身ぶりをしていたあと、庭に面したガラスの扉を閉めて奥へ入り、庭はさらに灰色になるようだった。

ピムと呼ばれるアメリカ紳士はふり返って、同じ方向へ移ろうとしているようだったが、動き出す前にロザマンドに話しかけた。彼はその子供っぽい虚栄心の多くを埋め合わせる偽りのない機転と、衒学的《げんがく》なこの男を衒学者と呼びにくくする自然な詩心の幾分かを閃《ひらめ》かせた。

「まことに残念ですが、ハントさん、ウォーナー博士と私は資格を持つ二人の開業医として、スミス氏をあの馬車に乗せて連れて行った方がよろしいし、それについてはとやかくおっしゃらない方がよろしいのです。動揺なさらないで下さい、ハントさん。我々が連れ去るのは怪物であり、存在してはならぬものだということをお考えになって下さい――貴国の大英博物館にある神々の一つのようなもの、翼や、顎鬚や、脚や、眼ばかりで、ちゃんとした形がないものです。スミスという奴はそういう物で、早く厄介払いしなければいけません」

彼はすでに家の方へ一歩踏み出し、ウォーナーがそのあとに続こうとしていた。その時、ガラスの扉がふたたび開いて、ダイアナ・デュークがふだん以上に素早く芝生を横切って出て来た。その顔は心配と興奮のために顫《ふる》え、黒い真面目な眼はもう一人の娘だけにじっと注がれていた。

「ロザマンド」彼女は絶望して叫んだ。「彼女をどうすれば良いのかしら?」

「彼女を?」ハント嬢は激しくとび上がって叫んだ。「まさかあの人は女だっていうんじゃないでしょうね?」

「いや、いや」ピム博士が誰にも公平であろうとするかのように、穏やかに言った。「女ですと? さすがに、あいつもそこまではやりませんよ」

「私が言ってるのは、あなたのお友達メアリー・グレイのことよ」ダイアナはハント嬢に向かって、同じくらいきつく言い返した。「一体、彼女をどうしたら良いのかしら?」

「スミスのことをどういう風に話せば良いかと言いたいのね」ロザマンドは顔を曇らせ、かつ表情を和《やわ》らげて答えた。「そうね、それはかなり辛《つら》いでしょうね」

「でも、私、彼女に話したのよ」ダイアナは持前の苛立ち以上の激昂した調子で怒鳴った。

「話したのよ。それなのに、あの人は平気らしいの。スミスと馬車に乗って行くって、まだ言ってるのよ」

「でも、そんなこと不可能だわ！」ロザマンドは叫んだ。「メアリーは本当に信心深いのよ。それに――」

彼女はメアリー・グレイが芝生の割合と近いところにいるのに気づいて、話をやめた。彼女の物静かな話相手はごく静かに庭へ入って来たが、明らかに旅行に行く服装をしていた。綺麗だが大分年季《ねんき》の入った青のタマシャンター帽を頭にかぶり、少々擦《す》り切れた灰色の手袋を手に嵌《は》めていた。しかし、その二つの色は彼女のふさふさした銅《あかがね》色《いろ》の髪に素晴らしく似合っていた。少し着古しているために、いっそう素晴らしく似合っていたのだ。女性の服が一番似合うのは、偶然似合うように見える時だからである。

だが、この場合、彼女にはそれ以上に独特で魅力的なところがあった。日が沈み、空がすでにくすんだこういう黄昏時には、ある角度にたまたまあたった反射光が落日の光をいつまでも残していることがよくある。窓や、水や、姿見が、地上の他の場所には失われた炎を一杯に湛《たた》えていることがある。古風でほとんど三角形をしたメアリー・グレイの顔は、数時間前の光輝をなおも繰り返すことのできる三角形の鏡に似ていた。メアリーはつねに優雅だったが、それまではけして美しいというほどではなかった。しかし、この悲嘆のさなかで幸せそうにしている彼女の様子は、息を呑むほど美しかった。

「ああ、ダイアナ」ロザマンドは声を低めて、言葉遣いを変えた。「でも、どんな風にあの人に伝えたの？」

「あの人に言うのは簡単よ」ダイアナは陰気に答えた。「言っても、少しも驚かないの」

「私、みなさんをお待たせしているようですわね」メアリー・グレイが詫びるように言った。「それでは、本当にお別れを言わなければなりませんわ。イノセントがハムステッドにいる彼の叔母様のところへ連れて行ってくれるんですけど、叔母様は寝るのが早いでしょうから」

彼女の言葉は無頓着で実際的なものだったが、その眼には一種の眠たげな光があり、それは暗闇よりも不可解だった。まるで遙か遠くの物を見ながら、上《うわ》の空でしゃべっているようだった。

「メアリー、メアリー」ロザマンドは泣き出しそうになって、叫んだ。「ほんとにお気の毒だけれど、それはできないのよ。私たち——私たち、スミスさんのことを何もかも知ってしまったの」

「何もかも？」メアリーは低い奇妙な口調で繰り返した。「まあ、それはすごく刺激的でしょうね」

一瞬、あたりは何の物音もせず、動く物もなかった——無言で門に寄りかかっているマイケル・ムーンが、聴耳を立てようとでもするように小首を上げたほかには。ロザマンドが黙っているので、やがてピム博士がはっきりと助け舟を出した。

「まず初めに」と彼は言った。「このスミスなる男はたえず殺人を試みています。ブレイクスピア学寮の学長が——」

「知っております」メアリーは曖昧だが晴れやかな笑顔で言った。「イノセントが話してくれました」

「あなたに何と言ったかはわかりませんが」ピムはすぐさまこたえた。「それは真実ではあるまいと思います。偽りのない真実を申しますと、あの男は人間のあらゆる既知の犯罪に手を染めているのです。請け合ってもよろしいが、私は資料をすべて持っております。彼が押込み泥棒をしたという証言もありますが、これにはたいそう高名なイギリスの副牧師が署名しています。私は——」

「ああ、でも、副牧師さんは二人いたのですわ」メアリーはある種の穏やかな熱心さをもって声を上げた。「おかげで、あの事件はずっと面白くなったんです」

家の暗くなったガラス扉がふたたび開いて、イングルウッドがチラと姿を現わし、一種の合図をした。アメリカ人の医師は一礼し、イギリス人の医師はしなかったが、二人共おもむろに家の方へ歩き出した。ほかの者は誰も身動きをしなかった。門に寄りかかっているマイケルさえもそうだったが、彼の頭と肩の後ろには、話を一言も洩らさず聴いていることを示す曰《いわ》く言い難い表情があった。

「でも、メアリー、わからないの？」ロザマンドが絶望して叫んだ。「この私たちの目の前でも恐ろしいことが起こったのを知らないの？　二階で拳銃を撃つ音がしたのは、あなたにも聞こえたと思うんだけど」

「ええ、銃声なら聞こえたわ」メアリーはほとんど朗らかに言った。「でも、その時、私は荷造りで忙しかったの。それにイノセントはウォーナー博士を撃つって言っていたから、下りて来るまでもなかったのよ」

「まあ、あなたの言ってる意味がわからないわ」ロザマンド・ハントは地団駄を踏んで言った。「でも、私の言う意味はわかるにちがいないし、わからせてあげる。あなたを救うことさえできれば、どんなに残酷な言い方をしてもかまわない。私が言いたいのはね、イノセント・スミスは世界一恐ろしい悪人だということよ。あの人はほかの大勢の男の人に弾丸を撃ち込んだし、ほかの大勢の女の人と辻馬車に乗って去ったのよ。その上、女の人は殺したらしいの。どこにも見つからないから」

「時々、本当にやんちゃをするのよ」メアリー・グレイはそう言って静かに笑いながら、古い灰色の手袋のボタンをかけた。

「まあ、本当に催眠術か何かにかかってるんだわ」ロザマンドはそう言って、わっと泣き出した。

その時、黒服を着た二人の医師が、緑の服を着た巨漢の囚《とら》われ人《びと》を間に挟んで家から現われた。捕まっている男は抵抗しなかったが、今も力なく馬鹿のように笑っていた。アーサー・イングルウッドがうしろから跟《つ》いて来て、その光景は悲嘆と恥辱の色が濃い黒と赤の習作といったところだった。つい一日前塀を楽しげに跳び越え、浮かれて木に登って入って来た男が、かくも暗澹《あんたん》たる、葬式めいた、痛々しいほど現実的な形でビーコン・ハウスから出て行ったのだ。庭にいる面々はメアリー・グレイ以外誰も動かなかったが、メアリーはごく自然に進み出て、呼びかけた。「用意は良《い》い、イノセント？　馬車がもう長いこと待っているのよ」

「みなさん」ウォーナー博士がきっぱりと言った。「私としては、この御婦人にどいていただかなければなりません。馬車は我々三人が乗るだけでも、随分窮屈でしょう」

「でも、あれは私たちの馬車です」メアリーは食い下がった。「ほら、イノセントの黄色い鞄が天辺に載ってるじゃありませんか」

「おどきなさい」ウォーナーが荒っぽく繰り返した。「それに君、ムーンさん、恐縮だが、ちょっとわきへ寄って下さいませんか。さあ、さあ！　こういう見苦しいことはさっさと済ませるに限ります――でも、あなたが寄りかかっていたのでは、門を開けられないじゃありませんか」

マイケル・ムーンは相手の長くて痩せた人差し指を見て、この主張を何度も熟考しているようだった。

「ええ」と彼はしまいに言った。「でも、あなたが開けようとしたのでは、僕はこの門に寄りかかれないじゃありませんか」

「さあ、どいたり、どいたり！」ウォーナーはほとんど上機嫌になって叫んだ。「門にはいつでも寄りかかれるでしょう」

「いいえ」ムーンは熟考するように言った。「時と場所と青い門がすべて揃うことは、めったにありません。それに、あなたが田舎の旧家の出であるかどうかにもよります。僕の先祖は誰も門の開け方を発見しないうちから、門に寄りかかりました」

「マイケル！」アーサー・イングルウッドが一種の苦悶にかられて、叫んだ。「君、どいてくれないかね？」

「いや、駄目だ。どかないね」マイケルは少し沈思黙考してからそう言って、ゆっくりとふり返った。一同に面と向かったが、それでも、くつろいだ態度で道をふさいでいた。

「ねえ！」彼はいきなり大声を上げた。「あなた方、スミスさんをどうするつもりなんです？」

「連れて行くのです」ウォーナーがぶっきら棒に答えた。「質問に答えてもらうためにね」

「大学の入学試験ですか？」ムーンは明るい声で訊ねた。

「治安判事が取り調べるんです」相手は素っ気なく言った。

「しかし、他のいかなる治安判事が」マイケルは声を高くして言った。「この自由の地で起こったことを裁こうなどとするんです――由緒を誇る独立したビーコン公爵以外に？　他のいかなる法廷が我々の仲間を裁こうなどとするんです――ビーコン高等法院のほかに？　つい今日の午後、我々が独立の旗を押し立てて、地球上の他のすべての国から分かれたのを忘れたんですか？」

「マイケル」ロザマンドが両手を揉み絞って叫んだ。「そんなところに立って、くだらないことを良くしゃべっていられるわね。あなた自身、恐ろしいことを見たじゃないの。あの人が発狂した時、あなたはそこにいたわ。博士《せんせい》が植木鉢につまずいて転んだ時も、あなたが助け起こしたんじゃないの」

「そしてビーコン高等法院は」マイケルは尊大にこたえた。「狂人や、植木鉢や、庭で転ぶ医師に関するすべての事件に特別な権限を持つんだ。エドワード一世が発した最初の憲章に書いてある。『医師ガ庭ニテ倒レタルナラバ――』」

「どきたまえ！」ウォーナーが突然怒りにかられて叫んだ。「さもないと、力ずくでどかすぞ」

「何と！」マイケル・ムーンは陽気で凶暴な叫びを発した。「僕はこの神聖な境界を護って死ぬのか？　君たちはこの青い柵を僕の血糊で赤く染めるのか？」彼はそう言って背後にある柵の青い忍び返しの一つをつかんだ。イングルウッドは宵の口に気づいていたが、柵はこの場所が弛み、曲がっていて、マイケルが揺さぶると、ペンキを塗った鉄製の槍の柄と穂先が抜けて、彼の手に握られた。

「見ろ！」彼はこの壊れた投げ槍をふりまわしながら叫んだ。「ビーコン塔のまわりにある槍さえも、ふだんの場所から跳び出して塔を守るのだ。ああ、こうした場所と時に、独りで死ぬのは立派なことだ！」そして太鼓を打つような声で、ロンサールの気高い詩行*5を朗々と口誦《くちず》さんだ――

神の名誉のため、あるいは我が殿のために、
悲しみ、胸を開き、我が領地の縁で。

「何ともはや！」アメリカ紳士は畏怖にかられたような声で言った。それから、こうつけ加えた。「ここには狂人が二人いるのか？」

「いや、五人いるんだ」ムーンが大声で言った。「正気を保っている人間はスミスと僕だけだ」

「マイケル！」ロザマンドが叫んだ。「マイケル、それはどういう意味？」

「意味なんかあるものか！」マイケルは怒鳴って、色を塗った槍を庭の向こう端にびゅんと投げつけた。「その意味はこうだ。医者なんかたわごとだし、犯罪学もたわごとだし、アメリカ人もたわごとだ――我々のビーコン法院より、ずっとたわごとだということさ。

ボンクラどもめ、イノセント・スミスはあの木にとまっている鳥以上に狂ってもいないし、悪い奴でもないということだ」

「だがね、親愛なるムーン君」イングルウッドは慎ましい口ぶりで話し始めた。「こちらの紳士方は――」

「二人の医者の言葉によって」ムーンは他人《ひと》の話を聞かずに、またどっとしゃべりだした。「二人の医者の言葉によって、私設の地獄に閉じ込められる！　しかも、こんな医者たちだぞ！　ああ、僕の帽子！　連中を見ろ――いいから、連中を見ろ！　あんな奴らが二十人忠告したからといって、君らは本を買ったり、犬を買ったり、ホテルへ行ったりするか？　僕の一族はアイルランド出身でカトリック教徒だった。もし僕が二人の司祭の言葉によって誰かが悪人だと叫んだら、君らは何て言う？」

「でも、言葉だけじゃないわ、マイケル」ロザマンドが言い聞かせた。「あの人たちは証拠も持っているのよ」

「それを見たのかい？」とムーンはたずねた。

「いいえ」ロザマンドはかすかな驚きを感じて、言った。「この紳士方が預かっていらっしゃるもの」

＊5　「死者の讃歌 l'Hymne de la Mort」の最後の二行。

「ほかのものも全部預かっているらしいな」とマイケルは言った。「君らはデューク夫人に相談してみるだけの礼儀も知らないんだな」

「でも、そんなことしたって役に立たないわよ」ダイアナが小声でロザマンドに言った。「伯母さまは鵞鳥《がちょう》に『ばあ！』とも言えないんですもの」

「それは良かったね」マイケルが答えた。「だって、『ばあ！』と言ってやるべき鵞鳥がこんなにいたんじゃ、年中ばあばあ言ってることになりかねないからね。僕としては、物事がこんなに軽々しく良《い》い加減に行われることを断固拒否する。僕はデューク夫人に訴える――ここは彼女の家なんだから」

「デューク夫人？」イングルウッドが疑わしげに繰り返した。

「そうだ、デューク夫人だ」マイケルはしっかりと言った。「通称、鉄公爵《アイアン・デューク》と呼ばれている」

「伯母さまに訊いたら」ダイアナは静かに言った。「何もしたくないって言うわ。伯母さまが考えるのは、騒ぎ立てずに物事を成行きにまかせることだけよ。それが性《しょう》に合ってるのよ」

「そうだ」とマイケル・ムーンはこたえた。「そして、たまたまそれが僕ら全員に合っているんだ。デューク嬢、あなたは年長者に厳しいが、あなたも年をとれば、ナポレオンと同じことを悟るだろう――手紙というものの半分は、返事をしようという肉体的欲求を抑えることさえできれば、自分で勝手に返事をするということを」

彼はいまだに同じ馬鹿げた態度で肘を鉄格子に乗せていたが、その声はいきなり三度目の変化を遂げた。その前に擬似英雄体《モック・ヒロイック》から人間味のある激した調子に変わっていたが、今度は法律上の良い助言をする弁護士のような、軽快な鋭さに変わったのだ。

「この静かさをなるべく保ちたいと思うのは、伯母上だけではありませんよ」と彼は言った。「我々はみんな、出来ることなら、ここを静かなままにしておきたいんです。大きな事実を見て下さい――この一件の大きな骨組を。科学者であるあの紳士方は大そう科学的な誤りを犯したと思います。スミスは金鳳花《きんぽうげ》のように非がないと思います。たしかに、金鳳花はあまり人の家で装塡《そうてん》したピストルをぶっ放したりしませんから、弁明を必要とすることがあるのは認めます。しかし、この一件の裏には何かの間違いか、悪戯《いたずら》か、寓喩《ぐうゆ》か、偶然の事故があると僕は確信します。うむ、仮に僕が間違っているとしましょう。僕らは彼の武器を奪いました。彼を抑えるのに五人の男がいます。彼が留置所へ行くのは今でも、もっと後でもいいはずです。しかし、仮に僕が正しい可能性があるとしたら、どうです。内輪の恥を公に晒《さら》すことが、ここにいる誰かのためになりますか？

さあ、それでは、みなさん一人一人に御説明しましょう。一度《ひとたび》スミスをあの門の外へ連れ出したら、彼を夕刊新聞各紙の一面に連れ込むことになりますよ。僕にはわかってるんです。僕自身一面を書いたことがありますからね。デューク嬢《さん》、あなたや伯母上は、お宅の下宿の上に『医師らここで撃たれる』という掲示板を立ててもらいたいですか？　いやいや——僕が言った通り、医師なんてものはたわごとですが、たわごとにここで撃たれて欲しくはないでしょう。アーサー、僕が正しいと、あるいは間違っていると仮定してみたまえ。スミスは君の古い学校仲間として現われた。良く聞け、もしも彼の有罪が証明されたら、〝世論の機関〟は君が彼をここへ引っぱり込んだと言うだろう。もしも無実が証明されたら、君が彼を逮捕する手助けをしたと言うだろう。ロザマンド、愛しい君、僕が正しい場合と間違っている場合を仮定してみたまえ。もしも彼の有罪が証明されたら、連中は君が話相手を彼と婚約させたと言うだろう。もし無実が証明されたら、あの電報を印刷するだろう。僕はあの〝機関〟という奴を知っているからな、畜生め」

彼は一瞬、口を閉じた。狂言の、あるいは本当の弾劾よりも、早口にまくしたてたこの合理論の方が息が切れたからである。だが、彼は明らかに真剣で、積極的かつ頭脳明晰だった。それは、息切れが収まるとすぐ言い出したことによって証明された。

「医師のお二方も同じです」と彼は言った。「ウォーナー博士は御不満だとみなさんは言うでしょう。それは認めます。でも、彼はあらゆる新聞記者に〝庭ニ突《つ》ッ伏《ぶ》セル男〟として、スナップ写真を撮られることを、特に望みますか？　博士の落度ではありませんが、あの場面は彼にとってもあまり威厳のあるものではありませんでしたね。彼は正当な扱いを受けなければなりませんが、跪《ひざまず》くだけでなく、両手両膝をついて裁きを求めることを望むでしょうか？　四つん這いになって法廷へ入りたいと思うでしょうか？　医師は宣伝することを許されていませんし、自分がそんな風に見えるところを宣伝したいとは、いかなる医師も望まないと確信しています。アメリカから来たお客さんにとっても同じです。彼が決定的な資料を持っているとしましょう。真に読むに値する新事実を握っているとしましょう。しかし、法的な取り調べでは（いや、その点を言うなら医学的な調査でも）、十中八九、彼はそれを読むことを許されないでしょう。二、三分ごとに何か面倒な古臭い規則に足を掬われるでしょう。当節、人は公の場では真実を語れません。しかし、今でも非公式になら語ることができます。あの家の中でなら語れるんです」

「その通りですね」とサイラス・ピム博士が言った。彼はアメリカ人だけがこんな場面で保つことのできる真剣さで、話を最後まで良く聴いていた。「私の場合も、私的な取り調べの方が目に見えて邪魔が少なかったのは本当です」

「ピム博士！」ウォーナーが突然怒り出したように、叫んだ。「ピム博士！　まさかあなたはお認めになるんじゃ――」

「スミスは狂っているかもしれません」憂い顔のムーンは手斧《ちょうな》のように重々しい一人語りを続けた。「ですが、すべての家《ホーム》のための自治《ホーム・ルール》について彼が言ったことには、やはり一理あります。そうです、結局のところ、ビーコン高等法院には多少の理があるんです。人間は現在、法による公正な裁きを得られない場合にも、しばしばある種の家庭による公正な裁きを得られるというのは、本当です——ああ、僕も法律家ですから良く知っていますよ。たしかに、世の中にはあまりに多くの公的で間接的な権力があります。一国全体が解決できないことを一家族が解決できる場合がじつに多いのです。何十人という若い犯罪者が罰金を科され、牢獄に送られる——本当は鞭で打って、寝床に送るべきだというのに。何十人という男が、僕は確信していますが、ハンウェル[*6]で一生を送る——ブライトン[*7]で一週間過ごせば良いだけなのに。家庭の自治というスミスの考えには、たしかに一理ありますから、僕はそれを実践することを提案します。囚人がいて、資料もある。さあ、僕らは自由な白人のキリスト教徒の集まりです——町の中に立て籠もって包囲されているか、無人島に打ち上げられたような。この件は我々自身で片づけましょう。あの家の中に入って腰を下ろし、この話が本当かどうかを、スミスという男が人間か怪物かを、自分の眼と耳でたしかめましょう。我々にそんな小さなこともできないようなら、投票用紙に×印を書くいかなる権利があるでしょう?」

イングルウッドとピムは視線を交わした。ウォーナーも馬鹿ではなかったから、ムーンの主張が通りそうなことを一目で見て取った。アーサーに降参することを考えさせた動機は、サイラス・ピム博士を動かしたそれとは大いに異なっていた。アーサーは本能的に秘密と穏やかな解決を好んだ。彼はまことに英国人らしく、大騒ぎや真剣な弁論で不正を正すよりも、我慢してしまう方が多かった。アイルランド人の友のように道化師と遍歴の騎士を同時に演じることは、彼にはまったく拷問に等しかったろうが、この日の午後に彼が演じた半ば公的な役割ですら、ひどい苦痛だった。君の義務は寝ている犬を寝かしておくことなのだと誰かが説得することができれば、彼は嫌がらなかっただろう。

一方、サイラス・ピムは、英国人には無茶苦茶に見える出来事が起こり得る国の人間だった。イノセントの悪ふざけやマイケルの諷刺そっくりの規則や官憲が実際に存在し、穏やかな警察官たちに支えられ、忙《せわ》しない実業家に押しつけられているのだ。ピムは広大だが秘密につつまれ、風変わりな州をいくつも知っていた。それぞれが一国家のように大きいが、廃村のように閑寂で、アップル・パイ・ベッド*8のように人の不意を衝《つ》くのだ。紙巻煙草を所持してはいけない州、誰でも十人の妻を持てる州、非常に厳格な酒類醸造販売禁止の州、非常に容易に離婚ができる州——こうした大がかりな地方的酔狂を知るサイラス・ピムの心は、小さな国での小さな地方的酔狂に対する用意が出来ていた。いかなるロシア人やイタリア人よりも英国から無限に遠く、英国の慣習とは何かを想像することさえ

*6　ロンドンの有名な精神病院。
*7　ロンドンの南にある海辺の避暑地。
*8　寝ようとしても足を伸ばせないような具合にシーツを折りたたんだベッド。悪戯の一種。

できない彼には、ビーコン法院が社会的にあり得ないことがわからなかった。それはこの実験を共にした人々によって堅く信じられていたから、ピムは最後までその空想的な法廷があると信じ、英国特有の制度だと思っていた。

かくしていささか行き詰まった宗教会議に向かって、深まる靄《もや》と夕闇の中を背が低く黒い人影が近づいて来た。その歩き方は、黒人の田舎踊りを踊るまいとして抑えきれないような足の運びだった。この人物の気安さと場違いさの両方にある何かに動かされたマイケルは、健康で人間的な軽薄さをさらに思いきり爆発させた。

「おやおや、でかっ鼻《ぱな》のグールド氏の御到来です」と彼は叫んだ。「あいつを見ただけで、あなたたちの病的な考えは吹っ飛んでしまいませんか?」

「いや」とウォーナー博士がこたえた。「グールド氏がこの問題にどう関わって来るのか、私にはわからないね。私はもう一度要求する——」

「やあ! これは誰方《どなた》のお葬式です、みなさん?」新来の人物は騒々しい審判のような態度でたずねた。「博士が何かをお求めですかな? 下宿屋ってものは、いつもそうですな。いつもたくさんの要求がある。供給の方はないんです」

マイケルはできるだけ気をつかって公平無私に自分の立場を説明し、スミスがある種の危険で如何《いかが》わしい行為をした、彼は狂っているという申し立てさえも行われたと大まかなところを述べた。

「ふむ、もちろん、あの大将は狂ってまさアね」モーゼス・グールドは落ち着いて言った。「オームズ[*9]に教えてもらわなくたって、それぐらいわかりますさ。オームズの鷹《たか》のような顔は」彼はいかにも空想に遊ぶといった調子で言い足した。「いささか落胆を示した。刑事そこのけのグールドが先まわりをしたからである」

「もしも彼が狂っているなら」イングルウッドが言いかけた。

「ふむ」とモーゼスは言った。「最初の晩に屋根瓦の上に登ると[*10]、たいてい瓦が一枚弛むもんです」

「あなたは全然それに反対しませんでしたわね」ダイアナ・デュークが少し堅苦しく言った。「普段遠慮なく不平をおっしゃるのに」

「奴《やっこ》さんのことじゃ文句はありませんよ」モーゼスは鷹揚に言った。「あの大将は無害なモンです。この庭につないでおきゃア、泥棒に向かって吠え立てるでしょうよ」

「モーゼス」ムーンは厳かな熱情を持って言った。「君は〝常識〟の権化だ。君はイノセント氏が狂っていると考える。〝科学理論〟の権化を君に紹介させてくれたまえ。この人

*9 この人物は終始ロンドンの下町訛りで喋っている。Hの音が落ちるので、シャーロック・ホームズのホームズがオームズとなる。
*10 遊び回るの意がある。

も苦悩の原因は人にあると思えた。——博士、こちらは友人のグールド氏です。

——モーゼス、こちらは高名なピム博士だ」高名なサイラス・ピム博士は目をつぶってお辞儀をした。彼はまた小声でアメリカ風の鬨《とき》の声をつぶやいたが、それは「お会いできて光栄です」というように聞こえた。

「さて」とマイケルは朗らかに言った。「気の毒な僕らの友達が狂っているとお考えのあなた方二人に、あちらの家に入って、彼が狂っていることを証明していただきましょう。〝科学的理論〟と〝常識〟の取り合わせほど強力なものがあるでしょうか？　あなた方は団結すれば勝ち、分裂すれば負けです。僕はピム博士に常識がないと仄《ほの》めかすほど無作法ではありません。ただ、彼が今のところそれを示していないという年代的な事実を記録するに留めておきます。僕は古馴染みのわがままで、モーゼスが科学的理論を持っていないことに全財産を賭けます。ですが、この強力な提携を敵に回して、僕は直感以外何の武器も持たないで出頭するにやぶさかでありません——直感とは当て推量のアメリカ式の言い方ですが」

「グールド氏の御助力を賜《たま》わりまして」ピムは突然目を開けて、言った。「考えますに、氏と私は基本的な診立《みた》ては同じですが、それでも私たちの間には何かがあります。意見の不一致とは申せませんが、それは言うなれば、きっと——」彼は親指と人差し指の先をくっつけて他の指を優雅に宙に広げ、何と言ったら良いかを誰かが教えてくれるのを待っているようだった。

「蠅《はえ》をつかまえるんですか？」と愛想の良いモーゼスが訊いた。

「意見の隔《へだ》たりです」ピム博士は上品な安堵の吐息をついて言った。「隔たりです。問題の人物がイカれているとしても、彼は必ずしも科学が殺人狂に求めるものすべてであるとは限りませんから――」

「こういうことをお考えになりましたか」とムーンが言った。彼はまた門に寄りかかって、ふり返らなかった。「もし彼が殺人狂なら、我々がしゃべっている間に、ここにいる全員を殺していたかもしれないと」

忘れられた地下室に密封されたダイナマイトさながら、一同の心の底で何かが音もなく爆発した。問題の人非人が自分たちの間に大人しく立っていることを、みんなはここ一、二時間の間に初めて思い出したのだ。庭にいるスミスは庭の彫像のような感じだった。一同はイノセント・スミスに注意を払っていたが、彼の脚に海豚《いるか》が巻きついていたり、口から噴水が出ていたりしていてもおかしくはなかった。彼は風に吹かれる金髪の頭をやや前に突き出し、血色の良い、少し近眼《ちかめ》の顔は何を見るともなく辛抱強く俯《うつむ》いて、巨大な肩を丸め、両手をズボンのポケットに入れて立っていた。一同に推測できる限り、スミスは少しも動いていなかった。緑の上着は、彼が立っている緑の芝生を切ってめくり上げたかのようだった。彼の影の中でピムは説明をし、ロザマンドは諫《いさ》め、マイケルは怒鳴り散らし、モーゼスは揶揄《からか》ったのだ。彼は彫刻のように、庭の神のようにじっとしていた。雀が一羽、その厚い肩の片方に止まり、羽根の衣裳を直してから飛び去った。

「さて」マイケルが大きな笑い声を上げて、言った。「ビーコン法院は開廷し――また閉廷してしまいました。僕が正しいことをもうみんなおわかりでしょう。僕の隠された常識が僕に教えたことを、みなさんの隠された常識がみなさんに教えました。スミスはピストルではなく大砲を百発ぶっ放《ぱな》したかもしれませんが、それでも、みなさんは彼が無害だったことを御存知でしょう――現在無害であることを僕が知っているようにです。みんなで家に戻って、討論のために部屋を一つ片づけましょう。ビーコン高等法院はすでに判決を出していますが、これから審理を始めるんですから」

「これから始めるですって！」小柄なモーゼス氏が、音楽か雷が鳴っている時の動物のように、無関心だが尋常ならざる興奮を示して、叫んだ。「さあ、ベーコン卵高等法院へついていらっしゃい。老舗《しにせ》の人間を連れて行きなさい。大将はグールドさんが示した職業的な手腕を称めてくれましたぜ。それはあの酒場《サルーン・バー》の善き伝統にふさわしいものなんです――それにスコッチ・ホット[*11]三杯にね！　さあ、あたしを追っかけて来なさい、お嬢さんたち！」

娘たちは彼を追いかけたい素振りを見せなかったので、彼は興奮のあまり一種のヨタヨタ歩きの踊りをおどって、遠ざかって行った。そして庭をひとまわりしてから、息を切らし、それでもニコニコして、また現われた。ムーンはこの男を良く知っていたから、モーゼス・グールドに紹介された人々は誰も、たとえカンカンに怒っている時でも真剣になれないことがわかっていた。ガラスの扉はモーゼス・グールド氏に一番近い側が開いており、お祭気分の阿呆の足は明らかにそちらを向いていたので、ほかのみんなも騒々しい行列のように、こぞって同じ方向へ進んだ。ただダイアナ・デュークだけは、今までの数時間、獰猛《どうもう》な女の唇の上で煮え返っていたことを言える気丈さを保っていた。悲劇の影が覆いかぶさっていたため、彼女はそれを同情のない言葉だと思って、言わずにいたのだ。「それなら」と彼女は鋭く言った。「この辻馬車は帰してもいいのね」

「でも、イノセントの鞄を取ってこなきゃ」メアリーが微笑んで言った。「きっと御者が下ろしてくれるでしょう」

「僕が取って来る」スミスはこの数時間のうちに初めて口を開いた。その声は彫像の声のように遠く、ぞんざいに響いた。

身動きをしない彼のまわりで長い間踊ったり議論したりしていた人々は、彼の突然の振舞いに息を呑んだ。スミスは駆け出し、とび跳ねて庭から通りへ出ると、ぴょんと跳び上がり、足を震わせながら一つ蹴って、辻馬車の上に乗った。御者はたまたま馬の頭のそば

＊11　スコッチ・ホット・トディーのこと。

に立っており、空《から》になった秣《まぐさ》袋*12をたった今外したところだった。スミスは自分の旅行鞄を抱えて、馬車のうしろを一瞬転がり落ちるように見えた。しかし、次の瞬間には、まるで素晴らしい幸運に恵まれたかのように、高いうしろの座席に転がり込んでいて、いきなりつんざくような大声を上げ、馬を走らせた。馬車は飛ぶように街路を走って行った。

　スミスがいとも荒っぽく素早く消え失せたため、今度はほかの全員が庭の彫像に変わってしまった。だが、モーゼス・グールド氏は肉体的にも精神的にも、いつまでも彫刻のままでいるには不向きだったので、ほかの者より少し早く生き返り、ムーンの方を向くと、乗り合い馬車で見知らぬ相手とおしゃべりを始めるように言った。「瓦が弛んでたんですかね？　ともかく馬車は解放されましたね」致命的な沈黙がそのあとに続き、やがてウォーナー博士が石の棍棒のような冷笑を浮かべて、言った――

「これがビーコン法院を開いた結果ですよ。ムーンさん、あなたは狂人を大都会に放ったんです」

　前にも言ったが、ビーコン・ハウスは長い三日月形に並んだ家々の一番端にあった。家を囲む小さな庭は、緑の岬が二本の街路《とおり》の海に突き出したように外へ向かって、先の方が鋭い点になっていた。スミスと辻馬車はこの三角形の片側を突っ走って行き、庭に立っている者のほとんどは、彼を見ることはもう二度とあるまいと思っていた。だが、三角形の頂点に差しかかると、スミスは馬を鋭く廻《めぐ》らし、やはり激しい勢いで、一同全員に見える庭の反対側を走らせた。小さな群衆は同じ衝動に駆られて、彼を止めようとするかのように芝生をそちらの方へ走って行ったが、すぐに頭をひょいと下げて、後退りした。二度目に街路を走って消えて行く時、スミスは手に持っていた大きな黄色い鞄を放り出したので、鞄は庭の真ん中に落ちて、爆弾のごとく一同を散り散りにし、あやうくウォーナー博士の帽子を三度目に駄目にするところだった。人々がいまだ我に返らぬうちに馬車は飛び去り、叫び声は次第にささやき声のように小さくなった。

「うむ」マイケル・ムーンがおかしな調子の声で言った。「とにかく、みんな中へ入った方が良い。僕らは少なくとも、スミスの形見を二つ持っています。彼の婚約者と鞄です」

「なぜ中に入らせようとするんだ？」とアーサー・イングルウッドがたずねた。赤くなった額とボサボサな鳶色の髪の中で、じれったさが限界に達したようだった。

「ほかのみんなに中へ入ってもらいたいのは」とマイケルが澄んだ声で言った。「君と話をするために、この庭全部が要るからなんだ」

不合理な疑惑の雰囲気が漂っていた。本当に寒くなって来たし、薄明の中で夜風が一、二本の樹を揺らし始めた。しかし、ウォーナー博士はためらいのない声で話した。

「そのような提案に耳は貸せないね。君があの悪党を取り逃がしたので、私は奴を探さな

＊12　馬に飼料をやるため、馬の鼻先を入れて縛《しば》る道具。

ければならない」

「提案に耳を貸して下さいとは言いません」ムーンは静かに答えた。「ただ、耳を澄まして下さいと言ってるんです」

彼が相手を黙らせる仕草をすると、家の片側の暗い街路に消えて行った口笛を吹くような音が、今度は反対側から聞こえて来た。音は街路の夜霧を透《とお》して信じられない速さで大きくなり、次の瞬間、飛ぶように走る蹄《ひづめ》と閃く車輪が、最初に停まっていた青い柵の門の前へやって来た。スミス氏は心ここにあらずといった様子で高い座席から下り、庭の中へ戻って来ると、前と同じ象のような姿勢《かっこう》で立った。

「さあさあ！　中へ入った、入った！」ムーンが猫の群をシッシッと追うような調子で、陽気に叫んだ。「さあさあ、早くしたまえ！　僕はイングルウッドと話したいと言っただろう？」

人々がどうやって家の中へ押し戻されたのかをあとになって訊かれても、答えるのは難しかっただろう。一同は道化芝居を観る人々が笑うのに疲れるように、辻褄の合わないことにもう極限まで疲れ果てていた。それに、木の間を吹く風はどんどん強くなり、天地が最後の合図をしているようだった。イングルウッドは一同のあとに残り、いわば友好的な苛立ちにかられて言った。「ねえ、本当に僕と話したいのかい？」

「そうだ」とマイケルは言った。「大いに話したい」

夜はいつものように、黄昏が期待させたよりも早く訪れた。人間の眼がいまだに空を淡い灰色と感じている間に、大きな輝く月が屋根と木々の上に唐突に姿を見せ、対照によって、空がすでに非常に濃い灰色であることを示した。芝生の上を吹き流される落葉と空を流れる千切れ雲とが、同じ強力な、しかし骨折って吹く風に運ばれているようだった。

「アーサー」とマイケルが言った。「僕は直感から始めたが、今は確信がある。君と僕はこれから目出度いビーコン法院の前で君の友達を弁護し、彼の疑いを――犯罪と狂気と両方の疑いを晴らすんだ。少しばかり説教をするから聴いてくれ」マイケル・ムーンが語りつづける間、二人は次第に暗くなる庭を一緒に歩きまわった。

「目を閉じて」とマイケルが言った。「古い暑い国々で白壁に書かれた風変わりな古い象形文字を思い浮かべることができるかい？　それらは何と硬張《こわば》った形で、しかし何と派手な色なんだろう。恣意的な形をした字母が黒と赤、あるいは白と緑で引き立つように記されていて、でかっ鼻のグールドの御先祖様であるセム族の群衆がそれをじっと見ているさまを考えてみたまえ。そして人々がなぜそんな字を掲げたのかを考えてみたまえ」

イングルウッドの最初の直感は、厄介な友達がとうとうおかしくなったと考えることだった。想像しろと言われた熱帯の景色の中にある壁と、彼がそこで苛々《いらいら》している灰色の、風の吹く、少し肌寒い郊外の庭との間には、あまりにも無茶で見当違いな飛躍があるようだった。その一方にいながらもう一方を想像するとどうして幸せになれるのか、見当もつかなかった。どちらも（それ自体）不愉快だった。

「なぜ誰もが謎々を繰り返すんだろう？」ムーンは唐突にそう続けた。「たとえ答を忘れてしまっても？　謎々は中《あ》てにくいから、簡単に思い出せる。そのように、黒や赤や緑で書かれたあの堅苦しい古い記号《しるし》も、意味を推し量るのが難しいから、簡単に思い出せる。それらの色は明瞭だ。形も明瞭だ。意味以外は何もかも明瞭だ」

イングルウッドは穏やかに抗議しようと口を開きかけたが、ムーンは庭をいっそう早足に歩きまわって、煙草をいっそうせわしなくスパスパと吸いながら語りつづけた。

「踊りもそうだ。踊りは軽薄なものじゃなかった。踊りは碑文や聖句よりも理解するのが難しかった。古い踊りは堅苦しくて、儀式的で、色鮮やかだったが、無言だった。君はスミスの変なところに何か気がついたかい？」

「何を言ってる」イングルウッドは不機嫌になって、叫んだ。「ほかの何に気づいたっていうんだ？」

「彼について、このことに気がついたかい？」ムーンは揺るぎない執拗さでたずねた。「あんなに多くのことをして、あんなに少ししか物を言わなかったことに？　最初にここへ来た時はしゃべったが、息を切らしながらの変則なしゃべり方だった――まるでしゃべることに慣れていないみたいに。彼が実際にしたことはすべて動作だ――黒い上着に赤い花を描いたり、芝生の上に黄色い鞄を放り投げたり。いいかね、あの大きな緑の形姿《すがた》は形象的表現なんだよ――東洋の白い壁に跳ねまわっている緑の形象《かたち》のように」「おいおい、マイケル」イングルウッドは風が吹きつのると共に苛立ちをつのらせて、叫んだ。「君はとんでもなく空想的になっているぞ」

「僕はついさっき起こったことを考える」マイケルは動じずに言った。「あの男は何時間もしゃべっていないが、その間ずっとしゃべっていたんだ。彼は六連発拳銃から弾を三発撃って、それから拳銃を僕らに渡した。僕らを撃って即死させることもできたのに、だ。僕らへの信頼をそれ以上に良く表現することができただろうか？　彼は裁いてもらいたかった。じっと立っていて僕らに議論させる以上に、それを巧く示すことができただろうか？　彼は望んでそこに立っているのであって、その気になれば逃げられることを示したかった。辻馬車に乗って逃げて、また戻って来るよりも巧くそれを示すことができただろうか？　イノセント・スミスは狂人じゃない――儀式主義者だ。彼は舌ではなく腕と脚で自分を表現しようとする――我が身体もて汝を崇む[*13]と結婚式の時言うようにね。僕は昔の劇や野外劇がわかって来たぞ。葬式の時の供人がなぜ黙っていたのか。だんまり芝居の役者はなぜ何も言わなかったのかがわかって来たぞ。かれらは何かを意味していいたんだ。そしてスミスも何かを意味している。ほかの冗談はすべてやかましくなければいけない――

＊13　祈禱書の句。

たとえば、チビのでかっ鼻グールドの冗談みたいに。無言の冗談は実際的な冗談だけだ。気の毒なスミスは、良く考えてみると、寓意的で実際的な冗談をする男なんだ。彼がこの家でしたことは戦《いくさ》の踊りのようにトチ狂っていたが、絵のように無言だった」

「思うに、君が言いたいのは」相手は疑わしげに言った。「こうした犯罪が何を意味するかを知らなければいけない、ということなんだろう――まるでそれが色つきのパズルであるかのように。しかし、何かを意味するとしても――おや、あれは何だ！――」

彼は庭を歩きながら、もう空に昇って大きく輝いている月をふと見上げた。すると、庭の塀に巨大な、半ば人間らしい姿が坐っているのが見えた。その姿は月を背にしてあまりにもくっきりと輪郭を截《た》っていたため、最初見た時は人間かどうかさえ確信が持てなかった。丸めた肩と目立つ髪の毛には、むしろ途方もなく大きい猫のような感じがあった。びっくりして跳び上がり、塀の上を楽々と走って行ったところも猫に似ていた。しかし、走っているそいつのがっしりした肩と垂れた小さい頭は、むしろ狒々《ひひ》を思わせた。そいつは一本の木に手がとどくところへ来たとたん、類人猿のように跳ねて枝の間に姿を消した。突風がこの頃には庭のすべての茂みを揺らしていたため、正体を見窮《みきわ》めるのはいっそう難しかった。風は逃亡者の動く手脚を木のおびただしい手脚の中に溶け込ませてしまったからである。

「そこにいるのは誰だ？」とアーサーが叫んだ。「君は誰だ？　イノセントか？」

「そんなに無罪潔白《イノセント》とも言えないな」木の葉の中でぼんやりした声が答えた。「一度、ペンナイフのことで君を騙したことがある」

庭の風は勢いを増し、枝の中にいる男もろとも木を前後に吹きたわめていた——ちょうど彼が初めてやって来た明るい黄金色の午後のようだった。

「だが、君はスミスなのか？」イングルウッドが苦しくてならぬように、たずねた。

「非常に近い」と上下に揺れる木から声がした。

「でも、君には何か本当の名前があるはずだ」イングルウッドは絶望して、金切り声を上げた。「自分を何々と呼ぶはずだ」

「自分を何々と呼ぶ」ぼんやりした声が雷のように轟《とどろ》いて木を震わせ、無数の葉がいっせいに口を利いているようだった。「僕は自分を呼ぶ、ローランド・オリヴァー・アイザイア・シャルルマーニュ・アーサー・ヒルデブラント・ホーマー・ダントン・ミケランジェロ・シェイクスピア・ブレイクスピアと——」

「馬鹿《マンアライヴ》を言うな！」イングルウッドは激昂して言った。

「そうだ！　そうだ！」揺れる木から大声が聞こえて来た。「それが僕の本当の名前なんだ」そうして彼は一本の枝を折り、秋の葉が一、二枚、月を横切って飛んで行った。

第二部　イノセント・スミスの釈明

第一章　死の眼、あるいは殺人の嫌疑

ビーコン法院を開廷するため、デューク家の食堂がある種間に合わせの華やかさで用意されたが、そのためになぜかいっそう居心地良くなったようだった。その大部屋は、腰までの高さしかない仕切りでいくつかの小部屋に分けられた――子供がお店屋さんごっこをする時のような切り離し方だった。これはモーゼス・グールドとマイケル・ムーン（この非凡なる査問会の面々のうちでもっとも活動的な二人）が、この家の普通の家具を用いてやったのだった。長いマホガニーのテーブルの一方の端に巨大な庭椅子が置かれて、その上に古い破れたテントか蝙蝠傘《こうもり》が載せられた。これはスミス自身が戴冠式の天蓋にしようと言ったものである。この建立物の中にデューク夫人のずんぐりした姿が認められた。夫人は小蒲団に凭《もた》れかかって、すでに眠たげな顔をしていた。もう一方の端には、訴えられたスミスが一種の被告席に坐っていた。軽い寝室用の椅子を四角に並べ、その中に注意深く囲われていたのだが、そんな椅子はどれも大きな爪先で窓から蹴り出すことができただ

ろう。彼にはペンと紙が与えられ、審理の間、後者で紙の船や、紙の投矢や、紙の人形を満足気にこしらえていた。彼はけして口を利かず、面《おもて》を上げることさえなく、人のいない子供部屋の床に坐っている子供のように無頓着でいるようだった。

　長椅子の上に高々と載せた椅子の列に、三人の若い婦人が坐っていた。窓に背を向けており、メアリー・グレイが真ん中にいた。それは陪審員席と馬上槍試合[*1]に於ける〝美の女王〟の席の中間のようなものだった。長いテーブルの中央にムーンが八冊の『良い言葉《グッド・ワーズ》』[*2]の装丁本で低い柵を築いたが、これは争う当事者たちを隔てる精神的な壁を表わすためだった。右側に起訴側の二人の代弁者、ピム博士とグールド氏が坐った。その前には本や証拠書類、また（ピム博士の場合は）分厚い犯罪学の書物が積み上げてあった。反対側にはムーンとイングルウッドが、被告側として、やはり本と書類で守りを固めていた。しかし、こちらの本にはウィーダとウィルキー・コリンズの古い黄色い本が五、六冊含まれていたので、ムーン氏の手はいくらか良い加減で包括的だったように思われる。被害者にして訴追人であるウォーナー博士に関して言うと、ムーンは初め、博士が法廷に姿を見せるのは気が利かないと力説して、部屋の隅に高いついたてを置いて、彼をすっかりその蔭に隠しておくつもりだった。時々ついたての上から覗き見することを非公式に許可すると内々に約束して、である。しかしながら、ウォーナー博士はさような方法の騎士道精神を解せず、ちょっとした騒動と話し合いの末、彼にはテーブルの右側の、彼の法律顧問と列ぶ席が与えられた。

　このしっかりと設けられた法廷を前に、サイラス・ピム博士は蜂蜜色の髪の毛の中に手を差し入れて、左右の耳の上にかざしたあと、立ち上がって申し立てを開始した。彼の言うことは明晰で抑制さえ利いており、その中で起こる形容の飛躍も、アメリカ人の弁論の華に於いては珍しくない、ある種のいわく言い難い唐突さによって注意を引きつけるだけだった。

　彼は十本の華奢《きやしや》な指の先をマホガニーのテーブルの上に置き、目をつぶって口を開いた。

「殺人が道徳的で個人的な行為――殺人者にとってはおそらく重要であり、殺された人間にとってもたぶんそうである――と見なし得る時代は過ぎ去りました。科学が深甚《しんじん》なる……」ここで言葉を切り、人差し指と親指を押しつけて宙に静止させた――まるで逃げようとする考えの尻尾をきつくつかまえているようだった。それから目を細めて「修正を加えました」と言うと、指を放した――「科学は我々の死に対する見方に深甚なる修正を加えました。迷信深い時代には、死は破滅的で悲劇的でさえある生の終焉と見なされ、しば

＊1　ここでは、一八三九年に中世の馬上槍試合を再現して行われたエグリントン・トーナメントなどを言うか。
＊2　一八六〇年創刊の月刊誌。

しば荘厳さにつつまれていました。しかしながら、より明るい時代が訪れ、我々は死を普遍的で不可避なものとして、便宜上自然の秩序と呼ぶあの偉大な、魂を揺さぶり心を支える一般標準の一部として見ています。同様にして、我々は殺人を社会的に考えるようになりました。力ずくで命を奪われる人間の単なる個人的な感情よりも高いところに立って、我々は殺人を大いなる全体として見、宇宙の豊かな循環が黄金の収穫と金色の鬚を生やした収穫者をもたらすように、殺す者と殺される者の永却回帰をもたらすと見る特権を有しています」

彼は自分の弁舌の才にいくらか感動して、俯《うつむ》くとコホンと咳をし、ボストン流の上品な仕草で先の細い四本の指を持ち上げながら、語りつづけた。「このより幸福で人間的な見解がもたらす結果の中で、我々の目の前にいる惨めな男に関するものが一つだけあります。それはミルウォーキーの医師にして秘密を見抜く智者、我々の偉大なソンネンシャインが名著『破壊的類型』の中で残りなく説き明かしております。我々はスミスを殺人者としてではなく、むしろ殺人的な人間として弾劾します。これは人生そのもの——健康そのものと言っても良いでしょう——が殺戮にあるという類型《タイプ》です。それは異常ではなく、新しく、より高等でさえある生物だと考える人もいます。私の旧友バルガー博士は白臭猫《フェレット》を飼っていましたが——」（ここでムーンがいきなり「万歳！」と大声で叫んだが、すぐに悲愴な表情を取り戻したので、デューク夫人は一体どこから声がしたのだろうと、彼以外のあらゆるところを見た)。ピム博士はいくらか厳しい顔をして話をつづけた――「彼は知識を得るために白臭猫を飼い、あの生物の凶暴さは実用上のものではなく、完全にそれ自体が目的なのだと感じました。白臭猫がそうだとすると、この囚人の場合も同じにちがいありません。他の不正行為に於いては狂人の狡猾さが見うけられるかもしれませんが、彼の流血行為にはほとんど正気の持つ単純さがあります。しかし、それは太陽と地水火風の恐ろしい正気――残酷で邪悪な正気なのです。彼を殺しに駆り立てる自然力を止めようとするのは、我々の処女地・西部の目くるめく瀑布《たき》を止めようとするも同然です。いかに科学的な環境であろうと、彼の心を和らげることはできなかったでしょう。あの男を、青ざめた僧院の銀色の静謐《せいひつ》につつまれた清浄さの中に置いてごらんなさい。牧杖《ぼくじょう》か白衣《アルバ》を使って何か暴力行為が行われるでしょう。勇敢そうな眉をした我々アングロ・サクソン人の幼少期のただ中に、彼を幸福な子供部屋で育ててごらんなさい。さすれば、彼は縄跳びの縄で絞め殺すか、煉瓦《れんが》で脳を打ち砕く方法を見つけるでしょう。周囲の環境は好ましいかもしれない。躾《しつけ》は行きとどいているかもしれない。希望は大きいかもしれない。しかし、イノセント・スミスの途方もない、本源的な血への欲求は、定められた時が来れば、上手く時間を合わせた時限爆弾の如く炸裂するでしょう」

アーサー・イングルウッドはテーブルの末席にいる巨漢を一瞬、興味深げに一瞥《いちべつ》した。男は紙の人物に三角帽をかぶらせていた。アーサーはそれからまたピム博士を見たが、博士は前よりも静かな調子で話を結ぶところだった。

「我々としては、彼が以前に試みた犯罪の実際の証拠を提出するだけです。法廷および弁護側の代表者たちとすでに交わした協定によって、我々は証人から来た本物の手紙をここへ持ち込むことを許されており、弁護側はそれを自由に吟味することができます。無法な事件が五つ六つある中から、一つ――もっとも明白で破廉恥《はれんち》なものを選ぶことにしました。それではさっそく、私の下役グールド氏に二通の手紙を読んでもらいましょう――一通はケンブリッジ大学ブレイクスピア学寮の副学長からの手紙で、もう一通は守衛からの手紙です」

　グールドはびっくり箱のようにぴょんと飛び上がった。手にはいかにも大学に関係のありそうな紙を持ち、顔には興奮して勿体ぶった様子があらわれていた。彼は甲高い、ロンドン訛りの声で読みはじめたが、それは雄鶏の鳴き声のように唐突だった――

「拝啓。――私はケンブリッジ、ブライクスピア学寮[*3]の副学長であります――」

「主よ、お慈悲を」ムーンは、銃で撃たれた人がそうするようにうしろへ退って言った。

「私はケンブリッジ大学、ブライクスピア学寮の副学長であります」妥協を知らぬモーゼスは朗々と読み上げた。「私は気の毒なスミスの人となりについて、貴方の言われることを保証することができます。彼の学生時代の軽小な乱暴行為の多くを譴責《けんせき》することは、私の不幸な義務《つとめ》であるだけでなく、私はその時代を終わらせた最後の不正行為をこの目で目通っていました。その時、私はたまたま私の友、ブライクスピアの学長の家の下を通っていました。その家は学寮から半ば切り離されており、二、三のまことに古い迫持《せりもち》ないし支柱が、川につながっている小さな流れに橋のように架かって、その家と学寮とをつないでおりました。何とも驚いたことに、私は著名なる友人が宙に引っかかって、この石造建造物の一つにしがみついているのを見たのであります。その様子と態度から察するに、ひどく不安に苦しんでいるようでした。少し経ってから、大きな銃声が二発聞こえ、不運な学生スミスが学長の部屋の窓からぐっと身をのり出して、拳銃で何度も学長を狙っているのがはっきりと見えました。スミスは私を見ると大声で笑い出し（この無礼な振舞いには狂気が混じっておりました）、撃つのをやめたようでした。私は学寮の守衛に梯子を持って来させ、守衛は学長を苦しい場所から引き離すことに成功しました。スミスは放校になりました。同封する写真は、大学射撃クラブの賞を取った学生の集合写真の一枚で、学寮にいた頃のスミスが写っております——敬具　エイモス・ボールター」

「もう一通は」グールドは何とも得意そうにつづけた。「守衛からの手紙で、読むのに長

＊3　ロンドン訛りで、レイがライになっている。グールドの台詞では、その他にhが抜けたり、余計なところにhがついたりしているが、訳文にはとても表現できない。

くかかりません」

拝啓——わたしがブライクスピア学寮の守衛であることは、そしてボールター氏が手紙で言っているように、あの若者が学長を狙って撃っている時、私が学長を助けて地面に下ろしたことは本当です。彼を狙って撃っていた若者はスミス氏で、ボールター氏が送る写真に写っている人物です。——敬具

サミュエル・バーカー

グールドは二通の手紙をムーンの方へ差し出し、ムーンはそれをじっくりと見た。「h」と「a」に関する読み手の癖をべつとすれば、副学長の手紙はグールドが音読した通りの内容であり、その手紙も守衛の手紙も明らかに本物だった。ムーンはそれらをイングルウッドに渡し、イングルウッドは無言でそれをモーゼス・グールドに返した。

「連続殺人未遂のこの最初の嫌疑に関する限り」ピム博士は最後に立ち上がって、言った。「以上が私の申し立てです」

マイケル・ムーンが弁護のため立ち上がったが、意気消沈した様子なので、被告人の同情者たちは最初から希望がないと思った。自分は博士のように抽象的な問題を論ずるつもりはない、とムーンは言った。「私は不可知論者になれるほど、ものを知りません」彼は

少しうんざりしたように言った。「そのような論争に於いて知られ、認められている原則を押さえることができるだけです。科学と宗教に関していえば、認められた既知の事実はかなり明瞭です。牧師たちが言うことはすべて証明されていない。博士たちが言うことはすべて論駁《ろんばく》されている。それが、科学と宗教の間にかつて存在した、あるいはこれから存在するであろう唯一の差異です。ですが、こうした新発見はなぜか私の心を動かすのです」彼は悲しげに自分の深靴を見下ろして言った。「若い頃にそういう新発見を楽しんでいた、なつかしい大伯母さんを思い出しますから。私の目には涙が浮かんで来ます。庭の垣根のそばに転がっている古いバケツと、そのうしろにチラチラ光るポプラの並木が目に浮かびます――」

「ちょいと待った！　はい、ちょっくらバスを停めて下さい」モーゼス・グールド氏がそう叫び、一種の汗を掻いて立ち上がった。「こちらは弁護側にも公正な機会を与えたいんです――紳士らしくですな。しかし、どんな紳士でも、チラチラ光るポプラのところで一線を引くでしょう」

「ふん、糞ったれ」ムーンは気分を害したように言った。「ピム博士が白臭猫《フェレット》を飼う旧友を持ち出しても良いなら、私がポプラの木と伯母さんを持ち出していけない理由がありますか？」

「たしかに」デューク夫人が反《そ》り身になって、顫《ふる》える権威の如きものを持って言った。

「ムーンさんは好きなだけ伯母さんの話をしてもかまわないと思いますわ」

「ふむ、好きかということについては」とムーンは言いかけた。「私は――しかし、おっしゃるように、たぶん伯母さんは問題の核心ではありますまい。繰り返し申しますが、私は抽象的思索をするつもりはありません。実際、私のピム博士への答は単純にして、きわめて具体的なものです。ピム博士は殺人の心理の一面だけを扱われました。もし、生まれつき人を殺そうとする傾向を持つ人間がいることが本当なら」――ここで彼は声を落とし、相手を圧倒するような静かさと真面目さで話した――「生まれつき人に殺されようとする傾向を持つ人間がいることも、同じように本当なのではないでしょうか？　ウォーナー博士がそういう人間だということは、少なくとも有効な仮説ではないでしょうか？　私もわが学識ある友と同様、書物なしで話はしません。この事柄全体がムーネンシャイン博士の記念碑的著作『破壊し易き医師』に詳説されております。この本には図表がいくつも載っており、ウォーナー博士のような人物を諸元素に分解し得るさまざまなやり方が示してあります。これらの事実に照らせば――」

「はい、バスを停めた！　バスを停めた！」モーゼスがピョンピョン跳びはね、ひどく興奮して身ぶり手ぶりをしながら叫んだ。「こちらの親方が何か言いたいことがあります！　親方が一言しゃべりたがっています！」

果たしてピム博士が立ち上がり、青ざめて少々意地の悪い顔をしていた。「私は厳格に」

と鼻にかかった声で言った。「ただちに参照することが可能な本だけを引き合いに出すようにして来ました。もし弁護側が御覧になりたければ、ソンネンシャインの『破壊的類型』はこのテーブルの上に置いてあります。ムーン氏がおっしゃる〝破壊し易さ〟についての素晴らしい著作はどこにあります？　実在するのですか？　出して見せることができますか？」

「出して見せる！」アイルランド人はたっぷりと軽蔑をこめて叫んだ。「インク代と紙代を払って下さるなら、一週間したら出して見せましょう」

「それには権威がありますかな？」ピムはそう言って、坐った。

「ああ、権威ですか！」ムーンはこともなげに言った。「それはその人の信仰によります」ピム博士はまた飛び上がった。「我々の権威は正確な細部の集積に基《もと》づくものです。それは物事が手に取って試験できる領域を扱うのです。弁護側も、少なくとも死が経験上の事実であることは認めるでしょう」

「私の死はちがいますね」ムーンは悲しげに首を振って言った。「私は生まれてからこの方、そういうことを一度も経験していません」

「ふむ、たしかにそうだ」ピム博士はそう言って、紙をガサガサいわせながら、急に腰を下ろした。

「それでは、おわかりになると思いますが」ムーンはやはり物憂げな声で話をつづけた。

「進化の神秘な働きの中で、ウォーナー博士のような人はそうした攻撃を受ける運命にあるのです。私の依頼人の猛襲は、さようなことが本当にあったとしても、珍しいものではありませんでした。私は今ウォーナー博士の複数の知人から来た手紙を持っていますが、彼《か》の秀でた人物はその人たちに同じような影響を与えたのです。博学なわが友人の手本に倣《なら》って、そのうちの二つだけを読み上げましょう。第一の手紙は、ハロウ通りの裏に住む正直な働き者の御婦人からのものです——」

ムーン様へ——はい、私はたしかにあの人にシチュー鍋を投げつけました。それがどうかいたしまして？　投げる物がそれしかなかったんです。柔かい物はみんな質に入れてしまいましたから。それに、もしウォーナー博士がシチュー鍋を投げつけられたくないのなら、ちゃんとした婦人の客間で帽子を被るのをやめさせて下さい。そしてニヤニヤ笑ったり、冗談を言ったりするのをやめさせて下さい。——かしこ

ハンナ・マイルズ

「もう一通の手紙は、ダブリン在住の名のある医師からの手紙です。ウォーナー博士はかつてその医師と治療に関する協議をしたことがあります。文面は以下の通りです——」

拝啓――貴下の言われる出来事は私が遺憾とするものであり、のみならず今もって説明できないものであります。私自身の専門分野は精神医学ではありませんから、私としては自分の奇異な、一時的な、そして、ほとんど自動的な行動について、精神医学の専門家の見解を喜んで聞きたいと思います。しかしながら、私が『ウォーナー博士の鼻を引っ張った』と言うのは、私には重要と思われる一点に於いて不正確です。彼の鼻をぶん殴ったことは喜んで認めねばなりません（いかに遺憾であるかは言うまでもありませんが）。しかし、引っ張るということは、狙いの正確さを意味すると思われますが、私はその点で自分を咎めることができません。これと比較いたしますと、殴る行為は外面的で、瞬間的で、自然でさえある動作でした。――本当にそうなのです。敬具

バートン・レストレインジ

「私はほかにも無数の手紙を持っています」ムーンは話をつづけた。「いずれも我が著名な友に関して、世の多くの人が抱いているこの感情を証するものです。ですから、私はピム博士が概説を述べる際に、問題のこの側面も認めるべきだったと考えるのであります。ウォーナー博士がいみじくも言われる通り、我々はある自然力を前にしています。ウォーナー博士が人に殺されようとする大きな傾向を押し止《とど》めるよりは、ロンドンの上水道の奔流を止める方が早いのです。キリスト教徒の中でももっとも平和なクエーカー教徒の集会に、あ

の人を置いてごらんなさい。彼はたちまちチョコレートの棒で打ち殺されるでしょう。彼を新エルサレムの天使たちの中に置いてごらんなさい。宝石で石打ちにされて死ぬでしょう。環境は美しく素晴らしいかもしれません。一般標準は心を支えるかもしれないし、収穫者は黄金色の顎鬚を生やしているかもしれないし、医師は秘密を見抜くかもしれないし、瀑布《たき》は目くるめくものかもしれないし、アングロ・サクソンの小児は勇敢そうな眉をしているかもしれませんが、こうした並外れたものすべてに逆らい、乗り越えて、人に殺されようとするウォーナー博士の大いなる単純な傾向は、やはりその道を完徹して、ついには目出度く成功を遂げるでしょう」

彼は強い感情にかられた様子で、この熱弁を振るった。だが、テーブルの向こう側では、それにも勝って強い感情が表出されていた。ウォーナー博士が大きな身体を前にのり出し、モーゼス・グールドの小さな姿の前をふさぎ、興奮してピム博士にささやいていた。くだんの専門家は何度となくうなずき、しまいに厳しい真剣な表情を浮かべて、ガバと立ち上がった。

「紳士淑女のみなさん」彼は憤然と声を上げた。「同役が言った通り、我々は弁護側にいかなる自由も喜んで与えるべきであります――もし弁護の主張があるのなら。しかし、ムーン氏は冗談を言うためにここにいると思っておられるようだ――上手い冗談とは言えるでしょうが、依頼人を援《たす》けるものとしてはまったく適切でありません。彼は科学のあら探しをします。私の依頼人の人望のあら探しをします。私の口調——それは彼の高尚でヨーロッパ的な趣味に合わないようですが——のあら探しをします。しかし、このあら探しがどうして争点に影響するでしょう？　ここにいるスミスは私の依頼人の帽子に穴を二つ空けましたが、狙いがもう一インチ正確なら、彼の頭に穴を二つ空けていたでしょう。世界中の冗談を集めてもその穴をふさぐことはできませんし、弁護の役にも立ちません」

イングルウッドはこの主張の明らかな公正さに動揺したかのように、決まりが悪くなってうつ向いたが、ムーンは今も夢見るように相手方を見つめていた。「弁護？」と彼は曖昧に言った——「ああ、それはまだ始めていませんよ」

「たしかに、そうですな」ピムが彼の側から起こった称賛のさざめきの中で、興奮して言った。相手方はそのさざめきに答えることが出来なかった。「もしあなたに弁護人として言うべきことがあるのなら。それは最初から怪しいものでしたが——」

「あなたが立っておられるうちに」ムーンは前と同じ、ほとんど眠たげな調子で言った。「一つ質問してもよろしいでしょうね」

「質問？　いいですとも」ピムは堅苦しく言った。「我々は証人に反対尋問をすることができないので、代わりにお互いを反対尋問しても良いと、はっきり取り決めましたからね。そうした問いを歓迎する立場にあります」

「あなたは」ムーンは上の空な調子で言った。「被告が撃った弾は一つも博士にあたらなかったと言われたと思います」

「科学のためには幸いなことに」とピムが得々として言った。「あたりませんでした」

「ですが、数フィート離れた場所から撃ったのでしょう」

「さよう。約四フィートです」

「そして、どの弾もウォーナーにはあたらなかった。彼のすぐ近くから発砲したのに。そうですね？」とムーンはたずねた。

「その通りです」証人の代わりを務めるピムが厳《おごそ》かに言った。

「たしか」ムーンは小さなあくびを嚙み殺しながら言った。「例の副学長は、スミスが大学でも指折りの射撃の名手だと言ったと思いますが」

「うむ、それについては――」ピムは一瞬の沈黙ののちに言いかけた。

「第二の質問です」ムーンはややそっけなく続けた。「人を殺そうとして告訴された件がほかにもあるとおっしゃいましたね。それらの証拠をどうしてお持ちでないのですか？」

アメリカ人は指先をまたテーブルにつけた。「それらの事件では」とはっきりと言った。「ケンブリッジの事件とはちがって部外者の証言がなく、実際の被害者の証言があるだけなのです」

「証言をなぜ得られなかったのですか？」

「実際の被害者の場合は」とピムは言った。「いささか難点があり、証言したがらなかったので――」

「つまり」とムーンはたずねた。「実際の被害者の誰も、被告人を告発するために出頭したがらなかったのですか？」

「それは誇張になりましょう」

「三番目の質問です」ムーンは非常に鋭い調子で言ったので、誰もがとび上がった。「あなたは銃声を聞いた副学長の証言をお持ちです。銃で狙われた学長本人の証言はどこにあるんです？　ブレイクスピアの学長は生きています。功成り名遂げた紳士です」

「我々は彼に供述を求めました」ピムは少し神経質に言った。「しかし、その内容がひどく奇抜だったので、学問に偉大な貢献をした老紳士に敬意を払って、発表を差し控えたのです」

ムーンは身をのり出した。「供述は被告人に有利だったということでしょうか」

「そう解釈できるかもしれません」アメリカ人の医師はこたえた。「しかし、まったく理解しがたいものだったのです。じつを言うと、我々はそれを彼に送り返したのですよ」

「それでは、ブレイクスピアの学長が署名した供述書をもうお持ちでないんですね」

「はい」

「お訊ねするのは」マイケルは静かに言った。「我々がそれを持っているからです。私の申し立てを結ぶために、下役のイングルウッド氏に真相を記した供述書を読み上げてもらいましょう――学長本人が署名して、偽りはないと誓った供述です」

アーサー・イングルウッドは数枚の紙を手に立ち上がった。彼はいつものようにいくらか洗練され、控え目に振舞っているように見えたが、見物人たちは、彼の方が全体としてムーンよりも押し出しが効いていることを感じて、驚いた。まことに、彼は話せと言われなければ話せないが、言われれば上手に話せる慎ましい人々の一人だった。ムーンはそれと正反対だった。彼は仲間内では自分の不謹慎な言動を愉快がったけれども、公の場に立つ時は、それを少し決まり悪く思ったのである。ムーンはしゃべっている間馬鹿になったような気がしたが、イングルウッドの方は、しゃべることができないために馬鹿になったような気がするのだった。彼は何か言うべきことがあれば、そのとたんにしゃべることができ、しゃべることができたとたん、しゃべることはごく自然に思われた。しかし、マイケル・ムーンには、この宇宙のいかなるものもごく自然とは思えなかった。

「同役がただ今説明いたしましたように」とイングルウッドは言った。「我々は二つの謎ないし矛盾を弁護の土台としています。第一の謎は、明白な物理的事実です。誰もが認めるところにより、ほかならぬ起訴側が提示した証拠により、被疑者が射撃の名手として知られていたことは明らかです。ところが、訴えが出ているどちらの場合にも、彼は四、五フィートの距離から相手を四、五回狙って撃って、一度も命中しませんでした。これが、我々が論拠とする第一の驚愕すべき事柄であります。第二の謎は、同役が主張したように、こうした無法行為と称されるものの被害者が、一人として自分のために弁じないという奇妙な事実であります。下役が彼の代弁をしております。守衛が彼のところまで梯子を上って来ます。しかし、彼自身は黙っています。紳士淑女のみなさん、私はこの場で射撃の謎と沈黙の謎を説明しようと思います。まず初めに、ケンブリッジの事件の真相が語られている添え手紙を読み、次いで証拠文書そのものを読みましょう。両方をお聞きになれば、判決に関して疑いはなくなるでしょう。添え手紙は以下のような文面です――」

拝啓――以下は、ブレイクスピア学寮で実際に起こった事件を、ごく正確に生々しく述べたものであります。我々署名者には、その事件を単独の人間の仕業とせねばならぬ特別な理由が見あたりません。本当のところ、それは合作なのであります。また我々は使われる形容詞に関して、多少見解の相違も有しております。しかし、ここに書いた一語一句が真実であります。――敬具

ウィルフレッド・エマーソン・イームズ
ケンブリッジ大学ブレイクスピア学寮学長
イノセント・スミス

「同封された供述書は次の通りです――」とイングルウッドは先をつづけた。
「イギリスのある名門大学はいとも唐突に川と背中合わせになっているため、さまざまな橋と半ば独立した建物とで、いわば突っかい棒をし、つぎを当てなければならない。川は幾条《いくすじ》もの小川と運河に分かれていて、一つか二つの隅では、ほとんどヴェニスのような趣を呈している。我々に関わりのある場所が特にそうで、そこでは二、三の飛び控えないし空中に渡された石の肋《ろく》が水の流れを横切って伸び、ブレイクスピア学寮とブレイクスピアの学長の家とをつないでいるのだ。[*4]
学寮の周囲の土地は平坦だが、こうして学寮の真ん中にいると平坦には見えない。平坦な沼地の中には、つねに曲がりくねる湖とそこに留まる水の川があるからである。これらがつねに、水平の線の配合であったかもしれないものを、垂直の線の配合に変えてしまう。水がある場所ではどこでも高い建物の高さが倍になり、煉瓦造りのイギリスの家がバビロンの塔に様変わりする。輝く、波一つない水面では、家々が一番高い煙突から一番低い煙突に至るまで、きっかり逆さまになって吊る下がっている。その深淵に映る珊瑚色の雲は、雲の本体が世界の上に見えるように、世界の遠く下にある。一つ一つの小さな水面が窓であるだけでなく、天窓なのだ。地面が人の足元で割れて、切り立った空中の展望となり、その中へ鳥が容易に飛んで行けそうだ――」

サイラス・ピム博士が立ち上がって抗議した。彼が証拠として持ち出した資料は事実の冷静な断言に限られていた。一般的に、弁護側は自己の主張を自己流に述べる権利を疑いなく有するが、かかる風景描写は、彼（サイラス・ピム博士）にはその仕事にふさわしくないように思われた。

「弁護側の代表者に教えていただきたいのですが」と彼は言った。「雲が珊瑚色をしていることや、鳥がどこかに飛んで行けそうだったことが、この事件にどう影響し得るのですか？」

「さあ、知りません」マイケルは億劫《おっくう》そうに腰を上げて言った。「いいですか、あなたはまだ我々の弁護がどんなものかを知りません。それを知るまでは、いかなることも関連を持ち得るではありませんか？　たとえば、仮に」と突然、考えが閃いたように言った。「仮に学長が色盲であることを証明したいとします。仮に彼が白髪の黒人に撃たれて、当人は黄色い髪の白人に撃たれたと思ったとしたら、どうです！　雲が本当に珊瑚色だったかどうかを確かめることも、きわめて重大な意味を帯びてくるかもしれません」

彼は真剣な様子で口をつぐみ——その真剣さを一同が共有したとは、とても言い難い——それから、同じように流暢《りゅうちょう》に話をつづけた。「あるいは、仮に学長が自殺したと主

＊4　ゴシック建築特有の構造の一つ。

張したいとしましょう――ブルートゥスの奴隷が剣を持っていたように、スミスにピストルを持たせただけだったのだと。そうなると、学長が静かな水面に自分の姿がはっきり映っているのを見られるかどうかで、すっかり変わって来るじゃありませんか。静かな水面は何百人もの自殺者を生みました。自分の姿がじつに――うむ、じつにはっきりと映りますからね」

「あなたはきっと」ピムが謹厳な口調に皮肉をこめて、たずねた。「依頼人はある種の鳥だったと主張されるのでしょう――たとえば、フラミンゴとか?」

「彼がフラミンゴである件については」ムーンは急に厳しい口調になって、言った。「私の依頼人は抗弁を差し控えます」

この言葉をどう解すれば良いのか誰にもわからず、ムーン氏はまた席に着いて、イングルウッドがまた証拠資料を読んだ――


そのような鏡の国には、神秘家にとって快《こころよ》いものがある。神秘家とは、世界が二つある方が一つより良いと考える人間だからだ。実際、最高の意味に於いて、すべての思考は反省[*5]である。

再考は最善の考えなりという言葉には真実がある。動物は考え直さない。人間だけが、自分の考えが二重になるのを見ることができる――ちょうど酔っ払いが街灯柱を見るように。人間だけが、自分の考えが逆さになっているのを見ることができる――水溜まりに映った家を見るように。鏡に映したかのごとき、この精神の複写は、(繰り返し言うが) 人間の哲学の奥秘である。頭二つは一つよりましという言葉には、神秘的な、奇怪でさえある真理がある。しかし、頭は二つとも同じ身体に生えなければならない。

「この手紙の冒頭《でだし》が少し空々漠々《くうくうばくばく》としているのは承知しています」イングルウッドが詫びるようにまわりに微笑みかけながら、口を挟んだ。「しかし、おわかりのように、この証拠文書を共同で書いたのは大学の先生と――」

「酔っ払いですかな?」モーゼス・グールドが面白がって、言った。

「むしろ私は」イングルウッドは平然と批判的な様子で先をつづけた。「この部分は教授が書いたのだと思います。私はただこの供述書が、正確なことは疑いありませんが、あちこちに二人の著者が書いた痕跡をとどめていることを、本法廷のみなさんに注意しておきます」

「その場合」ピム博士がうしろに凭れて鼻を鳴らしながら言った。「頭二つは一つよりましだという説には同感できませんな」

＊5　原語 reflection は「反映」の意味にもなる。

署名した両名は、大学改革のための委員会でしばしば議論された、似たような問題に触れる必要はないと考えている。すなわち、教授たちは酔っ払うから物を二重に見るのか、物を二重に見るから酔っ払うのかという問題である。両名（署名者たち）には独自の有益なテーマ――すなわち水溜まり――を追究することができれば十分なのである。水溜まりとは何ぞや（と署名者たちは自問する）？　水溜まりは無限の空を反履し、光に満ちている。しかしながら、客観的に分析すれば、水溜まりは泥の上にごく薄く広がった汚水である。イングランドの二つの偉大な由緒ある大学はこの大きな、水平な、物を反映《うつ》す輝きを持っている。然《しか》るに、というより他の反面で、両者は水溜まりなのだ[*6]。水溜まり、水溜まり、水溜まり、水溜まり。署名者は強い信念につきものの誇張をお許しいただきたく思う。

イングルウッドはその場にいた何人かの顔に浮かんだ、いささか険しい表情を無視し、しごく朗らかに先をつづけた――

学生スミスがブレイクスピア学寮の裏手で、水が注ぎ込む運河や、きらめく雨樋《あまどい》の間を進んでいた時、そのような考えは彼の心をよぎらなかった。こうした考えが心をよぎっていたら、ずっと幸福だったであろう。不幸なことに、彼は自分の抱えている難問《パズル》が水溜《パド》ま

《ル》りであることを知らなかった。学究的な心は、ただ浅くてじっとしているという単純な方法によって無限を反映し、光に満ちていることを知らなかった。それ故《ゆえ》、彼の場合には、くだんの無限に何か厳粛《げんしゅく》で邪悪でさえあるものがあった。それは当惑するほど輝かしい星空を半分昇った場所で、上にも下にも星があった。スミス青年の不機嫌な心には、下方の星は頭上の星々よりもうつろに見えた。もし星を数えたら、水溜まりに映っている星の方が一つ多いだろうと恐ろしいことを考えていた。

小径や橋を渡る時、彼は宇宙というエッフェル搭の黒くて細い肋《ろく》を踏んで歩いているような気がした。彼にとって、またあの時期のほとんどすべての教育ある若者にとって、星は残酷なものだったからだ。星々は夜毎大きな円天井に光っているが、途徹《とてつ》もなく大きくて醜い秘密だった。かれらは自然の赤裸な姿を露わし、舞台裏の鉄の車輪や滑車を垣間見せた。あの悲しい時代の若者たちは、神はつねに機械からあらわれると考えていたからである。現実には、機械はただ神から来るのだということを知らなかった。手短に言うと、かれらはみな悲観論者で、星の光はかれらにとって極悪なものだった――真実であるが故に極悪なのだ。かれらの全宇宙は白い点を打った暗黒だった。

スミスは足下の燦《きら》めく水溜まりから、燦めく空と学寮の黒々した大きな建物を見上げる

＊6　口語で puddle には「滅茶苦茶」の意がある。

と、ホッとした。星以外の唯一の光は、建物の上部にある青緑のカーテンを通して洩れて来るだけだった。そこではエマーソン・イームズ博士がいつも朝まで仕事をしており、夜間どんな時刻でも、友人やお気に入りの生徒を迎えた。実際、憂鬱なスミスが向かっているのは、博士の部屋だった。スミスは午前の前半イームズ博士の講義に出席し、後半は屋内射的場でピストルの練習とフェンシングをした。午後の前半は夢中になってボートを漕ぎ、後半は何もせずに（しかも、もっと夢中になって）考えていた。夕食の席に行っては騒ぎ、討論クラブへ行ってはまったく鼻持ちならぬ振舞いに及んだが、憂鬱なスミスはやはり憂鬱だった。それから下宿へ帰る途中、友人であり師でもあるブレイクスピアの学長の変人ぶりを思い出し、藁《わら》にも縋《すが》る思いでこの紳士の私宅へ行ってみることにした。

エマーソン・イームズは多くの点で奇人だったが、哲学と形而上学に於ける彼の名声は国際的に赫々《かくかく》たるものだった。大学はとても彼を失うわけにはゆかなかったし、それに、教授というものは悪習を何でも長くつづけさえすれば、それが英国名物の一部となるのだ。エマーソン・イームズの悪習とは、夜通し起きてショーペンハウエルを研究することだった。彼は痩せた、のらくらして過ごす種類の男で、先のピンと尖った金髪の顎鬚を生やし、年齢だけを言えば教え子のスミスよりさほど年上ではなかったが、全ヨーロッパ的な名声と禿頭を持つという二つの重要な点で、何百歳も年上だった。

「僕が通例に反して、こんなとんでもない時間に来たのは」とスミスは言った。彼は見たところ、自分を小さくしようとしている非常な大男にほかならなかった。「存在することが腐りきっているという結論に達しつつあるからです。僕は考え方の違う思想家たち――主教や、不可知論者や、その種の人々の議論を全部知っています。そして、あなたが悲観論の思想家に関する、現今最大の権威であることを知っているので――」

「すべての思想家は」とイームズは言った。「悲観論の思想家だよ」

しばらく言葉が途切れたあとに――言葉が途切れるのは、それが最初ではなかった。この気の滅入る会話は、皮肉な言葉と沈黙を交互に繰り返して数時間続いたからだ――学長は倦怠《けだる》い明敏さといった様子で話をつづけた。「すべて計算違いの問題だよ。蛾《が》が蠟燭《ろうそく》の火に飛び込むのは、それが蠟燭を使うに値しないことをたまたま知らないからだ。雀蜂はジャムを自分の中に入れようと、希望に満ちた熱心な努力をして、ジャムの中に入る。同様にして、俗人はジンを楽しみたがるのと同じように人生を楽しみたがる――そのために大きすぎる代償を支払っていることが、愚かさの故にわからないからだ。かれらがけして幸福を見つけないこと――探し方さえ知らないこと――は、かれらがするあらゆることの麻痺《しびれ》るほどの無器用さとみっともなさによって証明される。その不調和な色彩は苦痛の叫びなのだ。川のこちら側の、学寮の向こうにある煉瓦造りの住宅を見たまえ。一軒だけ、まだらの日避けのある家がある。見たまえ！　行って見て来たまえ！」

「もちろん」と彼は夢見るように語りつづけた。「一人か二人の人間は、遠くからありのままの事実を見る――そして気が狂う。狂人はたいがい他の物を破壊しようとするか、(思慮深ければ)自分を破壊しようとすることに気づいたかね? 狂った男は舞台裏の男だ。劇場の袖をうろつく男に似ている。彼はただ間違った扉を開けて、正しい場所に入ってしまったんだ。彼は物事を正しい角度で見る。しかし、凡人の世界は――」

「ああ、世界なんか、吊るしちまえ!」不機嫌なスミスは怠惰な絶望にかられ、テーブルを拳で打って言った。

「まず、そいつに悪評を与えよう」教授は冷静に言った。「そのあとで吊るしたまえ。恐水病の子犬は我々が殺そうとしている間、生きようとして、たぶん必死でもがくだろう。しかし、我々に親切心があるなら殺すべきなのだ。だから、全智の神も我々の苦しみを取り除くだろう。我々を打ち殺すだろう」

「なぜ神は我々を今すぐ打ち殺さないんでしょう?」学生はポケットに両手を突っ込みながら、ぼんやりとして言った。

「神自身死んでいるのだ」と哲学者は言った。「それが本当に羨ましいところだ」

「些細ですぐに味気なくなる生の快楽が」とイームズは話を進めた。「我々を拷問部屋へ誘い込むための賄賂《わいろ》だと考える者にはね。我々はみな理解している――ものを考える人間にとって、単なる消滅は……何をしているんだね? ……気でも狂ったのか? そいつを下に置きたまえ」

イームズ博士が疲れた、だが、それでも能弁な頭を肩ごしにふり向けると、目の前に小さな丸い、黒い穴があった。穴は鋼鉄の六角形の小さな環《わ》に縁《ふち》どられ、上に大釘のようなものが立っていた。それは鉄の眼のように彼を釘づけにした。理性が麻痺するあの永遠の瞬間を通じて、彼にはそれが何かさえわからなかった。やがて、そのうしろに回転式拳銃の薬室のある銃身と起こした撃鉄が見え、さらにそのうしろに紅潮し、やや物憂げなスミスの顔が見えた。見たところその顔に変化はなく、むしろ前よりも穏やかだった。

「穴から出るのを手伝ってあげましょう、先生」とスミスは荒っぽい優しさで言った。「子犬を苦しみから救ってあげましょう」

エマーソン・イームズは窓の方へ退った。「私を殺す気か?」と叫んだ。

「誰にでもやってあげるわけじゃありません」とスミスは感情をこめて言った。「でも、あなたと僕は今夜なぜか非常に親密になったような気がするんです。僕は今あなたの悩みをすべて知っているし、唯一の解決法も知っています」

「そいつを下に置け」学長は大声で叫んだ。

「すぐ済みますからね」スミスは同情する歯医者のような調子で言った。学長が窓とバルコニーへ向かって走ったので、彼に恩恵を施《ほどこ》そうとする者は、しっかりした足取りと憐れみ深い表情で追いかけた。

二人共、早暁《そうぎょう》の空がすでに灰色と白になっているのを見て、たぶん驚いたことだろう。

しかし、かれらの一人は驚きを消し去るほどの感情を持っていた。ブレイクスピア学寮はゴシック式装飾の真の名残りをとどめる数少ない学寮の一つで、イームズ博士のバルコニーの真下には、おそらく、かつて飛び控えだったものが突き出しており、今でも灰色の獣や悪魔の形が大分崩れながらも残っていたが、苔に目を蔽われ、雨に洗われていた。イームズは無様《ぶざま》だが勇気のある一っ跳びをして、外のこの古めかしい橋の上へとび下りた――狂人から逃げる唯一可能なやり方だったからだ。彼はまだ教授服を着たまま橋に跨り、長くて細い脚をぶらぶらさせて、さらに逃げる機会を窺っていた。白《しら》んでゆく陽の光が、上にも下にも、ブレイクスピア周辺の小さな湖についてすでに述べた垂直な無限の印象を広げた。下を向いて、水溜まりの中に垂れ下がっている尖塔や煙突を見ていると、虚空にたった独りでいるような気がした。まるで北極の端から、下方にある南極を見下ろしているようだった。

「『世界なんか吊るしちまえ、と僕らはさっき言いましたね』」とスミスが言った。「そして世界は吊るされています。『彼は何もないところに世界を掛けた』と聖書にあります。*7あなたは何もないところにぶら下げられるのが好きですか？　僕自身は何かの上にぶら下がるつもりです。あなたのために絞首台にぶら下がるつもりです……なつかしい優しい昔の言い回しが」と彼はつぶやいた。「今初めて本当になりましたよ。僕はあなたのためにぶら下がります。親愛なる友よ、あなたのために。あなたのために。あなたのお望みのために」

「助けてくれ！」ブレイクスピア学寮の学長は叫んだ。「助けてくれ！」

「子犬があがいている」学生は憐れみの目をして言った。「可哀想な子犬があがいている。僕が彼よりも賢くて優しいのは何と幸運なことだろう」そう言って、イームズの禿頭の上の方を狙い、正確に銃の照準を合わせた。

「スミス」哲学者は突然口調を変え、ぞっとするほど冷静に言った。「私は狂ってしまうよ」

「そうすれば物事を正しい角度から見られるでしょう」スミスは穏やかにため息をついて、言った。「ああ、しかし、狂気は所詮緩和剤、薬にすぎません。唯一の治療法は手術です――必ず成功する手術、すなわち死です」

彼がしゃべっているうちに、日が昇った。太陽は照明係さながらの素早さで、万物に色彩を与えるようだった。空を渡る小さな雲の船隊は濃い灰色から桃色に変わった。小さな学園町全体で、さまざまな異なる建物の天辺がさまざまな異なる色合いを帯びた。ここでは太陽が小尖塔のつややかな緑色を引き立たせ、かしこでは住宅の緋《ひ》の瓦を引き立たせた。ここでは画材屋の銅の装飾を、かしこでは古い教会の急傾斜な屋根の群青色のスレートを。

＊7　「ヨブ記」第二十六章七節。「彼は北の天を虚空に張り地を物なき所に懸けたまふ」

彩色された屋根の棟《クレスト》はすべて妙に個性的で意味深いものを持っているようだった——ちょうど野外劇か戦場で人が注目する、名のある騎士の羽飾り《クレスト》のように。それらの一つ一つが目を惹いた——ことに朝の光景を見まわして、これが見納めと覚悟したエマーソン・イームズのキョロキョロと動く目を。黒い木造の居酒屋と大きな灰色の学寮の間の狭い隙間から金色の針を持つ時計が見え、陽の光がその針を燃え立たせていた。彼はまるで催眠術にかけられたように、それをじっと見つめていた。すると突然、時計が彼に答えるかのように鳴りはじめた。まるで合図を受けたように、あちこちの時計が次々とその叫びに応じ、すべての教会が目を醒ました——雄鶏《おんどり》が夜明けを告げた時の雛のようだった。小鳥たちはすでに学寮のうしろの木立で騒いでいた。太陽は昇るにつれて、深い空にも収めきれないほどの輝きを集め、下方の浅い水は黄金色で、神々の渇きを癒すに十分なほど深く溢れているようだった。学寮の角をまわったところ、そして彼の奇天烈《きてれつ》な止まり木から見えるところに、輝く風景の中でもっとも明るく輝く点々があった。それは彼がその夜引き合いに出した、まだらの日避けがある住宅だった。彼はその日避けの向こうにどんな人々が住んでいるのだろうと今初めて思った。

突然、彼は小やかましく窘《たしな》めるように大声を上げた——学生にドアを閉めろとでも言うように。

「この場所から下ろしたまえ。私には耐えられん」

「むしろ、その場所があなたの重みに耐えられるかどうかを疑いますね」スミスが批評的に言った。「ですが、あなたが首の骨を折るか、僕があなたの脳味噌を吹っ飛ばすか、あなたをこの部屋に戻すか（この複雑な問題について、まだ決めかねているんですが）する前に、形而上学的な問題を片づけておきたいんです。あなたは生《せい》に戻りたいのだと理解して良いんですか？」

「戻るためなら、何でもする」と不幸な教授はこたえた。

「何でもする！」スミスは叫んだ。「それなら、不遜《ふそん》な真似をやめて下さい。僕らに歌をうたって下さい！」

「どういう歌だ？」苛立ったイームズはたずねた。「何の歌だ？」

「讃美歌が一番適切でしょう」相手は厳かにこたえた。「僕の言う言葉を繰り返したら、そこから下ろしてあげます――

　我の誕生に際して微笑み、
　幸せな英国の子供として
　我をこの不思議な場所に

＊8　アイザック・ワッツ作詞の讃美歌。

置き給《たも》うた神と恩寵に感謝する。*8


エマーソン・イームズ博士がすぐに承知すると、迫害者はいきなり両手を上げろと言った。イームズ氏はこの行動を漠然と山賊や匪賊《ひぞく》の通常の行動と結びつけて、ぎこちなく、しかし、とくに驚いた様子もなく両手を上げた。一羽の鳥が彼の石の座席に降り立ったが、彼には滑稽な彫像ほどにしか注意を払わなかった。

「あなたは今、礼拝をしている」スミスは厳しい調子で言った。「そして僕があなたを片づける前に、あなたは池に家鴨《あひる》がいることに対しても神に感謝するでしょう」

高名な悲観論者は、池に家鴨がいることを喜んで神に感謝する、と聞きとりにくい言葉で表明した。

「雄鴨も忘れないで」とスミスは容赦なく言った（イームズは弱々しく雄鴨のことも認めた）。

「頼むから何も忘れないで下さい。天に感謝するんです――教会と、礼拝堂と、住宅と、俗な人々と、水溜まりと、鍋と、平鍋と、棒と、襤褸《ぼろ》切れと、骨と、まだらの日避けがあることを」

「わかった、わかった」被害者は絶望して繰り返した。「棒と、襤褸切れと、骨と日避けに」

「まだらの日避けと言ったと思いますが」スミスはならず者のような冷酷さで言い、ピストルの銃身を長い金属の指のように振った。

「まだらの日避けに」エマーソン・イームズは弱々しく言った。

「それ以上ちゃんと言うことはできないでしょうね」と若者は認めた。「それでは、しめくくりにこのことを言っておきましょう。もしもあなたが本当にあなたの自称するものだったなら、あなたが罰《ばち》あたりな硬い首を折って、世迷《よま》い言《ごと》を言い悪魔を崇拝する脳味噌を全部ぶちまけても、どんな問題があるのかまったくわかりません。しかし、厳密な伝記的事実に於いて、あなたは腐ったたわごとを言うのが癖になっていますが、じつに良い人で、僕はあなたを兄弟のように愛しています。だから、僕はこの弾薬筒を空《から》にして、あなたの頭のまわりを、あなたには中《あた》らないように撃ちましょう（こう聞けば嬉しいでしょうが、僕は射撃が上手なんです）。そうしたら、中に入って朝食を食べましょう」

彼はそれから二発の弾を宙に放ち、教授は異様にしっかりした態度でそれに耐えていたが、やがてこう言った。「しかし、全部撃ち尽くすのはやめたまえ」

「なぜです」スミスは浮き浮きとたずねた。

「とっておくんだ」と相手は言った。「我々がしたような話をする男と、今度出遭った時のために」

この時だった。スミスがふと下を見ると、副学長が今にも卒中を起こしそうな恐怖を顔に浮かべていたのだ。彼がお上品な金切り声を上げて、守衛と梯子《はしご》を呼ぶのが聞こえた。

　イームズ博士は梯子から身を離すのに少々時間を要し、副学長から身を離すのには、もう少し長い時間を要した。しかし、大人しくそうすることができるや否や、先刻の尋常ならざる場面で一緒にいた男のところへ行った。驚いたことに、大男のスミスはぶるぶる震え、くしゃくしゃになった頭に両手をあてて坐っていた。声をかけると、真っ青な顔を上げた。

「おい、どうしたんだ？」とイームズがたずねた。彼自身の神経は朝の小鳥のようにさえずった末に、もう静まっていた。

「あなたに赦免を乞わなければなりません」スミスは少したどたどしく言った。「僕もたった今死を免れたのだとわかっていただかなければなりません」

「君が死を免れた、だと？」教授は苛立っていたが、それも赦し難いことではなかろう。

「何と、厚かましさにも——」

「ああ、わからないんですか？　わからないんですか？」青ざめた若者はじれったそうに叫んだ。「僕はああしなければならなかったんです。あなたが間違っていることを証明するか、さもなければ死ななければならなかったんです。人が若い時はほとんどつねに、人間精神の頂点だと考える誰かが存在します——あることをもし知っている人がいるなら、その人こそすべてを知っている、というような誰かが。

あなたは僕にとってそういう人だったんです。あなたは記録係のようにではなく、権威を持って語りました。もしあなたがこの世に慰めはないと言ったら、何人《なんびと》も僕を慰めることはできませんでした。もしあなたがどこにも何もないと言ったら、それはあなたが見に行って来たからでした。僕はあなたが本気で言ったのではないと証明しなければならなかったのが、わかりませんか？――さもなくば、運河に身を投げなければならなかったのが」

「うむ」イームズはためらって言った。「思うに、君はたぶん混同して――」

「ああ、そんなこと言わないで下さい！」スミスは精神の苦しみの中から突如活眼を開いて、叫んだ。「僕が生存の楽しみと〝生きんとする意志〟を混同しているなどと言わないで下さい！ それはドイツ語で、ドイツ語は高地《ハイ・ダッチ》ドイツ語で、高地《ハイ・ダッチ》ドイツ語は珍文漢文《ダブル・ダッチ》です。あの橋にぶら下がっていた時、あなたの眼に輝いていたのは生の楽しみであって、〝生きんとする意志〟ではありませんでした。あなたがろくでもない怪石像の上に坐っている時に知ったのは、この世界は結局のところ素晴らしくて美しい場所だということでした。僕もそれを知っています。同じ時に知ったからです。僕は灰色の雲が桃色に変わるのを見、家々の隙間から小さな金色の時計を見ました。あなたがあとに残してゆくのを嫌ったのはあれらのものであって、〝生〟――それが何であれ――ではありませんでした。イームズ、僕らは一緒に死の瀬戸際まで行ったんです。僕が正しいことを認めませんか？」

「認めよう」とイームズは非常にゆっくりと言った。「君の言うことは正しいと思う。君に優をやろう！」

「よし！」スミスは元気を取り戻して、とび上がった。「僕は学位試験に合格したんですね。それでは、放校になる手続きをしに行かせて下さい」

「放校になる必要はない」イームズは十二年も陰謀をめぐらした者の静かな自信を持って言った。「我が校では何事も上意下達だ。私が一番上の人間であって、まわりの者に真実を伝えよう」

大柄なスミスは立ち上がり、しっかりと窓辺へ歩いて行ったが、同じくらいしっかりと言った。「僕は放校にならなくてはいけません。そして人々に真実を伝えてはいけません」

「なぜだね」と相手はたずねた。

「御忠告に従うつもりだからです」と巨漢の若者は言った。「昨夜のあなたと僕のような恥ずべき状態に──酔っ払っていたと言訳できれば良いと思いますが──陥っている人々のために、残りの数発をとっておくつもりなんです。その弾丸を悲観論者のために──顔色の悪い人々の薬として──とっておくつもりなんです。こうして、予期せぬ素晴らしい贈り物のように世界中を歩いてまわりたい──薊《あざみ》の毛のようにふわふわ漂って、日の出のように音もなく訪れたい──雷霆《いかづち》のように思いがけなく、静まる微風《そよかぜ》のように思い出されることもなく。良く知られた悪戯のように、人々が僕を待ちかまえていることは望みません。僕は自分の両方の贈物が、初めて出遭うものとして乱暴に——死と死後の生として——人のもとを訪れることを望みます。〝現代人〟の頭を狙ってピストルを構えます。しかし、殺すためには使いません——生き返らせるためだけに使うんです。僕は宴の骸骨[*9]であることに新しい意味が見えて来ました」

「君はとても骸骨とは呼べんね」イームズ博士は微笑んで言った。

「宴に出すぎたからです」と巨漢の若者は答えた。「どんな骸骨でも、外食ばかりしていたんじゃ体型を保つことはできませんよ。しかし、それは僕の言いたかったことじゃない。僕が言いたいのは、死とかそういうことの——髑髏《どくろ》と大腿骨、死ヲ忘ルナカレ《メメント・モリ》の意味が、いわば垣間《かいま》見えたということです。それは我々に未来の生を思い出させるだけでなく、現在の生も思い出させるためのものなんです。精神の弱い我々は、死によって若さを保たれなかったら、永遠の中で老いてしまうでしょう。天の摂理は不死を我々向きの長さに切り分けねばならないんです——乳母《うば》がバタつきパンを切り分けて指くらいの大きさにするように」

それから、彼は突然、不自然なほど切実な声で言い足した。「でも、僕は今、あること

＊9　興を冷ますもの、の意であるが、本来古代エジプト人が死を忘れるなという戒めとして、宴の席に骸骨を飾ったという故事から来ている。

を知っています、イームズ。雲が桃色に変わるのを見た時に知ったんです」

「どういうことだね?」とイームズはたずねた。「何を知ったんだ?」

「人殺しは本当に間違っていることを初めて知ったんです」

彼はイームズ博士の手を握ると、少しふらふらしながら手探りで扉の方へ向かった。扉を通って姿を消す前に、こう言い足した。「でも、人間が死を理解しているとほんの一瞬でも思う時は、非常に危険です」

イームズ博士は自分を襲った男が去ったあと、数時間沈思黙考に耽《ふけ》った。それから立ち上がって帽子と蝙蝠傘を取り、元気良く散歩に出たが、同じところを何度もまわった。彼はまだらの日避けがある住宅の前に五、六回立ちどまり、頭を少し片方に傾《かし》げて、その日避けを一心に調べていた。ある者は彼を狂人と思い、ある者はこの家を買うつもりなのだと思った。両者に大きな違いがあるとは、彼にはまだ確信が持てなかった。

上記の物語は、署名者たちの意見によれば、文章芸術の新機軸というべき方針に基いて構成された。二人の俳優のそれぞれが、もう一人の目に映った通りに描かれている。しかし、署名者たちは物語の内容の正確さを絶対に保証するものであり、記述の内容に疑義が呈されるなら、かれら署名者たちは、自分たちが知らないなら、一体誰が知っているのかをぜひとも知りたいと思うであろう。

署名者たちは今より「ぶち犬亭」へビールを飲みに行く。さらば。

（署名）　ジェイムズ・エマーソン・イームズ
ケンブリッジ大学ブレイクスピア学寮学長
イノセント・スミス

アーサー・イングルウッドは読み終えたばかりの証拠文書を起訴側の代表者たちに渡し、後者は頭を寄せて、それを調べた。ユダヤ人もアメリカ人も共に感じやすく興奮しやすい種族で、跳びはねたり、黒髪の頭と黄色い髪の頭をぶつけたりすることによって、資料を否定するために何もできないことを露呈した。学長の手紙は副学長の手紙と同様、本物だった――品格に於いては嘆かわしいほど異なっていたが。

「この事に関しては、我々の弁論を結ぶのに多言を要しません」とイングルウッドは言った。「我々の依頼人がピストルを携行していたのは、彼が瀆聖者《とくせいしゃ》と見なす人々に健全な脅しを与えるという、風変わりですが無害な目的の故だったことは、今や明白であります。どの事件に於いても脅しははなはだ有益であり、被害者自身、その日からまるで生まれ変わったようになっております。スミスは狂っているどころか、むしろ狂った人間を治す医者なのです――世間を歩きながら乱心を癒しているのであって、乱心をふり撒《ま》いているのではありません。それが私が起訴側に問うた二つの答えられない質問への答です。すなわち、かれらはなぜ実際に拳銃を向けられた人間の言葉を、一行たりと提示しなかったかという質問です。拳銃を向けられた人間は、みなそれが自分のためになったと告白しました。だから、スミスは射撃の名手なのに誰にも弾を命中させなかったのです。射撃の名手だからこそ、誰にもあてなかったのですよ。彼の手が血に汚れていないように、彼の心にも人を殺そうという考えはありませんでした。いいですか、これこそが、これらの事実と他のすべての事実の唯一可能な説明です。学長の行動を説明するには学長の話を信ずるよりありません。独創的な説の製造工場とも言うべきピム博士でさえ、この事件に当て嵌まる他の説は思いつかないでしょう」

「催眠術と二重人格には有望な見通しがあります」サイラス・ピム博士は夢見るように言った。「犯罪科学はいまだ揺籃期《ようらんき》にあり――」

「揺籃期！」ムーンは目から鱗が落ちたというような仕草で、赤鉛筆を宙に持ち上げながら言った。「ああ、それで説明がつくぞ！」

「重ねて申しますが」イングルウッドは先を続けた。「ピム博士もほかの誰も、我々の説以外の説によって説明することはできません――学長の署名も、外《そ》れた弾丸も、行方不明の証人たちも」

小男のヤンキーは闘志漲《みなぎ》る冷静さを幾分取り戻して、スルリと立ち上がった。

「弁護側は」と彼は言った。「冷厳にして重大なる事実を省略しています。我々が実際の被害者を誰も提示しないとかれらは言います。ですが、ここに一人の被害者――英国の著名人で、撃たれたウォーナーがいます。彼は立派に提示されていると私は考えますな。それに、弁護側はすべての無法な行為のあとに和解が成立していると仄《ほの》めかします。ですが、英国の誇るウォーナー氏には何も後ろめたいことはありませんし、あまり和解してもおりません」

「わが学識ある友には」ムーンは大儀そうに立ち上がりながら、言った。「思い出していただかなければなりません、ウォーナー博士を撃つことの科学は揺籃期にあることを。いくらぼんやりした人間でもわかるでしょうが、ウォーナー博士のような人を驚かして神の栄光を認めさせることは、特別に難しいのです。依頼人はこの一例に於いて失敗し、手術が効を奏しなかったことを我々も認めます。ですが、私は依頼人のためになるべく早く、追加料金なしで、ウォーナー博士にふたたび手術を施す提案をする権限を与えられております」

「糞ったれめ、マイケル」グールドが生まれて初めてまったく真剣になって、叫んだ。「あんたも気分転換に、ちったア意味のわかることを言ったっていいでしょう」

「最初の一発が撃たれる前、ウォーナー博士は何の話をしていたんですか?」とムーンが鋭くたずねた。

「あいつは」ウォーナー博士は横柄に言った。「あいつらしく道理をわきまえて、今日は私の誕生日かとたずねました」

「そして、あなたはあなたらしく尊大に答えたのですな」ムーンはスミスの拳銃のように硬くて人目を引く、長い痩せた指を突き出して、叫んだ。「自分は誕生日を祝わない、と」

「まあ、そんなところです」と博士は言った。

「そうして」ムーンはつづけた。「彼はなぜかと尋ねました。あなたは言いました——誕生が喜ばしいことだとは思わないからだ、と。そうですね？　我々の話が本当であることを疑う方はいらっしゃいますか？」

部屋には静寂の冷たい轟きが起こり、ムーンは言った。「民の声は神の声です。神の声とは人々の沈黙です。あるいは、ピム博士のもっと文明化された言葉で言うなら、次の告発を始めるのは彼の役目です。この件に関して、我々は無罪放免を要求します」

それから一時間程後だった。サイラス・ピム博士は前例のないほど長い間目をつぶり、親指と人差し指を宙に持ち上げたままだった。看護婦が言う言葉を借りると、まるで「動かなくなった」状態にあるかのように見えた。死のような沈黙の中で、マイケル・ムーンは何か言って緊張を解《ほぐ》さなければいけないと感じた。著名なる犯罪学者はもう三十分ほど前から、科学は財産に対する犯罪に関しても、生命に対する犯罪に関するのと同様の見解を取ると説明していた。

「ほとんどの殺人は」と彼は言った。「殺人狂の一変種であり、同様に、ほとんどの窃盗は窃盗狂の一異形であります。それ故に、往昔の法典に見える残酷な方法よりも寛容で人道的な刑罰の体系が必要であることを、弁護側の博学な友人たちもお考えになることに、私は疑いを持ちません。かれらも疑いなく気づいているでしょう――一つの亀裂がいとも大きな口を開き、いとも思考を妨げ、いとも――」彼はここで口を閉ざし、すでに述べたあの繊細な仕事に耽《ふけ》ったのだが、マイケルはもう我慢できなかった。

「そうです、そうです」彼は苛立たしげに言った。「我々もその亀裂があることを認めます。昔の残酷な法典は人を窃盗で告発し、十年間牢獄に押し込めます。寛容で人道的な仮出獄状は彼を何の罪でも告発しないで、永久に牢獄に入れます。我々は亀裂を通り越すんです」

言葉遣いの吟味に夢中になってしまうと相手方が遮ったことに気づかないのみならず、自分が間《ま》を置いたことにも気づかないでしゃべりつづけるのが、著名なるピムの癖だった。

「いとも品種改良的で」とサイラス・ピム博士は語りつづけた。「未来への真に高い希望を伴っています。従って、抽象的に申しますと、科学は殺人者を見るのと同様に窃盗犯を見るのです。恣意的に期間を定めて罰するべき罪人としてではなく、拘束し、看護すべき病人として見るのです」(彼が先を言うのをためらっている間、人差し指と中指はまたくっついた)――「つまり、必要な期間ですな。ですが、我々がここで調査している事件には特殊なものがあります。窃盗狂は通常それと合併して――」

「失礼ですが」とマイケルが言った。「私が先程お尋ねしなかったのは、じつを言うと、ピム博士が、見たところ直立しておられましたが、指に匂いのない細かな埃をつまんで、労働のあとの眠りを楽しんでおられると考えたからです。しかし、今は物事が少し動き出しておりますから、本当に知りたいことを申し上げます。私はもちろん、夢中と呼んだのでは不十分な関心を持ってピム博士の話に聞き入っておりますが、今のところ、被疑者が本件に於いて何者であり、どういうことをしたのかについて、いかなる推測もできないのであります」

「ムーン氏が御辛抱《ごしんぼう》下されば」ピムは威厳を持って言った。「それこそ私が解説しようとする点にほかならぬことが、おわかりになりましょう。窃盗狂は、ある特定の材質に対し、一種の肉体的魅力を感ずることとして現われます。これこそ、たいていの犯罪者が厳格な選《え》り好みをし、ごく狭い職業的視野しか持たないことの窮極の説明であると、（ハリスのような人物さえも）考えて来ました。ある者は真珠のカフスボタンが欲しいという抗し難《がた》い肉体的な衝動に駆られますが、その一方、優雅で有名なダイヤモンドのカフスボタンが目立つ場所に置いてあっても、素通りします。べつの人間は、四十七足ものボタンつきの深靴で自分の家の階段を一杯にしてしまいますが、深ゴム靴には冷淡で、せせら笑いさえするのです。繰り返しますが、犯罪者の特殊な選り好みは仕事に慣れた故の智恵というよりも、狂気のしるしなのであります。しかし、この原則が一見とても当て嵌まらないように思われる一種の略奪者がいます。それは、我々と同じ市民である家宅侵入者のことです。

大胆な若い真理探求者のある者は次のように主張して来ました――裏庭の塀の外にいる泥棒が、鍵のかかった箱にしまって執事のベッドの下に置いてあるフォークに目を留めて魅せられることは、とてもあり得ないと。かれらはこの問題でアメリカの科学に挑戦しているのです。かれらは断言します――カリプソー大学の大実験の時とは違って、下層階級の巣窟では、ダイヤモンドのカフスボタンが目立つ場所に置きっ放しにされてはいない、と。我々はここでの実験があの若い大胆な挑戦への答となり、くだんの押込み泥棒をふたたび仲間の犯罪者たちと一致合流せしめることを望みます」

　ムーンの顔はこの五分間というもの、暗い当惑のあらゆる様相を経過していたが、突然手を上げて、爆発的な霊感を得たようにテーブルを叩いた。

「ああ、わかったぞ!」と彼は叫んだ。「あなたはスミスが押込み泥棒だとおっしゃるんですね」

「そのことは然るべく明瞭に示したつもりです」ピム氏は目蓋を巻き上げて言った。双方のすべての雄弁なおまけが、すべての言葉の綾《あや》や脱線が、相手方にとって腹立たしく理解し難いというのが、この滅茶苦茶な私的裁判の特徴だった。ムーンには新文明の厳粛さが少しもわからなかった。ピムには旧文明の陽気さが少しもわからなかった。

「スミスが物を奪う人間として登場する事件はすべて」とアメリカ人の医師はつづけた。

「押込み泥棒の事件です。我々は前の事件と同じ手順に沿って、疑う余地のない事例を選び、もっとも正確かつ厳格な証拠を取り上げましょう。今より同役のグールド氏に、真面目で方正謹直なダラムの聖堂参事会員ホーキンズ氏から来た手紙を読んでもらいます」

モーゼス・グールド氏はいつもの敏活さで跳び上がると、真面目で方正謹直なホーキンズの手紙を読んだ。モーゼス・グールド氏は農家の庭の声を上手に真似することができ、サー・ヘンリー・アーヴィング[*1]の真似はさほど上手でなく、マリー・ロイド[*2]は見事に真似し、新型自動車の警笛の真似は、大芸術家の仲間入りができるほど巧者だった。しかし、ダラムの聖堂参事会員の真似はあまり真に迫っていなかった。実際、氏の発音の飛躍や息切れによって手紙の意味がひどく不明瞭になったから、ここにはあとでテーブルごしに手渡された際、ムーンが読んだように書き記した方が良かろう。

拝啓――あなたのおっしゃる出来事が、私事であるにかかわらず、無節操な新聞を通じて大衆に洩れ伝わったことに、私は驚きを感じません。思うに、私がその後到達した地位は私を著名人とするものでありますし、平穏無事というわけでもなく、おそらく重要でないこともない経歴に於いても、これはたしかに異常な出来事だったからです。私は昔の桜

＊1　イギリスの名優。一八三八－一九〇五。
＊2　イギリスの歌手・女優一八七〇－一九二二。

草連盟時代*3にハーン・ベイ*4で数々の政治危機に直面して参りましたし、過激な連中と袂《たもと》を分かつ以前は、キリスト教社会主義連合で多くの夜々を過ごしました。しかし、この体験はまったく想像も及ばないものでした。聖職者である私が口にするべきではない、ある場所が弛んだようだとでも言うより表現のしようがありません。

その事が起こったのは、私が短期間ホクストンで副牧師を務めていた時でした。当時の同僚だったもう一人の副牧師に勧められて、さる集会に出席したのです。彼はその集会を神の王国を振興する意図を持つものだと説明しました――罰《ばち》あたりな説明をしたと言わねばなりません。ところが、行ってみるとその反対で、コール天のズボンや脂ぎった服を着た、振舞いも粗野なら意見も極端な男ばかりの集会だったのです。

問題の同僚について、私は満腔《まんこう》の敬意と親しみをもって語りたいので、あまり言わないことにします。説教壇で政治を語る弊害を私ほど確信している人間はおりますまい。ですから、私は会衆に投票についての助言など、けっしていたしません――とはいえ、かれらが誤った選択をしそうだと強く感じる場合はべつですが。しかし、政治問題ないし社会問題にはまったく触れないといっても、聖職者たる者が社会主義や急進主義のような自堕落な大衆煽動家の山師的な政策を容認することは、たとえ冗談にもせよ、聖なる義務への裏切りという性格を持つと申さねばなりません。問題の同僚レイモンド・パーシー氏を悪く言う気はさらさらありません。思うに、彼は才気喚発でしたし、ある人々にとっては魅力的でした。しかし、社会主義者のような口を利き、ピアニストのような髪の毛を生やし、酩酊した人間のように振舞う聖職者はけして出世しませんし、善良で賢い人々の称讃を得ることさえありません。また、会場にいた人々の外見に関して個人的な考えを述べることも、私のすべきことではありませんが、部屋の中を見まわすと、そこに並んでいたのは品性下劣な嫉妬深い顔ばかりで――

「聖職者であるこの紳士が」ムーンが爆発するように言った。さいぜんからムラムラしていたのだ――「お気に入りの論法を採用すると、こう言ってよろしいでしょう。私はたとえ拷問を受けても、彼の知性について一言も洩らしませんが、あいつはひどい頓馬《とんま》の老いぼれだと」

「けしからん！」とピム博士が言った。「異議を申し立てます」

「黙っていたまえ、マイケル」とイングルウッドが言った。「向こうには向こうの話を読む権利がある」

「議長！　議長！　議長！」グールドが椅子の上で元気一杯に転げまわって叫んだ。ピム

＊3　一八八三年に結成された保守党員の団体。
＊4　イングランド南東部の海岸の町。

はビーコン法院の権威者すべてを覆っている天蓋を一瞬チラと見やった。

「どうか、老婦人を起こすのはやめて下さい」ムーンが鬱《ふさ》ぎ込んだ上機嫌といった風に声を落として言った。「謝ります。二度と話を遮りません」

話の妨害による小さな波乱が収まる前に、聖職者の手紙の読み上げはすでに続いていた。

会は私の同僚の演説で始まりましたが、それについては何も申しません。それは嘆かわしいものでした。聴衆の多くはアイルランド人で、あの性急な国民の短所を示していました。かれらは集まって徒党を組んだり陰謀をめぐらしたりすると、あの愛すべき善良さと、人の言うことを何でも聞き入れる気持ちをまったくなくしてしまうようです。個人としては、それがかれらの良いところなのですが。

マイケルは少しハッとして立ち上がったが、厳《おごそ》かに一礼して、また腰を下ろした。

この人たちはパーシー氏が演説している間、黙ってはいないにしても、少なくとも拍手喝采を送っていました。彼は家賃と労働の制限に関する洒落《しゃれ》を言って、かれらの水準に下りました。敵産没収とか、土地収用とか、仲裁裁判とかいった、私にはとても口にできない穢《けが》らわしい言葉がたえず出て来ました。それから数時間後、あの騒動が突然起こったのです。私はその前にしばらくの間、集まった人々に話しかけて、労働者階級に倹約が足りないことや、かれらが夕《ゆうべ》の礼拝にあまり出席しないこと、収穫祭を怠ること、その他にも色々とかれらの境遇を改善するのに役立つようなことを指摘していました。異常な中断が生じたのは、この時だと思います。屈強な途方もない大男が、一部分白い漆喰《しっくい》にまみれた姿で会場の真ん中に立ち上がり、(雄牛のような高い怒鳴り声で) 外国語とおぼしき言葉で何か言ったのです。私の同僚レイモンド・パーシー氏は言葉の応酬をして相手の水準に下り、そのやりとりに勝ったようでした。会衆はしばらくの間、少し慎み深く振舞い始めましたが、私が文章を十二と言わないうちに、人々が猛然と演壇に向かって来ました。中でも例の大男の左官《さかん》は、象のように地面を揺るがしながら、こちらへ突進して来ました。本当にどうなることかと思いましたが、その時、同じくらい身体が大きく、しかし身形《みなり》はそう悪くない男が飛び上がって、彼を遠ざけました。このもう一人の巨漢は群衆に向かって大声で一種の演説をしながら、かれらを押し戻しました。何と言ったのかわかりませんが、怒鳴ったり、人を押しのけたり、そういう馬鹿騒ぎをして、彼は私たちを裏口から出してくれ、一方、しようのない人々はわあわあ怒鳴りながらべつの通路を通って行きました。

私の話の本当に尋常ならざる部分は、そのあとに始まるのです。私たちを建物の外へ出すと――そこは汚ならしい草が生えているみすぼらしい裏庭で、何とも寂しげな外灯柱が立っている小路《こみち》に通じていました――大男はこんな風に話しかけたのです。「上手く抜け出せましたね。それでは、私と一緒においでなさい。社会正義の行いをするのを手伝ってもらいたいんです。我々が話していたような社会正義ですよ。来て下さい！」そしていきなり大きな背中を向けると、私たちを導いて、古くて細い外灯柱がポツンと立っている、古くて細い小路を歩き出しました。私たちはどうすれば良いかわからずについて行きました。彼はたしかにきわめて厄介な状況にあった私たちを助けてくれたのですから、重大な根拠もなしに恩人を疑ってかかることは紳士としてできませんでした。社会主義者の同僚の考えも同じでした。彼もまた（仲裁裁判の恐ろしい話はするけれども）紳士ですから。事実、彼はスタッフォードシャーのパーシー家、この古い家系の分家の出身で、一族に共通な黒い髪と青白い肌の端正な顔をしています。彼が黒い天鵞絨《びろうど》の服や、これ見よがしな赤い十字架でもって容姿の美をいっそう引き立てるのは、見栄《みえ》としか思われませんが――しかし、これは話がわき道へ外《そ》れました。

街路《とおり》には霧が出ていて、はぐれたように立っているあの最後の街灯柱が私たちの背後に消えて行く様子は、たしかに気が滅入るようでした。前にいる大柄な男は靄《もや》の中でますます大きく見えて来ました。彼はこちらをふり返らず、巨大な背中で私たちに言いました。

「あんな話をしたって、何の役にも立ちません。我々には少し実践的な社会主義が必要なんです」

「私も同意見です」とパーシーが言いました。「しかし、私はいつも物事を実行に移す前に、理論で納得したいと思うのです」

「ああ、それは私に任せて下さい」実践派の社会主義者だか何だかわかりませんが、男はいとも恐ろしい曖昧な口調で言いました。「私には私のやり方があります。私は〝浸透者〟なのです」

私には彼が何を言いたいのか想像もできませんでしたが、連れが笑ったのでまずは安心し、取りあえずこの不可解な道中をつづけました。私たちは何とも奇異な道を通って行きました。例の小路では少々窮屈な思いをしましたが、そこから出ると石畳みの通路になり、突きあたりの開け放された木の門を潜りました。そのあとは闇がますます濃くなり、靄《もや》が立ちこめて来る中で、家庭菜園を横切る踏みならされた道らしいものを通りました。私は前を行く大男に声をかけましたが、彼は近道だと曖昧に答えただけでした。

私が聖職者の連れにしごく当然な疑いを何度も述べておりますと、短い梯子が目の前に現われ、それを上ると、一段高い道路に出るようでした。考えなしな同僚はすぐに梯子を駆け上がったので、私も精一杯ついて行くより仕方がありませんでした。私がその時足を載せた小路はまったく前代未聞の狭さでした。あんなに細い通りを歩いたことはありませんでした。道の片側には、暗闇と濃霧の中で見える限りでは、何か丈の低い頑丈な藪《やぶ》らしいものが茂っていました。やがて丈の低い藪ではないことに気づきました。それは高い木々の梢だったのです。この私、英国の紳士であり、英国国教会の聖職者である私が――雄猫のように庭の塀の上を歩いていたのです。

これは喜んで申しますが、私は五歩と歩かないうちに立ちどまり、正当な非難を述べ立てながら、できるだけ身体の平衡を取っていました。

「これは通行権のある道路です」弁護の余地なき情報提供者は堂々と言いました。「交通封鎖するのは百年に一ぺんだけです」

「パーシーさん、パーシーさん！」私は大声で呼びかけました。「あなたはこの悪党と一緒に行くんじゃないでしょうね？」

「いや、そうするつもりです」不幸な同僚は軽々しく言いました。「彼が何者であるにせよ、あなたと私の方が彼よりもひどい悪党だと思いますよ」

「私は押込み泥棒です」大男は落ち着いて説明しました。「フェビアン協会の会員です。私はあたりを掃《はら》う内戦と革命によってではなく、個別の場合に適した改革によって、資本家に盗まれた富を取り返すのです――ここで少し、あちらで少しという具合にね。この家の並びに沿って五軒目の平らな屋根の家が見えますか？　今夜はあの家に浸透しようと思います」

「犯罪にしても、冗談にしても」と私は言いました。「私はやめさせてもらいたい」

「梯子はあなたのすぐ後ろにありますよ」男は恐ろしく丁寧に答えました。「それから、行かれる前にどうぞ私の名刺をお受け取り下さい」

私に然るべき気概を見せる平常心があったら、名刺を投げ捨てていたでしょうが、そのために身体を動かしますと、塀の上での身体の平衡がひどく損われたことでしょう。ですから、慌てて名刺をチョッキのポケットに入れ、塀と梯子をソロソロと伝ってまっとうな街路へ戻りました。しかし、その前にこの目で二つの恐ろしく嘆かわしい事実を見たのです——すなわち泥棒は傾斜した屋根を煙突に向かって攀じ登っており、レイモンド・パーシー（神の司祭であり、もっと悪いことに紳士なのです）がそのあとから這い上がって行きました。その日以来、どちらにも会ったことがありません。

この魂に滲《にじ》み入る体験の結果、私は乱暴な連中と縁を切りました。キリスト教社会主義連合の会員がみんな泥棒に違いないなどと言うつもりは毛頭ありません。私にはさような告発をする権利はありません。しかし、ああいった道が多くの場合どういうことに立ち到るかについてのヒントを、この一件から与えられました。私はあれっきりかれらに会っておりません。

あとは、イングルウッド氏が撮影された同封の写真は、疑いなく問題の押込み泥棒の写真であることを申し添えるだけです。私はあの夜帰宅すると彼の名刺を見ましたが、そこにはイノセント・スミスという名が記してありました。——敬具

ジョン・クレメント・ホーキンズ

ムーンはその書類に形ばかり目を通しただけだった。訴追者たちがこのように物々しい文書を偽造し得たはずがないことを――（たとえば）モーゼス・グールドが聖堂参事会員のような文章を書くことは、聖堂参事会員らしく読むことができないと同様、不可能であることを彼は知っていた。彼は文書を返すと、押込み泥棒の嫌疑に関する弁護を始めるために立ち上がった。

「我々は」とマイケルは言った。「起訴側にあらゆる妥当な便宜を供したいと思います。ことに、それは審理の時間を省くでしょうから。あとの方の目的を、私はピム博士がお好きな理論の要点をすべて無視することによってふたたび達するでありましょう。私はそれらがどのようなものか知っております。偽証は失語症の一種で、人に甲の代わりに乙を言わせます。文書偽造は一種の指の痙攣《けいれん》で、人をして自分の名前の代わりに伯父さんの名前を書かしめるのです。公海での海賊行為はおそらく一種の船酔いでしょう。しかし、我々が否定する事実の原因を調べることは不必要です。イノセント・スミスは押込み泥棒などしておりません。私は先の取り決めによって認められた権限を行使し、起訴側に二、三の質問をしたいと思います」

サイラス・ピム博士は目をつぶって慇懃《いんぎん》な了承の意を表わした。

「第一に」とムーンはつづけた。「スミスとパーシーが塀と屋根を登って行くのをホーキンズ氏が最後に見た日付は、おわかりですか?」

「ええ、わかりますとも!」グールドが素早く声を上げた。「一八九一年十一月十三日です」

「あなた方は」とムーンはつづけた。「かれらが攀じ登ったホクストンの家がどれかを確かめましたか?」

「本道のわきのレイディースミス・テラス*5にちがいありません」グールドが同じ機械的な素早さで答えた。

「よろしい」マイケルはグールドに向かって眉毛を片方吊り上げて、言った。「その夜、そのテラスに泥棒が入りましたか? それは調べることが出来たはずですが」

「失敗して」と博士が少し間を置いて言った。「警察沙汰に至らなかった事件があったかもしれません」

「もう一つの質問です」マイケルが先を続けた。「ホーキンズ参事会員は、三文小説のような子供じみたやり方で、ここぞという時に逃げてしまいました。もう一人の聖職者の証言を提示なさってはいかがですか? そちらの人物は実際に泥棒について行って、犯行の

*5 ここにいうテラスは雛壇式住宅のことであろう。

現場にいたと思われるのですから」

ピム博士は立ち上がり、指先をテーブルに触れた――自分の返答の明快さにとくに自信がある時の癖だった。

「我々は」と彼は言った。「もう一人の聖職者の行方を追うことに、まったく失敗しました。ホーキンズ参事会員は彼が樋とトタン屋根を登るのを見ましたが、そのあと、彼は天空に溶けて消えてしまったようです。大勢の人がこれを奇異に思うことは承知しておりますが、良く考えれば、明敏な思考力の持主には自然なことに思われるでしょう。このレイモンド・パーシー氏は、聖堂参事会員の証言によると、奇矯な振舞いをする聖職者だそうです。彼は英国のもっとも誇り高く立派な人々とのつながりを持っていますが、そのことは、まことに下等な人間との交わりを好む癖を妨げないと見えます。一方、被告人スミスが抗し難い魅力の持主であることは衆人が認めるところであります。スミスがパーシー師を犯罪に引き込み、本当の犯罪者階級の中に身を隠さなければならなくしたことを、私は疑いません。彼が姿を見せず、行方を突きとめようとする試みがすべて失敗したのも、それで十分説明がつくでしょう」

「それでは、彼を捜し出すのは不可能なのですか？」とムーンが言った。

「不可能です」専門家は目をつぶって繰り返した。

「不可能だというのはたしかですか？」

「お黙んなさい、マイケル」グールドが苛々して叫んだ。「できるもんなら、見つけてますとも。その人は泥棒をするのを見たに決まってるんですからね。あなたこそ探してみたらどうです？　塵芥《ごみ》箱の中に自分の頭を探しなさい。きっと見つかりますぜ――ちょっと探せばね」彼の声はぶつぶつ言いながら静まっていった。

「アーサー」マイケル・ムーンが腰を下ろして指示した。「レイモンド・パーシー氏の手紙をみなさんに読んで聞かせてくれないか」

「ムーン氏が言ったように、審理をなるべく短くしたいので」とイングルウッドが始めた。「我々に送られた手紙の最初の部分は省きます。第二の聖職者による陳述は、事実に関する限り、第一の聖職者による陳述を十分追認していることを認めるのが、起訴側に対して公平であります。それで我々は聖堂参事会員の物語が、そこに語られている限り事実であると認めます。このことは必ずや起訴側にとって役立つと共に、当法廷にとっても都合が良いに違いありません。それで、私はパーシー氏の手紙を、三人が庭の塀の上に立っているところから読みはじめます――

私はホーキンズが塀の上でためらっているのを見ている間に、自分はためらうまいと決心しました。あたりの家や庭の上にかかっている銅色の霧のような怒りの雲が、私の脳にかかっていました。私の決心は過激で単純でしたが、そこに至るまでの考えは大変複雑で矛盾していたため、今となっては思い出せないほどです。私はホーキンズが優しく無害な紳士であることを知っていましたが、彼を道から蹴落とす喜びのためなら十ポンドでも払ったでしょう。善良な人々があの××のようにとんでもなく愚かであることを神が許し給うという考えが、聳《そび》え立つ冒瀆《ぼうとく》のごとく私の前に立ちふさがったのです。

オックスフォードにいた頃、私はいささかよろしくない芸術家気質を持っていたと思いますが、芸術家は制限を加えられることが好きです。私は教会が綺麗な模様として好きでした。規律は単なる装飾でした。私は単なる時間の区切りを喜び、金曜日に魚を食べるのが好きでした。けれども、私は魚好きなのです。物断ち[*6]は肉好きな人々のために設けられたのです。それから私はホクストンへ来て、五百年も物断ちをしている人々に出逢いました。肉が手に入らないから魚を齧《かじ》らねばならず――魚が手に入らない時は魚の骨を齧らねばならない人々に。あまりに多くの英国の将校が軍隊を閲兵《えつぺい》式として扱うように、私は戦いの教会をまるで教会の野外劇であるかのように扱っていました。ホクストンへ行くとそれが治ります。それで私は悟りました――千八百年にわたって、戦いの教会は野外劇ではなく暴動――それも鎮圧された暴動であったことを。ホクストンにはその途方もない約束をされた人々が今も忍耐強く暮らしていました。この状況に直面した私は、宗教家でありつづけようとするなら革命家にならざるを得ませんでした。ホクストンでは無神論者で――そして悲観論者であることなしに保守主義者であることはできませんでした。悪魔以外の何人《なんぴと》も、ホクストンを保守したいと望むことはできなかったでしょう。

こうしたことに加えて、ホーキンズがいます。彼がもしホクストンの人間全部を呪い、かれらを破門し、地獄行きだと言い渡したなら、私はむしろ彼を称讃したでしょう。彼が広場で人々を全員火炙《ひあぶ》りにしても、それでも私はすべての善きキリスト教徒が他人になされた不正に対して持つ、あの忍耐を持っていたでしょう。しかし、ホーキンズには司祭としての技倆が——いや、他のどんな技倆もありませんでした。大工や、辻馬車の御者や、庭師や、左官になれないと同様、司祭にもなれませんでした。彼は非の打ちどころのない紳士です。そこが彼の欠点です。自分の信条を押しつけるのではなく、ただ自分の階級を押しつけるのです。彼はろくでもない演説の中で、ただの一言も宗教のことを口にしませんでした。彼の兄弟である陸軍少佐が言いそうなことを言っただけでした。ちなみに彼には兄弟がいて、その兄弟は陸軍少佐だと天からの声が私に請け合うのです。

この仕様のない貴族が肉体の清潔さと魂の因襲を、肉体と魂を繫ぎとめるのもやっとなう人々に向かって礼讃すると、我々のいる演壇へ人々がどっと押し寄せて来ました。私は救うに値しないあの男の救出に手を貸し、正体のわからぬ解放者について行きました。やがて(前にも言ったように)私たちは、もう霧が出ている薄暗い庭の上の塀に集まって立ち

＊6　キリストが十字架にかけられた金曜日に肉類を断つなどのことを言う。

ました。その時、私は副牧師と泥棒を見て、霊感の閃きのうちに、泥棒の方が立派な人間だと判断しました。この泥棒は副牧師と同じくらい優しくて人間味があるように見えました――それに勇敢で、独立独行していましたが、副牧師はそうではありませんでした。私は上流階級には何の美徳もないことを知っていました。私自身それに属しているからです。私は下層階級にもあまり美徳はないことを知っていました。長い間、その階級と共に暮らしていたからです。蔑《なみ》された者と虐げられた者に関する古い説教の題がたくさん頭に蘇って、聖者が犯罪者階級の中に隠れていてもおかしくないと思いました。ホーキンズが梯子を下りて行った頃、私は大柄な男のあとから、低い傾斜した青瓦の屋根を攀じ登っていました。男は前方でゴリラのように跳ねていました。

こうして攀じ登ったのは短い間で、私たちはじきに平らな屋根の広い道をトボトボと歩いていました。そこは多くの大通りよりも幅広く、あちこちにある煙突の筒が、靄の中では小さな砦のように大きく見えました。霧の息苦しさのために、私の頭脳と身体がその下で苦しんでいた、いささかふくれ上がった病的な怒りがいっそう激しくなるようでした。空と、ふだんははっきりしているすべてのものが、邪《よこしま》な霊に圧倒されているようでした。蒸気のターバンを巻いた背の高い妖怪たちが、太陽や月よりも高く立って両者を隠しているようでした。私は『アラビア夜話』の挿画――茶色い紙に濃いけれども暗い色で描かれている絵――のことをぼんやりと思いました。それはソロモンの印《シール》のまわりに魔神が集まっているところを描いていました。ところで、ソロモンの印とは一体何だったのでしょう？　封蠟《シーリング・ワックス》とはたぶん関係ないのでしょうね。ですが、私の混乱した頭は、厚い雲があの重く粘りつく物質で出来ているように感じました。そいつは濃い濁《にご》った色で、煮えたぎる鍋から注がれ、奇怪な紋を押したのです。

背の高い、ターバンを巻いた蒸気の最初の印象は、ロンドン人がよく口にする豌豆《えんどう》のスープ*7かコーヒー色のあの汚ない色の感じでした。けれども、目が馴れるにつれて、場面はもっと細かく見えて来ました。私たちは家の天辺より高いところに立って、あの煙というものを見ていました。大都市では、その煙が濃霧という奇妙なものを創り出すのです。足元には煙突の筒の森がありました。そして一つひとつの筒の中に、まるでそれが植木鉢であるかのように、色のついた蒸気の低い茂みや高い樹が立っていました。煙の色はさまざまでした。煙突の中には暖炉から続いているものもあれば、工場から来るものも、ただの塵芥《ごみ》の山から来るものもあったからです。しかし、色合いはさまざまでも、すべて魔女の鍋から立ちのぼる湯気のように不自然に見えました。あたかも大釜の中で形が崩れてゆく恥ずべき醜い形の物どもが、煮とろかされる魚や肉の種類に応じて色のついた蒸気を、それぞれ別個に噴き上げているかのようでした。ここには、下からの光をうけて、犠牲《いけにえ》の血

＊7　ロンドンの黄色い濃霧をいう。

を入れた黒い壺からでも漂って来そうな暗赤色の雲があります。あちらでは蒸気が、地獄のスープに浸けた魔女の長い髪にも似た濃い紺鼠《こんねず》色になっています。またべつの場所では煙がおぞましい不透明な象牙色で、まるで古い生白い蠟人形の魂が遊離したかのようです。けれども、その煙には輝く無気味な黄緑色の条《すじ》が走っていて、まるでアラビア文字のようにくっきりして、ひね曲がっていました――

モーゼス・グールド氏がふたたびバスを停めようとした。読み手は形容詞を全部とばして審理を短くするべきだと提案しているようだった。デューク夫人は目を醒ましていたが、これは大変結構ですと言ったので、その判定をモーゼスが青鉛筆で、マイケルが赤鉛筆で、しかるべく書き留めた。それから、イングルウッドがふたたび文書を読みつづけた。

その時、私は煙の文字を読みました。煙はそれを作り出す現代都市に似ていました。つねに退屈だったり醜悪だったりするわけではありませんが、つねに邪悪で虚飾に満ちているのです。

現代の英国は煙の雲に似ていました。あらゆる色を持ち運べますが、汚点しか残すことができませんでした。空に豊かな廃棄物を流し込むのは我々の弱さであって、強さではありませんでした。これらは虚空に注ぐ私たちの虚栄の川でした。私たちはつむじ風の聖なる輪をつかまえて、それを見下し、渦巻だと思いました。それから、それを流し台として使ったのです。それは私自身の心の中で、叛乱の見事な象徴をなしていました。最悪のものだけが天に昇る。犯罪者だけが今でも天使のように昇れるのでした。

私の頭がそうした感情に眩惑《げんわく》されているうちに、案内人は大きな煙突の筒のそばに立ちどまりました。それはあの高い空の道路に沿って、街灯柱のように一定の間隔を置いて立っているのでした。彼はたくましい手をそれにかけました。私はその時、彼がテラスの急な斜面を攀じ登るのに疲れて、寄りかかっただけだと思いました。その深淵から推量できる限り――そこは右も左も濃霧に覆われ、赤茶色と古金色の帷《とばり》をかけた光が、時折霧の向こうから輝きました――私たちはあの長い連続したお上品な家並の上にいるのでした。こうした家々は今でも貧しい区域の上に頭をそびやかしているのが見られますが、昔の投機的な建設業者が楽観主義で家を建てまくった名残《なご》りなのです。たぶん、それらの家にはまったく借家人がいないか、イタリアの古い無人の大邸宅に集まるような貧乏人の一族係累が住みついているだけだったのでしょう。実際、しばらくして霧が少し晴れて来た時に気づきましたが、私たちは三日月形に並んだ家々の天辺を歩いているのでした。半円形をした建物の下は、平らな広場か幅広い道路になっていましたが、その上にもう一段同じようなものがあって、まるで巨大な階段のようでした。これはロンドンの風変わりな建築に時たま見受けられる形で、陸地の果ての岩棚のように見えました。しかし、今はまだ一つの雲がその巨大な階段を覆い隠していました。

ところが、陰鬱な空の景色についての瞑想は、月が空から落ちるくらい思いがけないことによって中断されました。押込み泥棒は寄りかかった煙突から手を上げるかわりに、もっと強く寄りかかりました。すると筒が丸ごと、インク壺の蓋のように引っくり返ったのです。私は低い塀に立てかけてあった短い梯子のことを思い出し、彼はこの犯行の手筈《てはず》を前々から整えていたのだと確信しました。

大きな筒が倒れたことは、私の渾沌とした気持ちの頂点であって然るべきでしたが、じつを申しますと、それは突然喜劇的な感じを、慰めの感じさえ与えたのです。一体何がこの唐突な家宅侵入を、奇妙ですが物優しい空想と結びつけたのかは思いつきませんでした。それから、子供の頃に観たハーレクイン芝居の、楽しくて騒々しい屋根と煙突の場面を思い出して、この場面の現実離れした感じに、ひそかに、まったく不合理に慰められました――まるで家々が木摺《きずり》と厚紙で出来ており、警官とパンタルーンが転げ込んだり出て来たりするためだけにあるかのようでした。私の連れの不法行為は真面目な話として許されるだけでなく、喜劇としても許されるように思われました。従僕《フットマン》がいて、靴拭《フット・スクレイパー》いがあって、煙突の筒《チムニーポット》と山高帽子《チムニーポット・ハット》を持っている、あの尊大な途方もない連中は一体何様《なにさま》なのでしょう?――哀れな道化がソーセージを欲しがっているのに、それを邪魔するとは？財産は真剣なものだと人は思うでしょう。しかし、私はもっと高い山のような蒸気の幻に、もっと高い浮かれ気分の天に昇っていたのです。

私の案内人は、筒が外されてあらわれた黒い穴に飛び込んでいました。彼はかなり低いところへ降り立ったにちがいありません。あれほど背が高いのに、髪の毛が気味悪くしゃくしゃになった頭しか見えなかったからです。ふたたび何か遠い昔の、しかし馴染み深いものが心に蘇って、人の家にこうやって侵入することが嬉しくなりました。私は小さな煙突掃除人と「水の子供たち」[*8]のことを考えましたが、それではないと思いました。やがて思い出しました——そのような無茶苦茶な不法侵入と、犯罪とは正反対の考えを結びつけるのは何であるかを。もちろん、クリスマス・イヴと煙突から下りて来るサンタ・クロースです。

それとほとんど同時に、もしゃもしゃの頭は黒い穴の中に消えましたが、下から私を呼ぶ声が聞こえました。一、二秒経つと、もしゃもしゃの頭がまた現われました。その頭は濃霧の火のように赤い部分を背にして真っ黒に見え、表情はまったくわかりませんでしたが、その声は古い友達の間でしかふさわしくないような、じれったくてならないといった調子で、ついて来いと呼びかけました。私は穴に飛び込みましたが、クルティウス[*9]と同じ

＊8　チャールズ・キングズレーによる子供向けの物語。煙突掃除人の少年が主人公。

＊9　マルクス・クルティウス。伝説上のローマの兵士。

ように盲目的に飛び込んだのです。サンタ・クロースと、そのように垂直に入ることの伝統的な美徳についてまだ考えていたからです。

設備の良い紳士の家ならどこでも、と私は思いました。紳士方のための正面の扉と御用聞き用の脇扉がある。しかし、神々のために屋根につけた扉もあるのだと。煙突はいわば地上と天を結ぶ地下道です。この星空の下のトンネルによって、サンタ・クロースは――雲雀《ひばり》のように――天と家との間を行来できるのです。いや、ある種の因襲のために、そして攀じ登る勇気が世間の多くの人に欠けているために、この扉が使われることはめったになかったのでしょう。しかし、サンタ・クロースの扉は本当は正面の扉なのです。それは宇宙に面と向かう扉なのですから。

私はこんなことを考えながら、真っ暗な屋根裏部屋だか天井裏だかを手探りで進んで行き、ずんぐりした梯子を伝い下りると、下はさらに大きな天井裏でした。けれども、梯子を半分ほど下りてから急に立ちどまり、一瞬、引き返そうかと思いました。私の連れが庭の塀のところから引き返したように、サンタ・クロースという名前が私を俄然《がぜん》正気に戻したのです。私はサンタ・クロースが何のためにやって来て、なぜ歓迎されるのかを思い出しました。

私は有産階級の中で育ち、財産に対する犯罪への恐怖心を持っていました。強奪に対する通常の非難を――正しい説も間違っている説も――すべて聞いていました。教会で〝十《じっ》戒《かい》〟を千度も読みました。しかし、その時その場で、三十四歳になって、暗い部屋で梯子を下りかけ、実際に家宅侵入をしながら、窃盗がやはり間違っていることを初めて翻然と悟ったのです。

しかし、引き返すには遅すぎたので、巨漢の連れの奇妙に静かな足取りについて、低くて大きい天井裏を横切りました。やがて彼は裸の床のある部分に跪《ひざまず》くと、二、三回いじり回《まわ》してから一種の揚蓋《あげぶた》を持ち上げました。すると下から明かりが射し、下はランプの灯っている居間であることがわかりました。大きい家ではしばしば寝室の外に付いている種類の部屋でした。こうして足下から、音のしない爆発のように光がサッと射し込んだので、たった今持ち上げた揚蓋が塵埃《ほこり》と錆で開かなくなっていたこと、大胆な我が友が来るまで使われていなかったことがわかりました。しかし、私はいつまでもそれを見てはいませんでした。下にある明るい部屋の光景が、不自然なほどの魅力を持っていたからです。現代の室内に、そのように奇妙な角度でそのように忘れられた扉から入ることは、人間の心理に於ける画期的な事件でした。第四次元を発見したようなものでした。

私の連れは開き口から突然、音も立てず部屋にとび下りたので、ついて行くしかありませんでした。もっとも、犯罪の修行が足りないので、とても音もなくというわけにはゆきません。私の靴の音の谺《こだま》が消える前に、大柄な押込み泥棒は素早く扉に近寄り、半分開けて、階段を見下ろしながら耳を澄ましていました。そして、扉を半開きにしたまま部屋の真ん中へ戻って来ると、青い眼をキョロキョロさせて家具や装飾を見まわしました。部屋には本が気持ち良く並んでいました――壁がまるで生きているかのように思わせる贅沢で人間的なやり方でした。奥行きが深く、本が一杯詰まっているけれども、並べ方がぞんざいで、寝床で読む物を探して始終掻きまわしているような書棚でした。赤い小鬼のように見えるいじけたドイツ製ストーブが隅にあり、下の方に閉まった扉がついている胡桃《くるみ》材の食器棚がありました。高いけれども幅の狭い窓が三ついていました。連れの家宅侵入者はもう一度あたりを見まわしたあと、胡桃材の扉をつかんで引き開け、中を探しました。そこにはめぼしい物は何もなかったようですが、じつに美しいカットグラスのデカンターにポート酒らしいものが入っていました。泥棒がこの馬鹿馬鹿しく小さな贅沢品を手に戻って来るのを見ると、なぜか私の心に、さいぜん感じたような啓示と嫌悪感がふたたび目醒めました。

「およしなさい！」私は辻褄の合わないことを叫びました。「サンタ・クロースは――」

「おや」押込み泥棒はそう言うと、デカンターをテーブルに置いて私を見ました。「あなたもそのことを考えたんですね」

「考えていたことの百万分の一も言い表わせませんが」と私は叫びました。「しかし、それはこういうことです……ああ、おわかりになりませんか？　子供たちはなぜサンタ・クロースを怖がらないのです？　夜中に泥棒のように入って来るのに。彼には秘密も、不法侵入も、ほとんど裏切り行為も許されている――その理由は、彼が行ったところには玩具が増えているからです。もし玩具が減っていたら、我々はどう思うでしょう？　子供たちの球や人形を寝ている間に持って行くような小鬼《ゴブリン》は、地獄から通ずるいかなる煙突を下りて来るのでしょう？　ギリシア悲劇といえども、その朝の夜明けと目醒め以上に灰色で残酷であり得るでしょうか？　犬泥棒、馬泥棒、人間泥棒――玩具泥棒ほど卑劣なものが考えられますか？」

押込み泥棒は上の空で聞いているようにポケットから大型の回転式拳銃を取り出すと、テーブルのデカンターの隣に置きましたが、依然、物思いに耽《ふけ》るような青い眼で私の顔をじっと見ていました。

「君！」と私は言いました。「すべての窃盗は玩具を盗むことです。だからこそ間違っているんです。不幸せな人の子の品物は、価値がない故に尊重されるべきなのです。私はナボテの葡萄園[*10]が、ノアの箱舟のように絵に描いたものであるのを知っています。ナタンの雌の子羊[*11]が本当は木の台に羊毛をつけてこしらえたメエメエ羊であることを知っています。だから、それを持って行くことはできないのです。人々の持ち物をかれらの貴重品だと思

＊10　参照、「列王記」上、第二十一章。
＊11　参照、旧約聖書「サムエル記」下・第十二章の十三節。

っている間はさほど気にしませんでしたが、かれらのくだらないものには手を触れようと思いません」

　少ししてから、私は唐突に言い足しました。

「奪っても良いのは、聖者と賢人の物だけです。かれらは丸裸にして略奪してもかまいませんが、哀れな小さい俗人から、哀れな小さい誇りである物を奪ってはいけないのです」

　彼は食器棚からワイングラスを二つ出して、両方共一杯にすると、乾杯と言って一つを口元に運びました。

「およしなさい！」と私は叫びました。「年代物の酒か何かの最後の一本かもしれないじゃありませんか。この家の主《あるじ》が自慢にしているかもしれません。こういう物の馬鹿らしさに神聖なところがあるのがわかりませんか？」

「最後の一本ではありません」と犯罪者は冷静に答えました。「地下室にまだたくさんあります」

「それじゃ、この家を知っているんですか？」と私は言いました。

「知りすぎているんです」彼は妙に悲しそうに答え、そこには何か無気味なものがあるほどでした。「私はいつも知っていることを忘れようとしているんです——そして知らないことを見つけようと」彼はグラスを干しました。「それに、これは彼のためになるでしょう」

「何がためになるんです？」

「私の飲んでいる葡萄酒がです」と不思議な人物は言いました。

「それじゃ、その人は酒を飲みすぎるんですか？」と私はたずねました。

「いいえ」と彼は答えました。「私が飲みすぎない限りは」

「つまり」と私は問いただしました。「この家の持主は、あなたのすることをすべて認めるというのですか？」

「滅相《めっそう》もない」と彼は答えました。「しかし、彼はそうしなければならないのです」

三つの窓全部から部屋を覗き込んでいた濃霧の死んだ顔が、私たちが空から入って来たこの高くて細長い家の謎めいた感じを、そして恐ろしい感じすらも不合理につのらせました。私はまた大男の魔神たちのことを思いました――エジプトの冴えない赤と黄色で描かれた、途方もなく大きいエジプトの顔が、私たちのいるランプに照らされた小部屋を、それぞれの窓から、照明のあたる操り人形の舞台でも見るようにじっと見つめているような気がしました。私の連れは目の前にあるピストルをいじりつづけ、相変わらず少し気味の悪い、内緒話のような調子で語りました。

「私はいつでも彼を見つけようと――彼の不意をついてつかまえようとしているんです。彼は天窓と揚蓋を通って来ると、彼が見つかります。しかし、彼を見つけた時はいつも――彼は私がすることをしているんです」

私は恐怖に戦《おのの》いて、とび上がりました。「誰か来ますよ」と叫びましたが、その叫びには金切り声に似た響きが幾分混じっていました。

下の階段からではなく、奥の寝室からの通路を通って（そのために、なぜかいっそう恐ろしく思われたのです）足音が近づいて来たのです。扉が内側から押し開けられた時、私は一体どんな謎を、あるいは怪物を、あるいは自分の分身を見ると予想していたのかわかりません。ただ、予想していなかったものを見たことだけはたしかです。

開いた戸口に落ち着き払った様子で現われたのは、やや背の高い若い女性で、美術家を思わせるところがたしかにありましたが、どこがどうと説明することはできません。着ている服は春の色で、髪の毛は秋の木の葉の色、顔はまだ割合若いけれども、知性と経験を物語っていました。彼女はただこう言っただけでした。「入って来る音が聞こえなかったわ」

「べつのやり方で入ったんだ」〝浸透者〟は少し漠然と言いました。「掛金の鍵を家《うち》に置き忘れたんでね」

私は礼儀正しさと狂乱の入り混じった態度で立ち上がりました。「本当にすみません」と叫びました。「私がおりますのは不都合だと承知しております。おそれ入りますが、ここは誰方《どなた》の家か教えて下さいませんか？」

「私の家です」と押込み泥棒は言いました。「妻に紹介してもよろしいですか？」

私は半信半疑で、ゆっくりとまた席に着き、明け方近くまでその席を立ちませんでした。スミス夫人（平凡と言うには程遠いこの家族は、そんな平凡な名前だったのです）はしばらくそこに残って、楽しいおしゃべりを少ししました。彼女は内気さと鋭敏さが奇妙に混じったような印象を私の心に残しました。まるで世間を良く知っているけれども、少し無邪気に怖がっているかのようでした。たぶん、あのように型破りで気まぐれな夫を持ったため、少し神経質になったのでしょう。ともかく、彼女が奥の寝間に退《さが》ると、あの異常な男は減ってゆく葡萄酒を飲みながら、自分の弁明と身の上を滔々《とうとう》と語り始めました。

彼はケンブリッジ大学に入りましたが、古典学や文学よりも、数学と自然科学の経歴を積むことが目的でした。当時は星のない虚無主義が大学の哲学で、それが彼のうちに肢体と霊の間の戦争を、しかし、肢体の方が正しい戦争を引き起こしました。彼の頭脳は暗黒の教義を受け入れましたが、身体そのものが反抗したのです。彼の言い方を借りると、右手が彼に恐ろしい事を教えました。ケンブリッジ大学当局の言い方を借りると、不幸なことに、それは彼の右手が著名な教授の面前で弾をこめた火器をふりまわし、教授は窓の外へ逃げ出して、樋口《といぐち》にしがみつくという形を取ったのです。彼がそんなことをしたのは、ひとえにその気の毒な教授が、存在しない方が良いという理論を唱えたからです。このすこぶる非学問的な論争のため、彼は放校になりました。嫌悪感のために嘔吐しながら、彼はピストルの下で震えていた悲観主義から脱し、一種の生の歓びの狂信者となりました。

彼は真剣な精神を持つ人々のあらゆる集まりに顔を出しました。陽気でしたが、けして呑気ではありませんでした。彼の悪ふざけは言葉による悪ふざけよりも真剣なものでした。人生はすべてビールと九柱戯《スキットル》だと主張する、[*12]という馬鹿げた意味の楽観主義者ではありませんでしたが、彼はビールと九柱戯が人生のもっとも重要な部分だと主張しているようでした。「愛と戦よりも」と彼は叫ぶのでした。「不滅のものがあるだろうか？　あらゆる欲望と喜びの典型——ビール。あらゆる戦争と征服の典型——九柱戯」

　彼には旧世界の人々が酒盛りの厳粛さ《ソレムニティ》と呼んだものが幾分ありました——昔の人はただの仮面舞踏会や婚礼を「挙行する《ソレムナイジング》」と言ったものです。それでも彼はただの悪ふざけをする人間ではなかったように、ただの異教徒でもありませんでした。彼の奇行はある信仰の静的な事実——それ自体神秘的で、子供っぽく、キリスト教的でさえあるものから発していました。

「人間に」と彼は言いました。「いつか死ぬことを思い出させるために、司祭がいるべきだということを私は否定しません。私が言いたいのはただ、ある奇妙な時代には、人間にまだ死んでいないことを思い出させるため、詩人という別種の司祭が必要だということなのです。私が交わった知識人たちは、死を恐れるほどにさえも生きていませんでした。かれらには臆病者になれるほどの熱血がありませんでした。鼻先にピストルの銃身を突きつけられるまで、自分が生まれたことさえ知りませんでした。永遠の展望を仰ぎ見る時代にとっては、生は死を学ぶことだというのは正しいかもしれません。しかし、こういう小さな白鼠どもには、死こそ生を学ぶ唯一のチャンスだということも、同じように本当でした」

彼が奉ずる驚異《おどろき》の信条は、この確実な試験によってキリスト教的だと証明することができました――すなわち、彼は驚異が他人と同様、自分からもたえず消え去ってゆくのを感じたことです。ブルートゥスが短剣について言ったように、彼は自分のためにも同じピストルを持っていました。自分が生きているという確信を生かしつづけるために、高い絶壁や無鉄砲なスピードといったとんでもない危険をたえまなく冒しました。彼はかつて自分に恐ろしい意識下の現実を思い出させた、些細だけれどもとち狂った事柄を心に銘記しました。教授が石の樋に跨がっていた時、翼のように虚空に震えていた彼の長い両脚の光景は、人間は羽毛のない二本脚の動物だという古い定義が持つ剝き出しの諷刺をなぜか思い出させました。惨めな教授は、彼が入念に磨き上げた頭脳によって危険な目に遭い、彼が冷淡に無頓着に扱った両脚に救われたのです。スミスはこのことを人に伝えるか記録したかったのですが、思いついた唯一の方法は、(その頃にはすっかり疎遠になっていた)旧友に電報を打って、たった今二本脚の男を見た、その男は生きていたと告げることでした。

彼が突然恋に落ちた時、解き放たれた彼の楽観主義は打ち上げ花火のごとく星空に飛び

＊12「世の中は遊んでばかりは暮らせぬ Life is not all beer and skittles.」という諺がある。

上がりました。彼はたまたま自分が生きていると証明するためカヌーに乗って、高いそそり立つ堰《せき》を乗り越そうとしているところでしたが、まもなく、生きているという事実を継続させ得るかどうかに関して疑問が湧いて来ました。もっと悪いことに、一人でボートに乗っている無害な御婦人を同じくらい危険な目に遭わせていることに気づいたのです。その人はべつに哲学的な否定説を唱えて死神を挑発したわけではないのです。彼は御婦人を岸へ連れて行こうとずぶ濡れになって奮闘しながら、ひどく息を切らして謝罪し、やっと岸へたどり着くと、その場で彼女に求婚したようです。ともかく、彼女を殺しそうになった時と同じ性急さで、ものの見事に結婚しました。その御婦人こそ、私が先刻お休みを言った緑衣の婦人だったのです。

二人はハイベリーの近くにある、この高くて細長い家に落ち着きました。いや、それは適切な言い方ではないかもしれません。スミスは結婚した。非常に幸せな結婚をした。妻以外のいかなる女性も好きにならなかっただけでなく、家以外のいかなる場所も好きにならなかったようだ、とはたしかに言えるでしょう。しかし、落ち着いたとはとても言えないでしょう。「私は非常に家庭的な人間でして」彼は重々しく説明しました。「お茶の時間に遅れるよりは、しばしば窓を破って中に入りました」

彼は自分の魂が眠り込むのを避けるために、それを鞭打ちました。彼のせいで、夫人の雇った優秀な使用人が何人も辞めてしまいました。彼が見ず知らずの人物として扉を叩き、スミス氏はここに住んでおられるのか、どんな人ですか、と訊いたからです。ロンドンの一般的な使用人は、主人がそんな空々漠々たる皮肉に耽ることに慣れておりません。彼は他人のことにふだん感じる興味を自分のことに対しても抱いていると感じるために、そんなことをしたのですが、それを彼女に説明することは不可能だとわかりました。

「私は知っています――スミスという男が」彼は少し気味の悪い言い方で言いました。「このテラスの高い家の一つに住んでいることを。彼が本当に幸せであることも知っていますが、幸せそうにしているのを見ることができないんです」

時によると、彼は突然、見知らぬ青年が一目惚れしたような、一種のぎこちない礼儀正しさで妻に接します。また時によると、この詩的な恐れを家具にまで適用します。自分が坐る椅子に詫びを言い、岩山の登山家のように用心深く階段を上がるようです――ほんの少しばかり残っているそれらの現実感を蘇らせるために。すべての階段は梯子であり、すべての腰掛は脚だと彼は言いました。またべつの時には、見知らぬ人間を正反対の意味で演じて、泥棒や強盗の気持ちを味わうために、べつのやり方で家へ入ります。あの夜、私としたように自分の家へ押し入ったり、乱入したりするのです。〝死のうとしない男〟のこの風変わりな打ち明け話から私がようやく身をふりほどいた頃には、もう夜明けが近づいていました。そして玄関口で別れの握手をした時、最後の霧も晴れつつあり、切れ目から射す陽の光が露わしたのは、不規則な高さの街路が階段をなして、まるで世界の果てのように見える光景でした。

　私は狂人と一夜を過ごしたのだと言えば、多くの人には十分でしょう。そのような人間に他のどういう言葉が当て嵌まるかと言われるでしょう。結婚していないふりをすることによって、結婚していることを思い出そうとする男！　隣人の物の代わりに自分の物を欲しがろうとする男！　これについて私に言えることは一つしかありません。そして誰も理解してくれませんが、それを言うのを名誉に感じます。あの狂人は、ただ来るのでなく、遣わされる人々の一人だったと私は信じます。船を襲う疾風の如く、己の天使たちを風とし、使者たちを火としたお方に遣わされるのです。少なくともこのことはたしかであると私は知っています。そのような人々が笑っても泣いても、私たちはかれらが泣くのを笑ったと同じように、かれらの笑いを笑ったのです。かれらは世界を呪っても祝福しても、けして世界に馴染みませんでした。人が毒蛇に咬まれるのを避けるように、偉大な諷刺家の刺《とげ》から尻込みして来たのは本当です。しかし、人が熊の抱擁から逃がれるように、偉大な楽観主義者の抱擁から逃がれて来たことも、やはり本当です。真の祝福ほど多くの呪いをもたらすものはありません。善い物事の善さは悪い物事の悪さと同様、言語を絶する不思議だからです。それは語るよりも、むしろ絵に描くべきものです。我々は天の深みよりも深く潜り、もっとも年老いた天使たちよりも老いるでしょう――神が世界を憎みかつ愛する二重の熱情の永遠なる激しさを、たとえ最初の微かな震動だけでも感ずる前に。

——信実にあなたのものなる
レイモンド・パーシー

「おお、聖《オーリー》なるかな、聖《オーリー》なるかな、聖《オーリー》なるかな」*13とモーゼス・グールド氏が言った。

彼がそう言い終えた瞬間、ほかの者は全員、自分がほとんど服従し同意する宗教的な心境に陥っていたことを悟った。何かがかれらを結びつけていた。手紙の最後の文句の神聖な伝統のうちにあった何か、イングルウッドがそれを読んだ時の、いじらしい、子供のような当惑——彼は不可知論者の感じやすい畏敬の念を持っていたのだ——にもあった何かが。モーゼス・グールドは彼なりに、しごく善良な男だった。洗練された道楽者よりもずっと家族に優しかったし、ひたむきにものを称讃するし、まったく健全な男で、まったくの好人物だった。しかし、何か葛藤があると、個人的あるいは人種的な魂が、百もある顔のうちで一番憎々しい顔を無意識に世界へ向ける、そういう危機が訪れる。イングランド人の畏敬と、アイルランド人の神秘主義と、アメリカ人の理想主義はモーゼスの顔を見上げて、そこにある種の微笑を見た。それは〝勝ち誇る冷笑家〟の微笑であり、ロシアの村

*13 「holy《ホーリー》」というべきところを訛って「'oly《オーリー》」と言っているため、いかにも冒瀆的に聞こえる。

や中世の町で多くの残酷な暴動を予告した警鐘だった。

「おお、聖《オーリー》なるかな、聖《オーリー》なるかな、聖《オーリー》なるかな！」とモーゼス・グールドは言った。

これが歓迎されていないのを知ると、彼は浅黒い元気一杯な顔をいっそう元気にして、さらに説明した。

「蝿《はえ》を吐き出そうとして雀蜂を嚥《の》み込むのを見るのは、いつ見ても面白いですな」と彼は楽しげに言った。「あなたは、ともかく、スミスさんを追い詰めてしまったのがわかりませんか。もしこの牧師さんの話がOKなら――スミスはとんでもない男じゃありませんか。ほんとにとんでもない。あいつは（御婦人を前にして失礼ですが）グレイさんと馬車で駆け落ちしようとしてたんですぜ。ねえ、副牧師さんの話に出て来るこのスミス夫人はどうするんです？　おそろしく内気で――そいつが病的な鋭敏さに嵩《こう》じてしまった人は？　グレイさんはあんまり鋭敏じゃありませんが、きっと随分内気になると思いますぜ」

「ひどいことを言うのは、よせ」マイケル・ムーンが怒鳴った。

誰も目を上げてメアリーを見ることが出来なかったが、イングルウッドはテーブルの向こうにいるイノセント・スミスに一瞥を与えた。スミスは今も紙の玩具の上に屈み込んでいて、その額に寄った皺《しわ》は心配か恥ずかしさのためだったのかもしれない。彼は複雑に折った紙の一つの隅を注意深く引っ張り出し、べつの場所に押し込んだ。すると皺は消え、ホッとした顔になった。

第三章　一周する道、あるいは配偶者遺棄の嫌疑

ピムは心底困惑して立ち上がった。彼はアメリカ人であり、その御婦人に対する敬意は本物で、まったく科学的でなかったからだ。

「私の同役が生来持っている」とピムは言った。「演説のセンスによって惹起された、微妙で考慮に値する騎士道的抗議は無視するといたしまして、我々の大胆な真理の追求が封建国家の壮大な廃墟にふさわしくないと思われるみなさんにはお詫びを申し上げます。それでも、同役の問いはけして妥当性を欠くものではないと考えます。被疑者に対する先程の嫌疑は押込み泥棒のそれでした。書類にある次の嫌疑は重婚と配偶者遺棄のそれであります。弁護側が前の嫌疑を反駁《はんばく》しようとして、次の嫌疑を認めてしまったことには疑いの余地がないように思われます。イノセント・スミスは今なお侵入強盗未遂の罪を問われているか、その告発は論破されているかのどちらかですが、重婚未遂に関しては大方《おおかた》確定しております。すべてはパーシー副牧師からの手紙と称されるものをどう見るかにかかっています。私はこうした条件の下で、質問の権利を主張しても許されると思います。弁護側はパーシー副牧師の手紙をどうやって入手したのか、お尋ねしても良いですか？　それは

被告人から直接渡されたのですか？」

「被告人から直接もらった物は何もありません」とムーンは静かに言った。「弁護側が本物と保証する二つの証拠文書は、べつの方面から来たものです」

「どういう方面から？」とピム博士はたずねた。

「どうしてもお知りになりたければ申しますが」とムーンは答えた。「グレイ嬢から渡されたのです」

サイラス・ピム博士は目をつぶるのを忘れてしまい、その代わり、大きく見開いた。

「本気でそうおっしゃっているのですか？」と彼は言った。「以前スミス夫人なるものがいた証拠となるこの文章を、グレイ嬢が持っていたと？」

「その通りです」とイングルウッドは言って、腰を下ろした。

博士は低い苦しげな声で恋の病について何か言い、それから、いかにもやりにくそうに演説をつづけた。

「不幸なことに、パーシー副牧師の話によって明らかにされた悲劇的な真実は、我々の手にあるべつの奇怪な文書によって圧倒的に裏づけられています。これらの文書のうち、もっとも重要で確かなのはイノセント・スミスの庭師の証言です。この庭師は、結婚にまつわる彼の数多い背信行為のうちでも、もっとも劇的で瞠目《どうもく》すべき行為の場面に居合わせたのです。グールドさん、庭師の証言をどうぞ」

グールド氏は疲れを知らぬ快活さで立ち上がり、庭師を紹介した。その職務担当者は、イノセント・スミス夫妻がクロイドンの外《はず》れに小さな家を持っていた時、夫妻に仕えていたと説明した。庭師の話はたくさんの小さなことに言及しており、それを聞いて、イングルウッドは自分もたしかにその場所を見たことがあると思った。そこは見た者がけして忘れない町ないし州の一隅だった——まるで国境のように見えたからである。庭は道より随分と高いところにあって、その端は砦のように鋭くそそり立っていた。その向こうには本当の田園地帯が起伏し、一条の白い小径がそこを横切って伸び、灰色の大木の根や、幹や、枝が空を背にして身悶え、ねじくれていた。しかし、まるで道自体は郊外にあることを強調するかのように、灰色の聳え立つ高台を背にして、風変わりな黄緑色に塗られた街灯柱とちょうど角のところに立っている赤い郵便ポストが、くっきりと際立っていた。イングルウッドはその場所をたしかに知っていた。運動のため自転車に乗って、そこの前を二十回も通っていた。何かが起こりそうな場所だと、いつも漠然と感じていた。しかし、彼の恐ろしい友達か敵であるスミスの顔が、上の庭の茂みの上にいつひょいと現われたかもしれないと思うと、ゾクッと戦慄が走った。庭師の供述は副牧師のそれと違い、装飾的な形容詞は少しもなかった——それを書いている時には、どれほどたくさんの形容詞をこっそりつぶやいたとしても。彼はただこう言った——ある朝スミス氏が家から出て来て、よくやることだったが、熊手を持って遊び始めた。時には上の子供（彼には二人の子供があった）の鼻をくすぐり、時には熊手を木の枝に引っかけると、それを取っかかりにして、断末魔の巨大な蛙がビクッと跳ねるような恐るべき軽業めいた動きで、枝の上に上がった。熊手を本来の用途に使うことはけして考えなかったらしく、そのため、庭師は彼の振舞いを冷淡にあしらった。だが、庭師は次のことを断言できる。十月のある朝、庭師がホースを持って家の角をまわって来ると、スミスが赤白の縞の上着（喫煙服だったのかもしれないが、パジャマの一部のようにも見えた）を着て芝生に立っており、その場で、寝室の窓から庭を見ていた妻に呼びかけた。次のようにきっぱりした声高な表明だった――

「僕はこれ以上ここに留まらない。ここから遠く離れたところに、もう一人の妻ともっと可愛い子供たちがいるんだ。もう一人の妻は君よりも赤い髪をしているし、もう一つの庭はここよりもずっと場所柄が良い。だから、かれらのところへ行く」

彼はこう言うと、熊手を空中高く――多くの人が弓を射るよりも高く放り上げて、またそれをつかんだらしい。それから生垣を一っ跳びに跳び越え、下の道へ降り立つと、帽子もかぶらずに道路を進んで行った。イングルウッドの心に映ったこの情景は、多分に、彼が偶然持っているその場所の記憶によって補われていたに違いない。彼は心の眼で見ることができた――あの大柄な無帽の人物がボロボロになった熊手を持って、ひね曲がった森の道を威張り返って歩き、街灯柱と郵便ポストをあとにして去る姿を。しかし、庭師はスミスが大っぴらに重婚を告白したこと、熊手が一時空に消えたこと、そして男が最後に道路の彼方に姿を消したことを真実と誓うことをためらわなかった。その上、彼は地元の人間だったから、スミスが南東部の沿岸で船に乗ったという地元の噂以外は、彼の消息をそれっきり聞かないと誓って保証することもできた。

マイケル・ムーンはこの印象をいささか奇妙に裏づけた。彼が第三の嫌疑に関する弁護を始めた時の、わずかだが明確な言葉によってである。彼はスミスがクロイドンから逃げ出して大陸に姿を消したことを否定するどころか、それを自ら証明するにやぶさかでないようだった。

「みなさんはそんなに島国根性ではいらっしゃらないので」と彼は言った。「英国の庭師のそれと同様に、フランスの居酒屋の主人の言葉も尊重して下さるかと思います。イングルウッド氏の御好意によって、そのフランスの居酒屋の主人の話を聞いてみましょう」

一同がその微妙な点を決する前に、イングルウッドは早くも問題の陳述を読み上げていた。それはフランス語で書いてあり、一同にはこのような文面だと思われた――

拝啓――さよう。私はダンケルクのやや北にあるグラの海岸通りで「デュロバン・カフェ」を営むデュロバンであります。私は喜んで、海から来た見知らぬ男について知るところをすべて書き記します。

私は奇人とか詩人とかいったものに同情を持ちません。分別のある人間は、美しくあるべく意図されたものに美しさを探し求めます。綺麗に手入れをした花壇とか、象牙の小像といったものです。人は美が全人生に充満することを許しません。ちょうど、すべての路を象牙で舗装したり、すべての野や畑をゼラニウムで被ったりしないのと一緒です。まったく、玉葱がなくなってしまったら困るでしょう!

しかし、私が記憶を通して物事を逆さに読んでいるにせよ、科学の眼がいまだ洞察することのできない心理の雰囲気が実際にあるにせよ、ほかならぬあの夕《ゆうべ》、私が詩人のような——狂ったモンマルトルでアプサント酒を飲む詩人の小悪党のような気持ちになったのは、恥ずかしながら事実であります。

まったく海そのものが緑色で、苦く、毒のあるアプサント酒のように見えました。海がそのような変わったものに見えたことはそれまでありませんでした。まだ時刻は早いのに、空には心を憂鬱にする嵐含みの暗さがあり、小さくポツンと立っている色を塗った新聞売店のまわりや、海岸のそばの砂丘で、風がヒュウヒュウと甲高い音を立てていました。そこに茶色い帆を張った一艘の漁船が、音もなく海から岸へ近づいて来ました。船はもうすぐそばにいて、途方もなく背の高い男がそこから下りると、水の中を歩いて岸まで渡って来ました。水は普通の男性なら腰まであったでしょうが、その男の膝までしかありませんでした。彼は長い熊手か棒に寄りかかっていて、それが三叉《みつまた》の矛《ほこ》のように見え、男はトリトンのように見えました。男は濡れて身体に海藻の切れ端がからみついたまま、私のカフェまで歩いて来ると、外のテーブル席に着き、チェリー・ブランデーを注文しました。私はこのリキュールを置いていますが、めったに頼まれることはありません。それから、怪物はしごく丁寧な言葉で、食前にヴェルモットを一杯飲みませんかと私を誘い、私たちはおしゃべりを始めました。彼はケントから小船で渡って来たようでしたが、その船は私的に取引して調達したものでした――東の方へすぐに渡りたくて、公の船を待っていられないという妙な気まぐれのためです。自分は家を探している、と彼はいささか曖昧に説明しました。その家はどこにあるんです、と私が当然そう訊ねますと、彼は知らないと答えました。それは島にある。どこか東にある。あるいは彼が漠然と、しかし焦《じ》れったそうな仕草をして表現するには、「あっちの方」にあるのでした。

　その家を知らないのなら、見つけた時にどうしてそれとわかるのか、と私は訊ねました。この点では、彼はとたんに曖昧でなくなり、びっくりするほど事細かに話しました。競売人になれるほど詳しく、その家の様子を語ったのです。詳しいことはもう忘れてしまいましたが、ただ最後の二つの点は憶えています。街灯柱が緑に塗ってあり、角に赤い郵便ポストがあるということです。

「赤い郵便ポストですって！」私は驚いて叫びました。「何だ。その場所はイギリスじゃありませんか！」

「忘れていました」彼は重々しくうなずいて言いました。「それがあの島の名前です」

「御冗談でしょ《ノン・デュ・ノン》」私は突《つ》っ慳貪《けんどん》に言いました。「あんたはたった今イギリスから来たんですよ」

「イギリスだとかれらは言いました」と馬鹿男は陰謀でもささやくように言いました。「ケントだと言いました。しかし、ケントの人間はひどい嘘つきなので、かれらの言うことは信じられないのです」

「ムッシュー」と私は言いました。「失礼ながら言わせてもらいます。私は年輩で、若い人々のおふざけ《フュミストリ》は理解しかねるのです。私は常識に頼って生きています。あるいは、もっとも広い意味で言うと、常識を応用し拡張した科学と呼ばれるものに」

「科学ですと！」見知らぬ男は叫びました。「科学が発見した良いことが一つだけあります――良いこと、大いなる喜びの吉報――地球は円いということです」

　おっしゃることを理解しかねる、と私は丁寧に言いました。

「つまり」と彼は言いました。「地球を一周するのが、自分がすでにいる場所への一番の近道だということです」

「もっと早道なのは」と私はたずねました。「今いるところに立っていることではありませんか？」

「いや、いや、いや！」彼は強調するように叫びました。「その道は長くて、ひどく退屈です。私は地球の果てに、暁の裏側に、自分が本当に結婚した妻と本当に自分のものである家を見つけるでしょう。その家にはもっと濃い緑の街灯柱と、もっと赤い郵便ポストがあるでしょう。あなたは」と突然強い口調になって、たずねました。「あなたは自分の家を見つけるために、そこから飛び出したくなることはありませんか?」

「いや。ないようですね」と私はこたえました。「理性が人に教えるのは、自分の欲望を、人生が与えてくれそうなものに最初から合わせることです。私はここに残って、人の生を全《まっと》うすることに満足しています。私の関心事はすべてここにありますし、ほとんどの友達も、それに——」

「それでも」彼はそう叫んで突然立ち上がりましたが、恐ろしいくらいの背丈でした。「あなた方はフランス革命をしたじゃありませんか!」

「失礼ですが」と私は言いました。「私はそんな年寄りではありません。親類にはいるかもしれませんが」

「あなたのお仲間がやったと言いたいんです!」とこの人物は叫びました。「そうです。ろくでもない、独りよがりの、落ち着きすました、分別のあるあなたのお仲間がフランス革命を起こしたんです。ああ! 革命は何の役にも立たず、あなた方は以前いたところに戻ったと言う者がいることは知っています。とんでもない、それこそ我々みんながいたい場所なんです——以前いた場所が! それが革命です[*1]——ぐるりと一周することです! すべての革命は、悔い改めと同じように回帰なんです」

彼はひどく興奮していたので、私は彼がまた椅子に坐るのを待ち、それから何かどうでも良い、慰めるようなことを言いました。しかし、彼は小さいテーブルを巨大な拳で叩いて、語りつづけました。

「私は革命を起こすつもりなのです。フランス革命ではなく、イギリス革命を。神はそれぞれの種族にそれなりの叛乱の型を与えました。フランス人はみんなで街のお城へ向かって行進します。イギリス人は街の周縁へ向かって、独りで行進します。ですが、私は世界の上下を引っくり返そうと思うんです。私は自分を上下逆さまにします。逆さまになって、対蹠地《たいせきち》の呪われた逆さま国へ歩いて行きます――そこでは樹々も人間も頭を空にぶら下げているんです。しかし、私の革命《レヴオリユーシヨン》はあなた方の革命のように、地球の回転《レヴオリユーシヨン》のように、神聖な幸せな場所――天界のような信じがたい場所――我々が前にいた場所で終わるのです」

このような、物の道理と懸け離れたことを言うと、彼は座席から跳び上がり、棒を揺らしながら薄明の中へズンズン歩いて行きました。勘定を余分に置いて行きましたが、それも精神の平衡を失っていることを示していました。漁船から上がって来た男の一件について、私が知っているのはこれだけです。裁判のお役に立つことを望みます。――貴下への非常な敬意のしるしをお受け取り下さい。

かかる敬意を以て貴下の従順なる僕《しもべ》たるの栄に浴する

ジュール・デュロバン

「ロシア中央の平原にあるクラゾックの町から来たもので、次のような文面です――」

「我々の一件書類の中にある次の文書は」とイングルウッドはつづけた。

拝啓――私の名はパウル・ニコライオヴィッチと申します。クラゾックの街に近い駅の駅長です。偉大な汽車は平原を横切って人々を支那へ連れて行きますが、私が見守らねばならないプラットホームに下りる人はめったにいません。そのために私の生活はいささか寂しく、手持ちの本で無聊《ぶりょう》を慰めることが多いのです。しかし、そういう本について隣人と話し合うことは、あまりできません。ロシアのこのあたりでは、他の地域のように進んだ思想が広まっていないからです。この辺の農民の多くは、バーナード・ショーの名を聞いたことさえありません。

私は自由主義者で、自由主義的な考えを広めるために全力を尽くしますが、革命の失敗以降それはいっそう難しくなってしまいました。革命家たちは人道主義の純粋な原則と正反対のことをたくさん行いました。実際、書物が少ないために、かれらは人道主義につい

＊1　原語 revolution には回転の意味もある。

て良く知らなかったのです。私はたとえ政府の横暴に誘発されたものであっても、そうした残酷な行為を良しとしませんでした。しかし、今ではそのことを引き合いに出して、すべての知識人を非難する傾向があります。これは知識人にとってまことに不幸なことです。鉄道のストライキがほぼ終わり、二、三本の汽車が長い間隔を置いて通った時のことでした。私はある日、入って来た汽車を立って見ておりました。汽車から下りたのは一人だけで、遙かに遠い汽車の向こう端から下りたのでした――というのも、非常に長い列車でしたから。夕方で、空は寒々しく緑色がかっていました。雪が少し降りましたが、平原を白くするほどではなく、平原はどちらを向いても一種の冴えない紫色で、遠くまで広がっていました。ただ、ところどころに遠い高原の平らな天辺が、夕陽をうけて湖のように光っておりました。たった一人下りた男は、汽車のそばの薄雪を踏んでこちらへ来るにつれて、次第に大きくなりました。あんな大男は一度も見たことがないと思いました。けれども、男は肩が非常に大きく、頭が比較的小さかったため、実際以上に大きく見えたのでしょう。大きい肩には、くすんだ赤と汚れた白の縞《しま》が入っているぼろぼろの古い上着がかかっていて、冬場に着るにはひどく薄いものでした。片方の手は、農民が雑草を掻き集めて焼くのに使うような巨大な棒を突いていました。

汽車の端からこちらまで歩いて来る途中、男は乱暴者の群につかまりました。かれらは革命の残党でしたが、大部分は政府側について恥ずべき振舞いをしておりました。私が助けに行こうとしたその時、彼は熊手をクルクルとふりまわし、凄まじい勢いで左右を打ちのめしたので、傷一つ負わずに連中の間を通り抜け、私のところまでズンズンとやって来ました。連中はよろめき、肝をつぶしていました。

しかし、そのように唐突に自分の目標を示したあと、私のところへ辿り着いた男は、フランス語でやや曖昧に家が欲しいと言っただけでした。

「このあたりに買える家はあまりありません」私もフランス語で答えました。「この地域は騒乱がひどかったのです。御存知でしょうが、最近革命が起こって鎮圧されたところですからね。これ以上、建物は――」

「いや！　そういう意味ではないんです」と男は叫びました。「私が言っているのは本物の家――生きている家です。本当に生きている家なのです。私から逃げ出したのですから」

お恥ずかしいことですが、私は彼の言葉遣いか仕草の何かに深く感動してしまいました。我々ロシア人は民間伝承に満ち満ちた空気の中に生まれ育ちますが、その不幸な影響は今も子供の人形や聖像《イコン》の明るい色彩に見ることができます。家が人から逃げ出すという考えは、ほんの一瞬私を喜ばせました。人の啓蒙はゆっくりとしか進まないのです。

「ほかに御自分の家がないのですか？」と私はたずねました。

「そこを出て来たんです」と彼は何とも悲しそうに言いました。「退屈になったのは家ではなく、そこにいる私が退屈な人間になったのです。私の妻はどんな女よりも優れていましたが、私にはそれが感じられませんでした」

「それで」私は同情して言いました。「あなたは正面の扉からまっすぐ歩いて出て来たんですね。男のノラのように」

「ノラと申しますと？」彼はそれがロシア語の単語だと思ったらしく、丁寧にたずねました。

「『人形の家』のノラですよ」と私はこたえました。

すると、彼はたいそうびっくりした顔をしたので、英国人だとわかりました。ロシア人は皇帝の勅令《ちよくれい》以外何も学ばないと英国人はつねに考えているからです。

「人形の家？」彼は激しい声で叫びました。「それこそイプセンが間違っていたところですよ！　いいですか、家というものの目的は人形の家であることなんです。憶えていませんか――あなたが子供だった時、あの小さい窓こそ本当の窓で、大きい窓はそうでなかったことを。子供は人形の家を持っていて、玄関の扉が内側に開くとキャアキャア叫びます。銀行家は本物の家を持っていますが、本物の玄関の扉が内側に開いた時、かすかな悲鳴を上げることもできない銀行家が何と多いことでしょう」

　幼い頃に聞いた民話から来る何かが、やはり私を馬鹿のように沈黙させていました。そして私が口を利けるようになる前に、英国人は身をのり出し、一種の声高なささやきで、こう言っていました。「私は大きい物を小さくする方法を見つけました。家を人形の家にする方法を見つけました。そこから遠く離れるんです。神は距離という偉大な贈物によって、あらゆる物を小さく変えさせてくれます。私の古い煉瓦造りの家が地平線上にうんと小さくなっているのを見せてくれたら、私はまたそこへ帰りたくなるでしょう。私は緑に塗ったおかしな小さい玩具の街灯柱が門前に立っているのを見、人形のような、なつかしい小さな人々が窓から外を覗いているのを見るでしょう。私の人形の家では窓が本当に開くからです」

「しかし」と私は訊ねました。「あなたはなぜ、ほかでもないその人形の家に帰りたがるんです？　ノラのように因襲に歯向かって大胆な一歩を踏み出し、自分を因襲的な意味では評判の悪いものにし、勇気を持って自由になったというのに、なぜ自由を利用しないんです？　現代のもっとも偉大な作家たちが指摘した通り、あなたが結婚と呼ぶものはあなたの気分にすぎませんでした。あなたには髪を刈ったり爪を切ったりするように、それを捨てて行く権利があります。一度《ひとたび》逃げ出せば、目の前には世界があります。奇妙に聞こえるかもしれませんが、あなたはロシアでは自由なのです」

彼は夢見るような目で暗い平野を見ながら坐っていました。そこには動くものといえば、鉄道の機関車から出る煙が長く、少しずつたなびいているだけでした。それは菫《すみれ》色で火山の煙のような輪郭を持ち、薄緑の寒い澄み渡った夕空にたった一つかかった、熱く重々しい雲でした。

「そうです」彼は大きなため息をついて言いました。「ロシアでは自由です。あなたのおっしゃることは正しい。私は本当にあそこの町へ歩いて行って、もう一度恋をして、たぶん美しい女性と結婚し、やり直すことができるでしょう。誰も私を見つけられないでしょう。そうです、あなたはたしかに、私にあることを確信させてくれました」

その口調がじつに変で謎めいていたため、私はどういう意味なのか、正確にいうと彼が何を確信したのかを訊かずにいられませんでした。

「あなたが私に確信させたのは」彼は同じ夢見るような目をして言いました。「男が妻から逃げ出すのは、なぜ邪《よこしま》で危険かということです」

「なぜ危険なのです?」と私はたずねました。

「誰も彼を見つけられないからです」とこの変わった人物は答えました。「我々はみんな見つけてもらいたいんです」

「もっとも独創的な現代の思想家たちは」と私は言いました。「イプセン、ゴーリキー、ニーチェ、ショーはむしろこう言うでしょう――我々が一番望むのは迷子《まいご》になることだと。未踏の径《みち》を歩んで、今までに誰もやっていないことをやり、過去と訣別して未来に属することだと」

彼は少し眠たげに立ち上がって背をすっかり伸ばすと、あたりを見ましたが、正直申し上げて、それはいささかうら寂しい風景でした――暗紫色の平野、打ち捨てられた鉄道、不平分子のみすぼらしい群が二つ三つ。

「ここにはその家は見つかりませんね」と彼は言いました。「もっと東の方だ――もっともっと東の方だ」

それから怒ったような様子でこちらをふり返り、棹《さお》の下の方で凍った地面を打ち据えました。

「もし私が自分の国へ戻ったら」と彼は叫びました。「自分の家へ着く前に顚狂院に閉じ込められるかもしれません。血気盛んな頃には少し型破りでしたからね！　ニーチェは阿呆な古臭いプロシアの軍隊で込め矢[*2]の手入れをしたし、ショーは郊外でアルコール抜きの飲料を飲んでいます。しかし、私のすることは前例のないことなんです。私が踏むこの一周する道は未踏の径です。私は踏破できると信じています。革命家ですからね。しかし、こうした本当の飛躍や破壊や逃避はエデンの園へ――我々が持っていた何か、少なくとも

＊2　原語 ramrods は日本語では「込め矢、槊杖《さくじょう》」などと訳される。前者は砲身に前から弾を込めるための棒で、後者は砲身を掃除するための棒。いずれにしても昔の鉄砲・大砲の道具である。ここでは仮に込め矢としておく。ニーチェが一時砲兵師団へ入隊したことへの言及か。

聞いたことのある何かへ帰ろうとする試みにすぎないのがわかりませんか？　人が囲いを破ったり、夜逃げしたりするのは、わが家へ帰るためだということがわかりませんか？」

「いいえ」私は良く考えてから答えました。「私にはそうは考えられません」

「ああ」彼は一種のため息を洩らして、言いました。「それで、あなたは私に二つ目のことを説明してくれました」

「どういう意味です？」と私はたずねました。「何を説明したというのです？」

「あなた方の革命がなぜ失敗したかをですよ」彼はそう言って、いきなり汽車の方へ歩きだし、ようよう走り出した汽車に乗りました。そして私が見ているうちに、汽車の長い蛇のような尻尾は暗くなる平原に沿って消えて行きました。

私はそれっきりあの男と会っていません。しかし、彼の見解はもっとも進んだ思想と食い違うにもかかわらず、興味深い人物に思われました。彼が文学作品を書いているかどうかを知りたいものです。——草々

パウル・ニコライオヴィッチ

異国の生活を垣間見せる一連の奇妙な文書には、この馬鹿げた裁判所を今までよりも静かにさせる何かがあり、イングルウッドが彼の書類の山の上にあるもう一つの書類を開けても、邪魔は入らなかった。

「次の覚え書きが我々の手紙の作法を欠いていても法廷は御海容《ごかいよう》下さるでしょう」と彼は言った。「これはこれで十分に仰々しい文章でありますから――」

天理は不変無窮なるかな。拝啓――余はウォン・ヒー、フーの森なるわが一族の先祖の神殿を護る者なり。空を突き抜けてわがもとへ来《きた》りし男は、さぞ退屈ならむと言いしが、余はその考えの誤りを示せり。まことに我は一所《いっしょ》にあり。叔父が稚《いとけな》き我をこの神殿へ連れ来《きた》りて、我はここに死する定めなればなり。されど人は同じ場所に留まれば、その場所の変わりゆくを見る。わが神殿の塔《パゴダ》は樹々の中より黙《もだ》して聳え立ち、あまたの緑の樹々の上に聳ゆる黄色き塔の如し。されど空は時に磁器の如く青く、時に翡翠《ひすい》の如く緑、時に柘榴《ざくろ》石の如く紅し。されど夜はつねに漆黒にして、つねに戻り来るとホー皇帝は言えり。

空を破りし者は夕暮時、いとも唐突に来《きた》りぬ。余は朝方神殿の上へ登りし時、海の彼方を見る如く緑の樹々の梢の彼方を見しが、梢には何らの動揺も見えざりし。さるに彼の来りし時は、あたかもインドの大王の軍より象が迷い出《い》でたる如くなりき。椰子《やし》はひしがれ、竹は折れ、神殿の前の陽光《ひかり》の中に人の子より丈高き者現われ出でたり。

その身には紅白の布切れが謝肉祭のリボンの如く垂れ下がり、男は竜の歯の如き一列の歯の付きたる棹を持てり。顔は異国人の如く白く不安げにして、悪魔に満たされし死人《しびと》の如く見えたり。彼は我らが言葉を訥々《とつとつ》と話したり。

彼は言えり。「こは神殿にすぎず。我は家を探すなり」して、無礼にもせかせかと、彼の家の外なる街灯は緑にして、家の角に赤きポストありと語る。

「余は汝の家も、またいかなる家も見しことなし」と余は答えり。「余はこの神殿に住みて神々に仕うなり」

「汝は神々を信ずるや?」彼は犬の如く眼に空腹を浮かべてたずねたり。こは我には奇妙なる質問とおぼゆ。人々の為《な》し来《きた》れること以外に人の為すべきことありや?

「殿」と余は言えり。「たとえ空は空虚《から》なりとも、人が両手を差し上ぐるは良きことなり。神々いまさば喜び給うべし、いまさざらば不快に思う者なからん。空は時に金色、時に斑岩色、時に漆黒なれど、樹々と神殿はなおその下にあり。されば孔夫子のたまわく、我ら手足によりては、賢き鳥獣の為す如くつねに同じことを為せども、頭脳によりては多くのことを考え得るなり。さなり、殿。して多くのことを疑い得るなり。人、然るべき時季に米を捧げ、然るべき時刻に灯籠《とうろう》を灯す限り、神々いますともいまさずとも苦しからず。何となれば、これらは神々を宥《なだ》むるにあらず、人を宥むるものなればなり」

彼はさらに我に近寄りて、その身は途方もなく大きく見えしが、顔つきは穏やかなりき。

「汝の神殿を毀《こぼ》て」と彼は言えり。「さらば汝の神々は解放されん」

余は彼の浅慮を笑いて答えり。「さらば、もし神々おわさずば、我は毀たれたる神殿を持つのみならん」

すると、理性の光持たざる彼の巨人《か》は大いなる腕《かいな》を差し出し、赦しを乞えり。何を赦すべきやと問えば、「正しきことを」と答えたり。

「汝の偶像と皇帝たちはいと古く、賢く、申し分なし」と彼は叫べり。「かれらが誤れることは恥ずべきなり。我らはいとも卑俗にして粗暴なり。汝らにいとも多くの不正をなせり――我らが結句正しきことは恥なり」

余は害なき男になおも辛抱しつつ、何故に彼と彼の国民を正しと思うかを問いぬ。彼は答えたり。「我らが正しきは、人が縛らるべき場所にありて縛られ、人が自由なる場所にありて自由なればなり。我らが正しきは、法と習慣を疑い、破壊すれども――そを破壊する我らの権利を疑わざればなり。汝らは習慣によりて生くれど、我らは信条によりて生くる故なり。見よ、我を！　我が国で我はスミプと名のる。我が国は捨てられ、わが名は汚されたり。我は世界をめぐりて、真に我に属する物を追い求むればなり。汝ら樹々の如く揺るがざるは、信ぜざればなり。我、嵐の如く変わりやすきは信ずればなり。我は己の家あるを信ず。そをふたたび見出さん。して、ついに残るは緑の灯籠と赤のポストなり」

余は言えり。「ついに残るは智恵のみ」

されどかく言ううちにも彼は恐ろしき叫び声を上げ、突き進みて樹《こ》の間《ま》に消えたり。この男も他の男もふたたび見ず。賢者の徳は見事なる真鍮《しんちゆう》記念牌の如し。

「次に読まなければいけない手紙は」アーサー・イングルウッドは先を続けた。「依頼人の奇妙ですが罪のない実験の性質を、たぶん明らかにしてくれるでしょう。カリフォルニアの山村から出されたもので、文面は以下の通りです――」

拝啓――おたずねのいささか異常な風体《ふうてい》をした人物は、しばらく前に山脈《シエラ》*3の高所の峠を通りました。私はこの峠に住んでいる、たぶん唯一の定住者です。この特に急峻で恐ろしい峠の頂上に、小屋というよりなお貧弱で粗末な居酒屋を営んでおります。私はルイス・ハラと申しますが、この名前からして、いかなる国籍の人間かと訝《いぶか》られるでしょう。まったく私も大いに頭を悩ましているのです。十五年間も人とのつき合いがありませんと、愛国心を持つことは困難ですし、小さな村さえないところでは国を発明することも困難です。私の父は古いカリフォルニア気質《かたぎ》の猛烈で無闇に鉄砲を撃つアイルランド人でした。母はスペイン人で、サンフランシスコあたりのスペイン系の旧家の出であることを誇りにしていましたが、それにもかかわらず、レッド・インディアンの血が交じっていると譏《そし》られていました。私は十分な教育を受け、音楽や書物が好きでした。しかし、血が混じった人間は往々にしてそうですが、世間で上手くやって行くには人が好すぎるか悪すぎるかして、いろいろなことを試みた末、山中のこの小さな酒場で、寂しいけれども十分な暮らしを立てることに甘んじていました。孤独な暮らしをしているうちに、野蛮人のような習慣が多くついてしまいました。冬はエスキモーのように着ぶくれており、暑い夏はレッド・インディアンのように革のズボン以外何も身にまとわず、日傘のように大きい麦藁帽子を被って、日射しから身を護りました。ブーイー刀をベルトにさし、ライフル銃をわきに抱えていました。ですから、私のいるところまで登って来ることのできたわずかな旅人にはかなり荒々しい印象を与えたでしょう。しかし、請け合って言いますが、あの男のように狂った格好をしていたことはけしてありません。彼に較べれば、私などは五番街のハイカラ紳士でした。

おそらく山脈《シエラ》の最高峰の下に暮らしていることが、心に奇妙な影響を及ぼしているのでしょう。あの寂しい岩山を峰の先端というよりも、天を支える柱のように思う傾向があるのです。まっすぐな断崖絶壁が、鷲も上がって行けないほどの高さまでそそり立っています。あまりに高い絶壁なので、海の岩山にかすかな燐《りん》の光が集まるように、星々が寄り集まって来るように見えます。こうした岩の段々や塔は小さい峰とは違って、世界の終わりには見えません。むしろ世界の恐るべき始まり、巨大な礎《いしずえ》のように見えます。山が石で

＊3　シエラネバダ山脈のこと。

できた樹のように頭上で枝を伸ばし、枝つき燭台さながらに宇宙の光すべてを持ち運ぶさまを想像することができそうです。というのも、峰々があり得ないほど遠く舞い上がって我々を見捨てたように、星々はあり得ないほど近くへ来て、我々に詰め寄るように見えたからです。天体が地球のまわりを穏やかにまわる惑星というよりも、地に投げつけられた雷霆《いかづち》のように、私たちのまわりに襲いかかったからです。

こうしたことが私を狂わせたのかもしれませんが、どうだかわかりません。私が知っているのは次のことです――峠の道の角に岩が少し迫《せ》り出しているところがあり、風の吹く夜には、頭上でその岩が他の岩とぶつかる音が聞こえるような気がするのです――そうです、街と街が、砦と砦が、はるか上の闇の中でぶつかるような気が。あの奇妙な男が峠を苦労して登って来たのは、そういう晩でした。大まかに言って、峠を登って来るのは奇妙な男だけでした。しかし、あんな男は見たことがありませんでした。

彼は（理由は想像もつきませんが）長い、ボロボロになった庭掃除用の熊手を持っていましたが、その熊手は草が鬚《ひげ》のように汚なくからみついて、大昔の野蛮な部族の旗のように見えました。男の髪は草のようにぼうぼうに伸び、巨《おお》きな肩の下まで垂れ下がっていました。身体にくっついている服はボロボロで、赤と黄色の長い切れ端にすぎず、まるで羽根か秋の木の葉をインディアン風にまとっているようでした。熊手か三股か何か知りませんが、彼はそれを時には登山杖のように、時には（これは本人に聞いたのですが）武器として使いました。なぜ武器に使ったのかわかりません。彼はポケットに素晴らしい六連拳銃を持っていて、あとで見せてくれたからです。「でも、それは」と彼は言いました。「平和的な目的のためだけに使うんです」どういう意味だったのか、私にはわかりません。

彼は私の居酒屋の外にある粗末なベンチに腰を下ろし、下の葡萄畑でとれた葡萄の酒を飲みながら、うっとりしてため息をつきました。まるで長い間、異国の苛酷な物事の中を旅して、ようやく自分の知っているものを見つけた人のようでした。それから、少しポカンとして、鉛《なまり》製の粗末なランタンと扉の上に掛かっている色ガラスを見つめていました。それは古いけれども、値打ち物ではありません。ずっと昔、祖母が私にくれたのです。祖母は信心深く、そのガラスにはたまたまベツレヘムと賢人たちと星の拙《つたな》い絵が描いてありました。彼は聖母の青い上着とそのうしろにある大きな金色の星の透明な輝きにすっかり魅せられたようだったので、私もつられてそれを見ました。私はもう十四年間もそれを見ていませんでした。

やがて彼はゆっくりとガラスから目を離し、道が眼下に下り坂になっている東の方を見やりました。夕空は色鮮やかな天鵞絨の円天井で、円形競技場さながらの黒い山の縁《へり》のあたりが藤色と銀色になっていました。私たちと眼下の峡谷との間には、〝緑の指〟と呼ばれるまっすぐな岩が深い谷底からポツンと突き立って、高空へ登っていました。それは風変わりな、火山岩のような色で、解読できぬ文字のように見える皺が全面を蔽《おお》い、さながらバビロンの石柱か針のようにそこに立っていました。

男は無言でその方向へ熊手を伸ばしましたが、彼が口を開かぬうちから、私には言いたいことがわかりました。緑の大岩の彼方の、紫の空に星が一つ出ていたのです。

「東に星が」彼はこのあたりにいる老いた鷲のような奇妙なしゃがれ声で言いました。

「賢人たちはあの星を追いかけて家を見つけました。しかし、私があの星を追いかけたら、家は見つかるでしょうか？」

「きっと、そいつは」私は微笑んで言いました。「あなたが賢人であるか否かによるでしょう」とてもそうは見えないと言い添えるのはやめておきました。

「それはあなた御自身で判断できるでしょう」と彼は答えました。「私は自分の家を出て行った男なのです——そこから離れていることにもう耐えられなくなったので」

「それはたしかに逆説に聞こえますな」と私は言いました。

「私は妻と子供たちが話すのを聞き、かれらが部屋の中を動きまわるのを見ていました」と彼は語りつづけました。「その間ずっと、かれらが何千マイルも離れたべつの家で、異なる空の光の下で、いくつもの海の向こうで歩き、話しているのを知っていました。私は貪るような愛でかれらを愛しました。かれらは遠くにいるだけでなく、手のとどかないものに見えたからです。人間があんなに愛《いと》おしく好もしいものに見えたことはありませんが、私は冷たい幽霊になったような気がしました。それで、私は証明のためにかれらの塵を私の足から払い落としました。いや、それ以上のことをしたのです。世界を足で蹴とばしたのです――踏み車のように一回転するように」

「あなたは」と私は叫びました。「世界を一周したとおっしゃるのですか？　あなたの話す言葉は英語ですが、あなたは西から来ました」

「私の巡礼はまだ終わっていないのです」と彼は悲しげにこたえました。「私は流謫《るたく》の身という病を癒すために、巡礼になったんです」

「巡礼」という言葉のうちの何かが、私のすさんだ経験の根元で、父祖たちが世界について感じたことと私がそこから来た何かとの記憶を目醒めさせました。私は十四年間見ていなかったあの小さな絵入りのランタンをもう一度見ました。

「私の祖父なら」私は低い声で言いました。「こう言ったでしょう――我々はみな流謫の身であって、地上のいかなる家も、我々に休息を禁じる神聖な懐郷病を癒すことはできないと」

彼は長いこと黙り込み、一羽の鷲が〝緑の指〟の彼方へ飛んで行って、暗くなりまさる虚空に消えてゆくのを眺めていました。

やがて彼は言いました。「お祖父《じい》さんは正しかったと思います」そして草のついた棹に寄りかかって、立ち上がりました。「それが理由にちがいないと思います」と彼は言いました――「いとも恍惚とした、満たされない人間の生の秘密です。しかし、言うべきことはもっとあるでしょう。神が我々に特別な場所への、炉端と生まれ故郷への愛を与えたことには立派な理由があると思うんです」

「そうかもしれませんね」と私は言いました。「どんな理由です?」

「なぜなら、そうでないと」彼は棹で空と奈落を差して言いました。「我々はあれを崇拝するかもしれないからです」

「どういう意味です?」と私は問いました。

「〝永遠〟をです」彼はしわがれた声で言いました。「偶像のうちで最大のもの——神の競争相手のうちで一番手強いものです」

「汎神論とか無限とか、そういったもののことですか」と私は仄めかしました。

「私が言いたいのは」彼はますます激しい調子で言いました。「もしも天に私のための家があるなら、そこには緑の街灯柱と生垣があるか、緑の街灯柱や生垣と同じように現実的で個人的なものがあるだろうということです。つまり、こういうことです——神は私に一つの場所を愛し、それに尽くし、それを称め讃えるためにどんな乱暴なことでもするように命じたが、それは、この一つの場所がすべての無限と詭弁《きべん》を否《いな》む証拠となるためだということです。楽園はどこかにあるがどこにもなく、何かであるが何物でもないということです。そして天にある家に結局、本物の緑の街灯柱があったとしても、私はそれほど驚かないでしょう」

こう言うと、彼は棹を肩に担いで下の危険な道を大股に歩いて行き、私一人を鷲どものいるところに残しました。しかし、彼が去って以来、自分には家がないという熱い感覚がしばしば私を揺さぶるのです。私は一度も見たことのない雨の降る牧場と粗末な小屋に悩まされていて、アメリカという国がこの先永く保《も》つだろうかと思うのです。——敬具

ルイス・ハラ

短い沈黙ののちに、イングルウッドが言った。「最後に、証拠として以下の文書を提出したいと思います——」

申し上げます。私はルース・デイヴィス。これまで六カ月間、クロイドンの「月桂樹荘」でI・スミス夫人の家政婦をしておりました。私が参りました時、奥様はお一人で、お子様が二人いらっしゃいました。奥様は未亡人ではありませんでしたが、御主人は遠くにおられました。彼女はお金をたくさん置いて行ってもらって、御主人のことを心配してはいないようでしたが、早く帰って来て欲しいとよく言っておられました。彼女の話によると、御主人は変わっていて、少し転地をする方が良いのだそうです。先週のある晩、私はお茶の道具を芝生へ持って行く時、もう少しで落としそうになりました。生垣の上に長い熊手の先がいきなりニュッと現われて、走り高跳びの棒のように突っ立ち、恐ろしい大

男がまるで杖をついた猿のように、生垣を越えて来たからです。男はロビンソン・クルーソーのように毛むくじゃらで襤褸《ぼろ》を着ていました。私は悲鳴を上げましたが、奥様は椅子から立ち上がりもせずにニッコリして、髭を剃《そ》らなくちゃねと言いました。それから、男は大人しく庭のテーブルに着いてお茶碗を取りましたので、この方《かた》がスミス氏その人にちがいないと悟りました。彼はそれ以来ずっとここに滞在しており、大して面倒もかけません。もっとも、少しおツムが弱いのではないかと思うことが時々ありますが。

ルース・デイヴィス

追伸――言い忘れましたが、彼は庭を見まわして、大きな力強い声でこう言いました。「ああ、君たちは何て綺麗な家を持ってるんだ」――まるで、そこを一度も見たことがなかったように。

部屋は暗くなり、眠気を誘った。午後の太陽が一条の金粉の重い幅《や》で部屋を貫き、その光が空《あ》いているメアリー・グレイの席に不可解な荘厳さで射していた。というのも、若い御婦人たちは、もうしばらく前に法廷から出て行ったからだ。デューク夫人はまだ眠っており、イノセント・スミスは薄明かりの中で肩を丸め、ますます紙の玩具の近くへ身をかがめていた。だが、五人の男は論議に熱中して、裁判所をではなくお互いを説得することに心を傾け、今も公安委員会さながらにテーブルを囲んで坐っていた。

突然、モーゼス・グールドが大きな科学書をもう一つの科学書の上に叩きつけ、小さい両脚をテーブルに乗せて、椅子を引っくり返りそうなほどうしろに傾けた。そして汽笛のように、甲高い口笛を長々と吹き、馬鹿馬鹿しいと言った。

何が馬鹿馬鹿しいのかとムーンに問われると、彼は本のうしろでまた大きな音を立てて坐り直し、相当に興奮して書類を投げ散らかしながら、答えた。「あんた方が読み上げた、あの御伽話がですよ。いや！　あたしに話しかけないで下さい！　あたしゃア文学だとかそんなことはわかりませんが、御伽話を聞きゃアそれとわかるんです。哲学的な場面では少し参っちまって、ブランデーのソーダ割りを飲みに行きたくなりましたよ。でも、我々は西ハムステッドに住んでるんで、地獄にいるんじゃありませんからね。要するにですな、この世には起こることと起こらないことがある。あれは起こらないことです」

「我々は」とムーンが重々しく言った。「はっきり説明したと思いますが――」

「ああ、そうです。はっきり説明しましたよ」グールド氏は異常なほどぺらぺらとしゃべった。「あんたは説明して玄関先から象を追っ払う。あたしゃアあんたみたいに賢くはないが、生まれつきの馬鹿でもないんです、マイケル・ムーン。あたしん家《ち》の玄関先に象がいるうちは、説明なんかに耳を貸すもんですか。『あいつには鼻《トランク》がある』とあたしが言う。――『私の旅行鞄《トランク》だ』とあんたは言う。『私は旅行が好きで、転地すると身体に良いんだ』――「でも、あん畜生には牙がありやすぜ」とあたしが言う。――『贈物の馬の口の中を覗いちゃいけないよ』[*4]とあんたは言う。『それより、君が生まれた時に微笑みかけた神様に感謝したまえ』――『でも、あいつは家みたいにでっかいですぜ』とあたしが言う。――『そいつはひどい遠近法の間違いです』とあんたは言う。『それに距離の神聖な魔術ですよ』――『でも、あの象は審判《さばき》の日の喇叭《らっぱ》みたいに吠えていますぜ』とあたしは言う。――『君自身の良心が君に語りかけているんだよ、モーゼス・グールド』とあんたは真面目な優しい声で言う。あのね、あたしだって、あんたと同じくらい良心を持ってまさア。日曜に教会で言ってることはたいがい信じませんが、ここで言われたことだって信じません。あんたたちゃアまるで教会にいるみたいに話をするからです。象はでっかくて無格好な、危険な獣だとあたしは信じています――それにスミスも同じだとね」

「あなたが言いたいのは」イングルウッドがたずねた。「我々が提出した無実の証拠をまだ疑うということですか?」

「そうです、疑ってますとも」グールドは熱して言った。「どれも少しこじつけですし、ものによっちゃア場所が少し遠すぎます。ああいう話をどうやって検証したら良いんです? どうすれば、コスキイ・ウォスキイだかどこだかの鉄道駅へ行って、『ピンカン』[*5]を買うことができますか? 山脈《シエラ》の天辺へ行って酒場で喉をガラガラやることがどうしたらできますか? でも、ワージングにあるバンティングの下宿屋へ行って見ることなら、誰にでもできますぜ」

ムーンは驚いたか、驚きを装った表情で彼をしげしげと見た。

「誰だって」とグールドはつづけた。「トリップ氏を訪ねて行くことはできます」

「それは結構ですが」マイケルは自制してこたえた。「しかし、なぜトリップ氏を訪ねなければならないんです？」

「まったく同じ理由からですよ」興奮したモーゼスは両手でテーブルをドンと叩きながら叫んだ。「パーターノスター・ロウのハンベリー・アンド・ブートル社、ヘンドンにあるグリドリー嬢のお上品な女学校とペンジに住んでるブリンドン老夫人と連絡を取らなきゃならないのと、まったく同じ理由からです」

「生の道徳的根本に立ち返るためにもう一度訊きますが」とマイケルは言った。「ペンジに住むブリンドン老夫人と連絡を取ることが、なぜ人間の義務のうちに入っているんですか？」

「人間の義務じゃありません」とグールドは言った。「楽しみでもありませんな、そりゃたしかです。あの人は頭に来ますからね、ペンジのブリンドン夫人は。でも、お友達のスミスの罪のない、非の打ちどころのない、蝶々みたいな経歴を辿ることは訴追者の義務の

＊4　もらい物のあらを探すなという意味の諺。馬の年齢は歯を見るとわかることから。
＊5　「スポーティング・タイムズ」紙の俗称。

一つで、あたしが言ったほかの人についても同じです」

「しかし、どうしてそういう人々を引っ張って来るんです?」とイングルウッドがたずねた。

「だって、こっちには蒸気船を沈めるくらいの証拠があるからですよ」モーゼスはがなった。「あたしがその書類をこの手に持っているからです。あなた方の大事なスミスは悪党で、家庭を壊す者で、これらは彼が粉々にした家庭だからです。あたしゃ、聖人ぶる気は毛頭ありませんがね、あの可哀想な娘たちのことで疚《やま》しい思いをするのは真《ま》っ平《ぴら》なんです。それにあたしが思うには、かれらを棄てたり、たぶん殺したりできるような奴は、強盗に入ったり年老った学校の先生を撃ったりすることもできるでしょうよ――だからほかの法螺話のことはあんまり気にしないんです」

「思うに」サイラス・ピム博士はコホンと咳をして言った。「我々はこの一件にいささか格外なやり方で取りかかっているようですな。これは事件簿に載っている第四の嫌疑でありまして、秩序立った科学的なやり方で、みなさんの前にそれを御提示した方がよろしいでしょう」

暗くなりゆく部屋の沈黙を破ったのは、マイケルのかすかな呻き声だけだった。

第四章　破天荒な婚礼、あるいは重婚の嫌疑

「現代人は」とサイラス・ピム博士は言った。「考えの深い人間であろうとするなら、結婚という問題に心して取り組まねばなりません。結婚は、我々にはいまだ想像できない終着点を目ざす人類の長い前進に於ける一段階――疑いなく適切な一段階であります。我々はたぶん、まだその終着点を求めることにさえ適していないのでしょう。紳士諸君、結婚の倫理的位置とはいかなるものでしょう？　我々は結婚の時代が終わるまで生き延びたのでしょうか？」

「生き延びた？」ムーンが堰を切ったように言った。「いや、いまだかつて誰も生き残っちゃいませんよ！　アダムとイヴ以来、結婚したすべての人々をごらんなさい――みんな羊肉みたいに死んでいるじゃありませんか[*1]」

「これは疑いなく、お戯れの質問ですな」ピム博士は冷ややかに言った。「結婚に関するムーン氏の成熟した倫理的な見解がどのようなものか、私には言えませんが――」

＊1　as dead as mutton という言いまわしがある。

「私には言えます」マイケルが薄闇の中から荒々しく言った。「結婚とは死ぬまで続く決闘で、名誉を重んずる男なら拒むべきではないのです」

「マイケル」アーサー・イングルウッドが小声で言った。「静かにしていなきゃ駄目だ」

「ムーン氏は」とピムが素晴らしく冷静を保って言った。「おそらく、この制度を時代遅れの見方で見ておられるのでしょう。おそらくそれを厳格な一律のものにしてしまうのでしょう。鋼のごとき偉大な魂の離婚を――ユリウス・カエサルやソールト・リング・ロビンソンのような人物の離婚を――細君から逃げ出す取るに足らぬ浮浪者や労働者を扱うように扱うのでしょう。科学はもっと寛容で人間的な見解を持っています。殺人が科学者にとって絶対の破壊への渇望であるように、窃盗が科学者にとって単調な獲得への餓《う》えであるように、重婚は科学者にとって、多様性を欲する本能の極端な発展なのです。かかる病にかかった人間は貞節を守ることができません。こうして花から花へ飛び移ることには、疑いなく肉体的な原因があります――現在ムーン氏を悩ましているらしい間歇的《かんけつてき》な呻吟《しんぎん》に肉体的原因があるのと同様ですな。世間を蔑《なみ》する我らがウィンターボトムは大胆にこう言っております。『ある種の稀有《けう》にして立派な肉体的類型にとって、重婚が女性の多様性の実現であることは、仲間づきあいが男性の多様性の実現であると同様である』。ともあれ、多様性を志向する類型は、信頼できる研究者すべてによって認められています。そのような類型の人間は、もし黒人女性と死に別れた鰥男《やもめおとこ》であれば、確かめられた多くの事例に於いて——二度目の結婚《アン・スコンド・ノース》では——白子《アルビノ》の女性を娶《めと》ります。そのような類型がパタゴニア人の女性の巨大な抱擁から自由になった場合は、しばしば想像力に富む本能からエスキモー女性の優しい姿を思い描きます。被告人がそうした類型に属することは疑い得ません。もしも盲目の運命と耐え難い誘惑が人間にとってささやかな言訳となるなら、彼にこうした言訳があることは疑いありません。

この審理の最初の方で、弁護側は我々の話の半分をそれ以上論争せずに認めることによって、騎士道的理想を示しました。我々はかくも鷹揚なやり方に感謝し、これを真似て、パーシー副牧師がカヌーと堰と若い妻について語った話はおおむね真実らしいと認めましょう。どうやらスミスは、ボートで轢《ひ》きそうになった若い婦人と結婚したようです。してみると、考えるべきことは、結婚する代わりに殺した方が親切だったのではないかということだけです。この事実を確認するものとして、私は今、そうした結婚の疑いの余地のない記録を弁護側にお見せすることができます」

彼はそう言うと、テーブルごしに「メイドゥンヘッド・ガゼット」の切り抜きをマイケルに渡した。それは「さる個人教師」、当地では良く知られた家庭教師の娘とケンブリッジ大学ブレイクピアア学寮の学生だったイノセント・スミス氏の結婚をはっきり記録していた。

ピム博士がまた話をはじめた時、その顔は悲愴であると同時に勝ち誇っていた。

「私がこの事実をまず示した上で一息つくのは」と彼は真剣に言った。「我々が真実でなく勝利を求めているなら、この事実だけでも勝てるからです。個人的で家庭的な問題に関する限り、その問題は解けました。英国の誇る名医ウォーナー博士と私は感情的にしごく困難な瞬間に、この家へ入りましたが、この時は罪もない御婦人を社会の敵から救うため多くの家へ入りの家から今にも若い娘をさらってゆくところで、彼の辻馬車と鞄が戸口にありました。スミスはこは自分の叔母の家で結婚許可証を待つようにと娘に言いました。その叔母が」サイラス・ピムは悲愴に顔を曇らせてつづけた――「その幻の叔母が踊る鬼火となって、気高い魂を持った数多《あまた》の乙女を破滅に誘い込んだのです。彼は一体何人の処女の耳にあの神聖な言葉をささやいたのでしょう？　彼が『叔母さん』と言う時、乙女のまわりにはアングロ・サクソンの家庭の歓楽《よろこび》と高い道徳性が輝いたのです。湯沸かしがぶんぶん唸り始め、子猫は咽喉《のど》を鳴らしたのです――破滅に向かってひた走る荒々しい不敵な馬車の中で」

イングルウッドが上を見ると、驚いたことに（彼以外にも東半球の住人の多くは驚いたが）アメリカ人は大真面目なだけでなく、本当に雄弁で人を感動させる言葉を語っていた――東半球と西半球の違いを調節すれば、の話であるが。

「従って、スミスという男が、少なくともこの家にいる一人の罪もない女性に望ましい独身者のふりをした――本当は既婚者でありながら――ことは、忌まわしくも明々白々であります。他のいかなる犯罪もこれには及びもつかないという同役グールド氏の考えに賛成します。我々の祖先が純潔と呼んだものが、実際に窮極の倫理的価値を持つか否かに関しては、科学は高潔な、誇りある躊躇《ためら》いを以て躊躇います。しかし、生きている女性への無道な試みによって、そうした点に関する科学の判断を先取りしようとする市民の卑劣さについては、いかなる躊躇いの余地があるでしょう？

パーシー副牧師がハイベリーでスミスと暮らしていると言った女性は、彼がメイドゥンヘッドで結婚した御婦人と同じかもしれないし、違うかもしれません。もし貞節と心の安らぎの短い甘美な一時《いっとき》が、彼の放埒な人生の激流を中断したとしても、我々は彼から長い過去の可能性を奪うことはいたしますまい。さような時期があったとしても、そのあと、彼は不貞と恥の泥沼にますます深く嵌まったように思われます」

ピム博士は目をつぶったが、もう光が射していないという不幸な事実の故に、お馴染みのこの合図は然るべき精神的効果を上げることができなかった。ほとんど祈りの性格を帯びた短い間《ま》をおいてから、彼は先をつづけた。

「被告人の度重なる不法な婚姻の最初の例は、ブリンドン卿夫人の手紙に書いてあります。夫人はお高くとまった横柄さで思うことを述べますが、ノルマン人の祖先が築いた城の小塔から全人類を見下す人々の場合、これは勘弁してあげなければいけません。彼女が我々に送って来た便りは次のような文面です――」

ブリンドン夫人はお問い合わせのあった辛《つら》い出来事を憶えていますが、詳しいことはお話ししたくありません。ポリー・グリーンという娘はじつに行きとどいた裁縫師で、二年間ほど村に住んでいました。彼女が独身でいることは本人のためにも良くないし、村の風紀にも良くありませんでした。そこでブリンドン夫人は、この娘の結婚に賛成する旨を人々に伝えました。村人は当然、ブリンドン夫人を喜ばせたくて数回結婚の申し出をしましたから、グリーンという娘本人の嘆かわしい奇癖あるいは堕落がなければ、万事上手く行ったはずなのです。ブリンドン夫人が思うには、村があるところには必ず村の白痴がいます。彼女の村にもそういう哀れな人間がいたようです。ブリンドン夫人はその男を一度しか見たことがありませんが、本当の白痴と田舎の下層階級によくある鈍重な性《たち》の人間を見分けるのは難しいことを彼女は知っています。けれども、その男の頭が身体のほかの部分と較べて驚くほど小さいことに夫人は気がつきました。実際、彼が選挙の日に対立する二つの陣営の薔薇飾りをつけて姿を現わした事実は、その点について疑いの余地をなくすものだとブリンドン夫人には思われました。この不幸な男が問題の娘の求婚者として進み出たと聞いて、ブリンドン夫人は仰天しました。ブリンドン夫人の甥はその点について男の話を聞き、そんなことを夢見るなんて君は「驢馬《ろば》」だと言ったところ、愚かなニヤニヤ笑いと共に返って来た返事は、驢馬は一般に人参を追い求めるということでした。けれども、ブリンドン夫人は、不幸な娘がこのとんでもない求婚を受ける気でいるのを知って、さらに呆気《あつけ》に取られたのです――彼女は葬儀屋のガースという、自分よりもずっと地位の高い人間に結婚を申し込まれていましたのに。もちろん、ブリンドン夫人としてはそんなことは断じて許せず、不幸な二人は内密の結婚をするために出奔《しゅっぽん》しました。ブリンドン夫人は男の名前を正確に憶えていませんが、たしかスミスだったと思います。村ではいつもイノセントと呼ばれていました。彼はその後、精神錯乱を起こしてグリーンを殺したのだとブリンドン夫人は信じています。

「次の便りは」ピムは先をつづけた。「簡潔なこととおびただしいものですが、要旨を的確に伝えていると思います。出版者のハンベリー・アンド・ブートル社から来たもので、文面は以下の如くです――」

拝啓――貴翰《きかん》落手、拝読致し候。タイピストに関する噂は、ブレイク嬢ないし似た名前の人物の事ならむか。九年前当社を去り、手回しオルガン弾きと結婚致し候。まさしく奇妙な一件にして、警察の注意を惹き候。娘は一九〇七年十月頃までは良く働きしが、その時発狂せるが如し。当時記録を書き残したり。一部同封致し候。敬具

W・トリップ

「詳しい説明は以下の通りです――」

十月十二日、当事務所から一通の手紙が製本屋のバーナード・アンド・ジューク社へ送られました。ジューク氏が開封してみると、次のような文面をしたためた紙が入っていました。『拝啓。当社のトリップ氏が三時におうかがいするはずですが、それが本当に決まっているのかどうかを知りたく存じます 00000073bbllllxy。』遊び心を持ったジューク氏はこれに答えました。『拝啓。小生ははっきりした意見として、本当に決まってはいないと申し上げる立場にある者であります 00000073bbllllxy。敬具　J・ジューク』

この異様な返事を受けとると、トリップ氏は自分が最初に出した手紙を見せてくれと言い、タイピストが口述された文章の代わりに、このイカれた象形文字《しょうけい》を打ったことを知りました。トリップ氏はタイピスト嬢が不安定な精神状態にあるのではないかと心配し、彼女と話をしましたが、あまり安心はできませんでした――彼女は手回しオルガンの音を聞くと、いつもそんな風になるとしか言わなかったからです。彼女はさらにヒステリックになって突飛なことを言い出し、とてもありそうもない説明をしました――自分は手回しオルガン奏きの男と婚約している。彼はその楽器で自分にセレナーデを奏く習慣である。自分もタイプライターで（リチャード王とブロンデルのように[*2]）演奏をして返す習慣なのだ。

オルガン奏きの男は音楽を聴く耳が非常に良いし、自分を非常に愛しているので、機械の異なる文字の音を聞き分けることができ、メロディを聞くようにうっとりするのだ、と。こうした説明に対し、トリップ氏と我が社の他の者は、もちろん、早く親族に預けなければならない人間に示す類《たぐい》の同意を示しただけでした。しかし、我々がこの御婦人を階下へ連れて行った時、彼女の話はいとも驚くべき、そして腹立たしくさえある裏づけを得たのです。というのも、手回しオルガン奏きが――頭の小さい巨漢で明らかにお仲間の狂人でしたが――手回しオルガンを破城槌《はじようづち》よろしく事務所の扉から中へ押し込み、婚約者を引き渡せと大声で言ったのです。私自身がその場に来た時、彼は類人猿に似た大きな腕をふりまわし、彼女に詩を朗読していました。我々は狂人が事務所へ来て詩を朗読するのには慣れっこでしたが、そのあと起こったことには、あまり用意ができていませんでした。男が朗唱した詩はこんな風に始まったと思います。

おお、生き生きとした、汚されざる頭よ、
まわりを――

＊2　英国のリチャード獅子心王（一一五七－一一九九）が幽閉された時、窓越しに、吟遊詩人ブロンデルと歌のやり取りをした云々の伝説がある。

O vivid, inviolate head,
Ringed――

けれども、その先へは行きませんでした。トリップ氏が素早く彼の方へ向かって行って、次の瞬間、大男は気の毒なタイピスト嬢を人形のように抱え上げると、オルガンの上に坐らせて、大きな音を立てて事務所の扉の外に出し、まるで空飛ぶ手押し車のように街路を走り去ったからです。私はこの件を警察に訴えましたが、驚くべき二人の行方は知れませんでした。私としては残念でした。あの御婦人は感じが良かっただけでなく、彼女のような地位の女性にしては珍しいほど教養があったからです。ハンベリー・アンド・ブートル社の勤めを辞するにあたって、私はこうしたことを記録し、社に残して行きます。

（署名）　オーブリー・クラーク
原稿閲読係

「そして最後の文書は」とピム博士は得々《とくとく》として言った。「現代英国の若い女性にホッケーや、高等数学や、あらゆる形の理想的なことを紹介して来た篤志家の女性からの手紙です」

拝啓（と彼女は書いています）――あなたがおっしゃる馬鹿げた出来事について事実を申し上げることに異存はございませんが、それを人にお伝えになる際は気をつけていただきとうございます。あのようなことは、話としてはどんなに面白くても、必ずしも女学校の発展に寄与するものではないからでございます。真相はこうです。私は言語学的ないし歴史的問題について講義をして下さる方を探しておりました――学期のこの前の講義がそうだったように、しっかりした教育的内容を含みながら、普通よりも少しくだけた楽しい講義でなければいけません。ケンブリッジのスミス氏という方が、御本人のいささかありふれた名前についてどこかに面白いエッセイを書いているのを私は思い出しました――系図学と地形学に関する相当の知識を示しているエッセイです。私はスミス氏に手紙を書き、御来校の上、英国の姓に関する気の利いた話をして下さらないかとお頼みすると、スミス氏は引き受けてくれました。それは非常に気の利いた、気の利きすぎた話でした。べつの言い方をいたしますと、講義が半分終わる頃には、他の先生方にも私にも、この人は完全に頭がおかしいことが明白になりました。彼は最初、地名と商号という二つの分野を扱って、理にかなった話をしたのです。そして名前の意義がことごとく失われるのは文明の衰弱の一例であると言いました（それはまったく正しいと思いますが）。ですが、彼はそのあと平然と主張したのです――自分の名に地名がついている人間はみなその場所へ行って住まねばならないし、商号がついている人間は、ただちにその商売をしなければならない。

色にちなんだ名前の人間はいつもその色の服を着るべきだし、樹や草（橅《ぶな》や薔薇のような）にちなんだ名の人間はこうした植物で自らを囲み、飾らなければいけないと。あとで年長の女生徒たちの間に議論が持ち上がりましたが、その中でこの提案の難しさがはっきりと、そして熱心に指摘されました。たとえば、ヤングハズバンド嬢は、自分が振りあてられた役割をつとめるのは不可能だと主張しました。マン嬢も同様の窮地に陥っていて、性に関するいかなる現代的見解もそこから彼女を救い出すことはできそうにありませんでした。また、たまたまロウとかカワードとかクレイヴン[*3]といった名字を持つ令嬢たちは、熱烈にこの考えに反対しました。けれども、こうしたことはあとで起こったのです。重大な場面で起こったのはこういうことです――講師は鞄からいくつかの蹄鉄と大きな鉄の金槌を取り出すと、この近所にただちに鍛冶場を作るつもりだと宣言して、英雄的な革命でも行うように、同じ大義のために立ち上がれとすべての人に呼びかけたのです。[*4]他の先生方と私はこのひどい男を制止しようといたしましたが、じつを申しますと、ほかならぬこの取りなしがたまたま彼の狂気の最悪の暴発を招いたのでした。彼は金槌を振りまわして乱暴にみんなの名をたずねていました。たまたま若い教師の一人ブラウン嬢が茶色い服を着ていました――赤味がかった茶色の服で、彼女の髪のもっと暖かい感じの色に、地味ですが良く似合っており、本人もそれを良く知っておりました。彼女は良い娘さんで、良い娘さんはそういうことを知っているものなのです。けれども、あの狂人は我が校に本当に茶色いブラウン嬢がいることを知ると、固定観念が火薬庫のように爆発し、先生方と女生徒たちの前で、赤茶色の服の婦人に堂々と結婚を申し込んだのです。そのような場面が女学校に与える影響は御想像になれるかと存じます。たとい御想像になれなくとも、私にはとても御説明することはできません。

もちろん、混乱は一、二週間もするとおさまり、今では冗談事のようにも思えます。一つ奇妙なことがあって、あなた方の調査は非常に重要なものだとおっしゃいますからお話しいたしますが、やや内密のこととお考えいただきとうございます。ブラウン嬢はあらゆる点で優れた女性でしたが、この事件の一日か二日後に突然、わが校をこっそりと去りました。あの人の頭があんな馬鹿げた興奮によってどうかなってしまうとは、思いも寄りませんでした。——かしこ

エイダ・グリドリー

「思うに」ピムはまことに説得力のある単純さと真剣さで言った。「これらの手紙が自《おのず》か

＊3　ロウ Low は下劣、カワード Coward は卑怯者、クレイヴン Craven は臆病者の意味がある。
＊4　スミス Smith は本来鍛治屋を意味する。

ら物語っているでありましょう」

ムーン氏は暗闇の中で最後に立ち上がった。暗いので、持前の真剣さに持前の皮肉が交じっているかどうかはわからなかった。

「この審理を通じて」と彼は言った。「しかし、とりわけこの最後の局面に於いて、起訴側はつねに一つの論拠に頼っていました。私が言うのは、スミスに拐《かどわか》されたらしい不幸な女性たちがどうなったかを誰も知らないという事実です。殺された証拠は皆無ですが、どのように死んだかという問いが発せられると、つねにそれが仄《ほの》めかされています。さて、私はかれらがどのようにして死んだかにも、いつ死んだかにも、死んだか否かにも関心がありません。しかし、もう一つの似たような問い――すなわち、かれらがどのようにして生まれたか、いつ生まれたか、生まれたか否かには関心があります。誤解しないで下さい。私はこれらの女性の存在や、かれらのことを証言した人々の言葉の真実性に疑いを差し挟むものではありません。ただ犠牲者のうち、たった一人だけ――メイドゥンヘッドの娘だけが家や両親を持っているように説明されているという、注目すべき事実について述べるだけです。他の犠牲者はみんな下宿人か渡り鳥です――客人や、独り者の裁縫師、タイピストをしている独身女性です。ブリンドン夫人は小塔から見下ろして――夫人はアルスター出身のうだつの上がらぬ紳士との結婚にとびついた時、年老《としと》った石鹸《せっけん》製造人の金でその小塔をウォートン家から買ったのですが――ブリンドン夫人はその小塔から外を見やった時、彼女がグリーンと呼ぶ女性を本当に見ました。ハンベリー・アンド・ブートル社のトリップ氏は本当にスミスと婚約したタイピストを雇っていました。グリドリー嬢は理想主義者ではありますが、まったく正直です。スミスがおびき出すことに成功した若い女性を彼女はたしかに家に住まわせ、食べさせ、教えたのです。これらの女性がみな現実に生きていたことを我々は認めます。それでもなお、かれらがかつて生まれたか否かを問いたいのです」

「何とまア！」モーゼス・グールドが可笑しくて息を詰まらせながら、言った。

「真の科学的手順を」ピムが静かに笑いながら口を挟んだ。「おろそかにすることの、これ以上良い例はあり得ないでしょうな。科学者ならば、生命力と意識という事実を一度確信したら、そこからそれに先んずる発生の過程を推論するでしょう」

「もしもその娘っ子たちが」グールドがじれったそうに言った――「その娘っ子たちがみんな生きていたなら（みんな生きていたんです、ああ！）、みんなが生まれたことに五ポンド札を賭けてもいいですぜ」

「五ポンド札をフイにしますよ」マイケルは暗闇の中から重々しく言った。「立派な御婦人たちはみんな生きていました。スミスと接触したことによって、いっそう生き生きとしました。みんな明らかに生きていましたが、そのうちの一人だけが生まれたんです」

「我々に信じろというんですか――」とピム博士が言いかけた。

「あなたに第二の質問をします」ムーンは厳しく言った。「今開いている法廷は、一つの真に異様な状況について光を照てることができるでしょうか？　私の信ずるに、ピム博士は異性の関係と呼ばれるものについて興味深い講義をなさいましたが、その中で、スミスは多様性への欲求の奴隷であると言われました。その欲求は人をして最初は黒人女性に、次は白子《アルビノ》の女性に、最初はパタゴニアの大女に、次は小柄なエスキモーに引き寄せるものであると。しかし、ここにそんな多様性の証拠があるでしょうか？　巨人のようなパタゴニア女が話に少しでも出て来ますか？　タイピストはエスキモーでしたか？　そのように絵になる状況が人の注意を引かなかったはずはないでしょう。ブリンドン夫人の裁縫師は黒人女性でしたか？　私の胸の中の声が『否！』と答えます。私は確信しますが、ブリンドン夫人なら黒人女は目立ちすぎてほとんど社会主義者のようだと考えるでしょうし、白子《アルビノ》の女性についても少し猥《みだ》りがわしいものを感じるでしょう。

しかし、博学な博士が言うような多様性がスミスの趣味のうちにあるでしょうか？　我々のわずかな資料を見る限り、その正反対のように思われます。被告人の妻たちの容姿を語ったものは一つしかありません――審美家の副牧師さんによる短いけれども高度に私的な陳述です。『彼女の服は春の色で、髪は秋の木の葉の色でした』もちろん、秋の木の葉にもさまざまな色のものがあり、ある色（たとえば、緑）は、髪の毛がそうだったら少し目を驚かせるでしょう。しかし、私が思うに、こういう表現は赤茶色から赤までの種々の色合いに使うのがもっとも自然です——とくに銅色の髪の御婦人はしばしば芸術家好みの浅緑の服を着ますからね。さて、二番目の妻はどうかというと、この変わり者の恋人は、驢馬だと言われた時、驢馬はつねに人参を追いかけると答えています。ブリンドン夫人はこの言葉を的外れな、村の白痴の他愛もないおしゃべりの一部と見なしたようですが、『ポリー』の髪が赤毛だったと仮定すると、これは明白な意味を持っています。その次の妻、スミスが女学校から連れ去った女性に移ると、グリドリー嬢は問題の女生徒が『赤茶色の服を着て、それが彼女の髪の毛のもっと暖かい感じの色と静かに調和して』いたことに気づいています。言い換えれば、その娘の髪の色は赤茶色よりも少し赤かったのです。最後に、ロマンチストの手回しオルガン奏きは事務所で詩を声高に暗誦しました。その詩はここまでしか記されていません——

おお、生き生きとした、汚されざる頭よ、
まわりを——
O vivid, inviolate head
Ringed——

しかし、私の考えるに、最低の現代詩を広く研究すれば、「頭 head」と脚韻を踏んだ行は「まわりを赤い栄光の輪に囲まれた ringed with a glory of red」とか「まわりを熱情の赤い輪に囲まれた ringed with its passionate red」といったものであることが推測できるでしょう。従って、この事例でも、スミスは一種の赤褐色か暗紅色の髪の娘に恋をしたと考える十分な理由があるのです――いわば」彼はテーブルに視線を落としながら言った。「いわばグレイ嬢のような髪の毛の、と申しましょうか」

　サイラス・ピムは目を細めて身をのり出し、また衒学《げんがく》的な質問を今にもはじめそうだった。しかし、モーゼス・グールドはいきなり人差し指を鼻にあてて、輝く眼に極端な驚きと知性の表情を浮かべた。

「ムーン氏のただ今の主張は」とピムは異議を差し挟んだ。「たとえ本当だったとしても、I・スミスを精神異常の犯罪者とする我々が明確に示した見解と矛盾するものではありません。科学はそのような複化をとうの昔に予想しています。特定のタイプの肉体を持つ女性に癒しがたく惹かれるのは、犯罪的倒錯のごくありふれたものの一つであり、狭く考えないで帰納と展開の光に照らして見れば――」

「この段階に至っては」マイケル・ムーンは非常に静かに言った。「裁判の間中、私の胸にわだかまっていたただ一つの感情を吐露しても許されるかと思います――帰納と展開なぞ糞食らえと言うことによって。欠けている環《ミッシング・リンク》[4]だの何だのは子供には格好の玩具《おもちゃ》ですが、私は我々がここで知っている物事について話しているのです。我々が〝欠けている環〟について知ることのすべては、彼が欠けている《ミッシング》こと——それを惜しまれ《ミッスト》もしないということだけです。彼が人間の頭といやらしい尻尾を持つことについては、私は良く知っています。もしそれらは『表なら俺の勝ち、裏なら君の負け』という非常に古い遊びに属しています。骨が見つからなし誰かの骨が見つかったら、彼が大分前に生きていたことの証明になる。骨が見つからなかったら、彼がいかに大昔に生きていたかの証明になる。それが、あなた方がこのスミスの一件でやっている遊びです。スミスの頭が肩に較べて小さい故に、あなた方は彼を小頭と呼ぶ。もし頭が大きかったら脳水腫と呼ぶでしょう。気の毒なスミスのハーレムが多種多様だと思われる間は、多様性が狂気の兆候です。今はそいつが少しばかり単色だったというので——今は一律さが狂気の兆候です。私は大人であることのあらゆる不利を蒙《こうむ》っていますから、利点もいくらか享受したいと思います。それで、礼を失せぬようにしながら提案いたしますが、足りない《ショート》合理性の代わりに長い《ロング》単語で脅しつけられるのはもうやめたいと思いますし、あなた方が自分の間違いをいつも発見しているからといって、あなた方のしていることが誇らしい進歩だと見なすのは、やめたいのです。こうした気持ちを吐露してしまった上は、ただこう言い添えるだけです——私はピム博士をパルテノンよりも、

＊4　ある系列を完成するのに欠けているもの。ここでは、類人猿と人間の進化の中間にあったと考えられる動物のこと。

バンカー・ヒル*5の記念碑よりもずっと美しい、世界にとっての飾りだと思いますし、イノセント・スミス氏が何度も結婚したことに関する私の所見をふたたび続けて、話を結びたいと思います。

赤い髪の毛のほかにもう一つ、こうしたバラバラの出来事を貫いて一つに結びつける糸があります。これらの女性たちの名前には、非常に特別な、暗示的なものがあるのです。御記憶でしょうが、トリップ氏は言いました――タイピストの名前はブレイクだと思うが、正確に思い出せないと。ブラックだったかもしれないと私は思います。その場合、奇妙な一揃いができることになります。ブリンドン夫人の村にいたグリーン嬢、ヘンドン女学校にいたブラウン嬢、そして出版社のブラック嬢です。いわば色の和音で、そのしめくくりがハムステッドのビーコン・ハウスにいるグレイ嬢です」

死んだような沈黙のさなかで、ムーンは解説をつづけた。「色に関するこの奇妙な偶合は何を意味するのでしょうか？　私個人としては、こうした名前は純粋に恣意的な名前で、ある総体的な計画ないし冗談の一部分としてつけられたことを一瞬たりと疑えません。思うに、これらは一揃いの衣装から取ったということが大いにありそうです――すなわち、ポリー・グリーンは単に緑《グリーン》の服を着たポリー（あるいはメアリー）を意味していたし、メアリー・グレイは単に灰色《グレイ》の服を着たメアリー（あるいはポリー）を意味する。これで説明できることは――」

サイラス・ピムは身を硬張らせ、ほとんど青ざめて立ち上がった。「あなたが仄めかしているのは――」

「そうです」とマイケルが言った。「私が仄めかしているのは、まさにそのことです。イノセント・スミスは何度も求婚し、何度も婚礼を行いましたが、ただ一人の妻しか持ちませんでした。彼女は一時間前までその椅子に坐っていて、今は庭でデューク嬢と話しています。

そうです。イノセント・スミスは、他の何百もの場合にそうしたように、ここでも明白でまったく非の打ちどころのない方針に則《のっと》った振舞いをしたのです。それは現代世界では異常で突飛かもしれませんが、現代世界で明らかに用いられている他の方針以上にそうだというわけではありません。彼の方針はじつに簡単に述べることができます。彼はまだ生きているうちは、死ぬことを拒むのです。知性に与えるあらゆる電気ショックによって、自分がまだ生きた人間《マン・アライヴ》であり、二本の脚で世界を歩きまわっていることを思い出させようとするのです。それ故に彼は親友たちに向けて弾丸を撃ちます。それ故に梯子と折り畳みのできる煙突を用意して自分の持ち物を盗みます。それ故に地球をトボトボと歩いて一周

＊5　米国マサチューセッツ州にある丘。独立戦争に於ける最初の大戦闘「バンカー・ヒルの戦」(一七七五)が隣接するブリーズ・ヒルで行われた。

し、自分の家へ帰ります。またそれ故に、心変わりせず愛し続ける女性を学校や、下宿屋や、仕事場など（いわば）そちこちに置いて行く習慣があるのです——奇襲をかけ、ロマンティックな駆け落ちをして、彼女を何度も取り戻せるように。彼はたえず花嫁を取り戻すことによって、彼女に不変の価値があり、彼女のためなら危険を冒しても良いという感覚を生き生きと保とうと真剣に試みたのです。

彼の動機については今のところ十分はっきりしていますが、彼の信念はそれほどはっきりしていないかも知れません。思うに、イノセント・スミスがこうしたことをする根底には、一つの考えがあります。私自身がそれを信ずるかどうかは自信を持って言えませんが、人間が語り、弁護するに値することは確かだと思います。

スミスが攻撃している考えは、こういうものです。ややこしい文明に生きる我々は、少しも悪くないある種のことを悪いと考えるようになりました。我々は突発や充溢《じゅういつ》を、激しく打ったりぶつかったりすることを、冗談を言うことや滅茶苦茶にすることを悪いと考えるようになりました。それらは本来赦されるだけでなく、非難できないものなのです。たとえ友人に向けてピストルを発砲しても、あてるつもりがなく、あたらないことを知っている限り、何も邪《よこしま》なことはありません。海に小石を投げるより悪いことではなく——それよりもましです。小石は時々海にあたりますからね。煙突の筒を打ち壊して天井から押し入っても、他人の生命や財産に害を加えない限り、悪いことではありません。屋根から家に入ることを選ぶのも、包装箱を底から開けることを選ぶのと同様、邪なことではありません。世界中を歩きまわって自分の家へ戻って来ることにも、邪なものはありません。庭を歩きまわって自分の家へ戻って来るのと同じです。それに、ここで、あそこで、到る処で奥さんを拾い上げても、何ら邪なことはありません——ほかの女性を全部捨てて、二人が生きている限り彼女だけを護るなら。それは庭で隠れん坊をするのと同じくらい無邪気なことです。あなた方は単なる俗物的な連想によって、そうした行為を悪人の所業と結びつける——質屋や酒場に入る（あるいは入るところを見られる）ことに、何か漠然と不道徳なことがあると考えるように。そうした関係には何かさもしい陳腐なものがあるとあなた方は考える。それは間違っています。

この男の霊的な力はまさにこのこと——習慣と信条の区別を弁《わきま》えていることなのです。彼は因襲を破りましたが、十戒は破っていません。ちょうど男が賭博宿で滅茶苦茶に博打を打っていたが、じつはズボンのボタンを賭けていただけだとわかるようなものです。男がコヴェント・ガーデンの舞踏会で御婦人と秘密の約束をしたが、相手は彼のお祖母《ばあ》さんだとわかったようなものです。事実以外はすべてが醜悪で不名誉です。何も悪いことをしていないことを除けば、彼にまつわるすべてが間違っています。

そうすると、当然こういう問いが発せられるでしょう。『なぜイノセント・スミスは中年になるまで馬鹿げた生活をつづけ、これほど多くの間違った告発を受けるような真似をするのか？』これに対して、私はただこのように答えます――そうするのは彼が本当に幸せだから、本当に陽気だから、本当に男《マン》であり、生きている《アライヴ》からだと。彼はたいそう若いので、庭の木に攀《よ》じ登ったり馬鹿な悪ふざけをすることが、彼にとっては今も、かつて我々みんなにそうだったことなのです。そしてもし、人間のうちでなぜ彼だけがそのように無尽蔵の愚行に耽《ふけ》ることができるのかと重ねて問われるなら、私にはじつに単純な答がありますーーもっとも、それは是認されるものではないでしょうが。

答はただ一つで、あなた方のお気に召さなければ残念です。イノセントが幸せだとするなら、それは彼が無垢《イノセント》だからです。彼が因襲に挑むことができるとしたら、それはまさに掟を守ることができるからです。ピストルが彼を今なお学童のように興奮させるのは、彼が殺すことをではなく、興奮させて生き返らせることを望むからです。彼は盗むことを望まない故に、隣人の物を欲しがらない故に、あの術を（ああ、我々はどんなにそれに憧れることでしょう！）、自分自身の物を欲しがる術を獲得したのです。彼が異性とのロマンスを成し遂げるのは姦通しようと望まないからですし、百回の蜜月を持つのはただ一人の妻を愛するからです。もし本当に人を殺したなら、本当に女を捨てたなら、彼はピストルや恋文が歌のようだと――少なくとも、滑稽な歌のようでないと感じることはできないでしょう。

そうした態度が私にとって容易だとか、特別私の共感に訴えるなどとは、どうかお考えにならないで下さい。私はアイルランド人で、私の信条への迫害、あるいは私の信条そのものから生まれた悲しみが骨身に浸みています。個別に言えば、人間は悲劇に繋がれていて、老いと疑念の罠《わな》から逃れる道はないように思います。けれども、もし出口があるとすれば、キリストと聖パトリックにかけて、これこそがその出口です。もし人が子供や犬のように幸せでいつづけられるとしたら、それは子供のように無邪気に、あるいは犬のように罪のないものであることによってでしょう。赤裸々に、そして獣のように善良であること――それが道なのかもしれませんし、彼はそれを見つけたのかもしれません。おや、おや、わが旧友モーゼス君の顔に疑いの表情が見えますな。グールド氏は、すべての点で完全に善良であることが人を愉快にするとは信じないのですね」

「そうです」グールドはいつになく説得力のある真面目な口調で言った。「すべての点で完全に善良であることが人を愉快にするなんて、あたしゃ信じませんね」

「うむ」マイケルは静かに言った。「一つ教えてくれませんか？　それを試してみたことがあるのは、我々のどちらですかね？」

沈黙が続いた――それはまるで、何か思いも寄らぬ類型の出現を待つ長い地質年代の沈黙のようだった。というのは、しまいに静けさの中で、ほかの男たちがほとんど忘れかけていた大柄な人物が立ち上がったからだ。

「さて、紳士諸君」ウォーナー博士が朗らかに言った。「この二日間、こうした的外れで役に立たぬ馬鹿げた真似を十分楽しませてもらいましたが、少し興が冷めて来たようですし、私はシティで夕食の約束があります。双方が示した百もの無益な花々のうちに、私には狂人が裏庭で私を撃つことが赦されるいかなる理由も見つけることができませんでした」

彼はシルクハットを被り、悠然と庭の門まで出て行ったが、その間、ピムのほとんど泣くような声がなおも彼を追いかけていた。「しかし、弾丸《たま》はあなたから数フィート外《そ》れたんです」

もう一つの声が言い足した。「弾丸は彼から数年外れたんだ」

長い、主として意図せざる沈黙があり、やがてムーンが唐突に言った。「我々は幽霊と同席していたんだ。ハーバート・ウォーナー博士はもう何年も前に死んだんです」

第五章　大風がビーコン・ハウスから去ったこと

　メアリーはダイアナとロザマンドに挟まれて、庭をゆっくりと行ったり来たりしていた。誰も口を利かず、日は沈んでいた。西の空にまだ陽光《ひかり》が残っているところは赤みをおびた白で、クリームチーズ以外の何にも譬《たと》えようがなく、その空間を横切る羽毛状の雲の条《すじ》は、菫色の煙のように、柔らかいがあざやかな菫色の輝きを持っていた。風景の残りの部分は一面鳩のような灰色に色褪せ、メアリーの濃い灰色の姿に溶け込んで重なるようだったので、しまいに彼女は庭と空を身にまとったように見えた。こうした最後の静かな色彩には、何か彼女に然るべき背景と支配権を与えるものがあった。薄闇はダイアナのもっと堂々とした姿とロザマンドのもっと華やかな衣装を隠しながら、メアリーを見せつけ、目立たせ、庭の女主人としてただ一人そこに残した。

　三人がついにしゃべり始めた時、それまで会話が長い間途切れていたことは明らかだった。

「でも、旦那様はあなたをどこへ連れて行くの？」ダイアナが実際的な声で言った。

「叔母さまのところよ」メアリーが言った。「それがまさにお笑い種《ぐさ》なの。叔母さまは本当にいて、私たち、そこに子供たちを置いて来たの。私がこの先のべつの下宿屋から追い出されるようにした時のことよ。私たち、この種の休暇は一週間以上取らないんですけど、時々二回分いっぺんに取るんです」

「叔母さんはすごく気になさる？」ロザマンドが無邪気にたずねた。「もちろん、それはひどく心の狭いことでしょうし、それに――あのもう一つの言葉は何だったかしら――あの、ほら、ゴリアテ[*1]がそうだったものよ――でも、私は大勢の叔母さんを知ってるわ。そういうことを――あの、馬鹿みたいと思うような」

「馬鹿みたい？」メアリーは元気良く叫んだ。「ああ、私のよそ行きの帽子ね！　あれは馬鹿みたいだったと思うわ！　でも、何が期待できて？　彼は本当に良い人だし、ことによったら、帽子じゃなくて蛇か何かをくれたかもしれないわ」

「蛇？」ロザマンドが少し怪訝《けげん》に思って、たずねた。

「ハリー叔父様は蛇を飼っていて、蛇が自分になついていると言うの」メアリーはまったく無邪気にこたえた。「叔母さまは彼が蛇をポケットに入れるのは許したけれど、寝室に入れるのは許さなかったわ」

「で、あなたは――」ダイアナは黒い眉を少し顰《ひそ》めて、言いかけた。

「そりゃあ、叔母さまがしたようにするわ」とメアリーは言った。「二週間以上つづけて子供たちから離れることがなければ、あの遊びをするの。彼は私を『マンアライヴ』と呼ぶの。でも、一つの単語として書かなければいけないのよ。[*2] さもないと、あの人は慌てるから」

「でも、男たちがそういうことをやりたがるなら――」とダイアナが言いかけた。

「まあ、男たちのことなんか話して何になるの?」メアリーは苛立たしげに叫んだ。「それなら女流作家か何か、厭《いや》らしいものになった方がいいわ。男たちなんて、いません。そんな人々はいないの。男なら一人いるわ。何者であろうと、彼は全然違うの」

「それじゃ、安心というものはないわね」とダイアナが小声で言った。

「さあ、どうかしらね」メアリーは無頓着に答えた。「かれらについて一般に正しいことは二つだけあります。あの人たちはある奇妙な時期には私たちの面倒を見るに適しているけれども、自分の面倒を見るにはけして適していないということよ」

「風が起こって来た」とロザマンドが突然言った。「あすこの木々をごらんなさい。ずっと遠くの木々よ、それに雲の流れが速くなって来たわ」

「あなたたちが何を考えているか、わかってる」とメアリーが言った。「馬鹿になっては

*1 旧約聖書「サムエル記」上・第十七章に登場するペリシテ人の大男。ダビデに斃される。
*2 man alive は俗語で「おい、こら」「何だと」「これはしたり」といった意味になる。

だめよ。女流作家の言うことを聴いてはだめ。王道を行くのよ。間違いなく、それは神の道なのよ。たしかに、マイケルさんはすごくだらしない格好をよくするでしょう。アーサー・イングルウッドは今より悪く――だらしなくなるでしょう。でも、この木々や雲は一体ほかの何のためにあるの？　お馬鹿さんたち」

「雲と木々が波打っている」とロザマンドが言った。「嵐が来るわ。なんだか私、興奮してしまう。マイケルは本当に嵐に似ていて、私を怖がらせるし、幸せにもするの」

「怖がらないで」とメアリーが言った。「結局、あの人たちには一つ良いところがあるわ。外へ出かける性《たち》だということよ」

風が突然木の間を吹き抜け、枯葉を道に吹き散らした。遠くの木々がかすかに唸っているのが聞こえた。

「私が言いたいのは」とメアリーは言った。「あの人たちは外を見て、世界に興味を持つ性《たち》だということよ。それが議論することだろうと、自転車に乗ることだろうと、イノセントがするみたいに地の果てまで行くことだろうと、少しもかまいません。窓の外を見て世界を理解しようとする男にくっついていなさい。窓の中を覗き込んで、あなたを理解しようとする男は遠ざけなさい。可哀想なアダムが庭仕事をしに行った時（アーサーも庭仕事をしに行くでしょう）、べつの種類のやつが来て、身体をくねらせて入り込んだのよ、性悪な老いた蛇が」

「あなたは叔母さまと同じね」ロザマンドが微笑んで言った。「寝室に蛇を入れないのね」

「叔母とはあまり意見が合わなかったの」メアリーはあっさりとこたえた。「でも、ハリー叔父さんが竜やグリフィンを集めるのを――そのために家を出て行く限り――許していたのは正しかったと思うわ」

ほとんどそれと同時に、暗くなった家の中に明かりがパッと灯って、庭に通ずる二枚のガラスの扉を、打ち延ばした黄金の門に変えた。黄金の門はいきなり開き、何時間も無格好な彫像のように坐っていた巨漢のスミスが飛び出して来て、芝生で横にとんぼ返りを打ちながら、「無罪放免だ！　無罪放免だ！」と叫んだ。

マイケルが同じ叫びを繰り返しながら芝生を跳ねまわって、ロザマンドのところへ来ると、荒っぽく彼女を振りまわし、ワルツのつもりらしいものを二、三歩踊った。だが、一同はすでにイノセントとマイケルの人となりを知っていたので、かれらの突飛な振舞いも当たり前のこととして認められた。それよりもずっと異常だったのは、アーサー・イングルウッドがダイアナのもとへまっすぐ歩いて行き、妹の誕生日ででもあるかのように彼女にキスしたことだった。ピム博士ですら、踊るのは控えたけれども、本当に情深くこの様子をながめていた。この馬鹿げた一件全体が、彼をほかの面々ほどは悩ませなかったからだ。かくも無責任な裁判所と気のふれた議論は〝古い国〟の中世のだんまり芝居の一部だと半分そう思っていたのである。

大嵐が喇叭のような音を立てて空を裂いている間に、家の窓には次々と明かりが灯った。そして笑いと風の猛打に疲れた一同は、手探りで家へ帰り着く前に、見た――イノセント・スミスの大きな類人猿めいた姿が屋根裏部屋の窓から外へ攀じ登って、「ビーコン・ハウス！」と何度も叫び、下の暖炉の火の中から取って来た巨《おお》きな丸太か木の幹を頭のまわりにクルクルと振りまわすのを。その真紅の焔と紫の煙の川が、耳を聾《ろう》する風に乗って流れ出した。

彼の姿は三つの州から見えるほどはっきりしていたが、風がおさまり、この晩の愉快も頂上に達して、一同がもう一度メアリーとスミスを探した時、二人はどこにも見つからなかった。

空想的な法廷の物語をささえるもの

松浦正人

G・K・チェスタトンといえば、ミステリ好きのあいだでは比類なき短編探偵小説の名手として知られています。一九一一年刊行の歴史的傑作『ブラウン神父の童心』（創元推理文庫）に始まる、冴えないカトリック司祭の逆説と洞察にみちた連作探偵譚の魅力を、どうして忘れることができるでしょう。そのほかにも、政治的な緊張感が背後に流れる二二年のホーン・フィッシャーもの『知りすぎた男』（創元推理文庫）の結末のにがさには愕然とさせられましたし、なにより、詩人で画家のガブリエル・ゲイルが活躍する二九年の『詩人と狂人たち』（創元推理文庫）のすばらしさは、胸に深く刻みつけられています。

けれども、活気あふれるジャーナリストであり作家だったチェスタトンは、生涯にわたってパワフルに原稿を書きまくりました。エッセイの寄稿、思索と論争、評伝の執筆、文芸批評。まさに巨人級の筆力ですが、日本では比較的なじみが薄いかもしれないそうした仕事をいったん措くとしても、チェスタトンにはまだ長編小説があります。わが国では長く、一九〇八年発表の『木曜の男』（創元推理文庫。南篠竹則訳が『木曜日だった男』の邦題で、光文社古典新訳文庫から二〇〇八年に出ています）が親しまれてきました。これに一九〇四年の第一長編『新ナポレオン奇譚』（春秋社で七八年に訳出され、二〇一〇年にちくま文庫入り）がくわわり、この二作がそろうことで、想像力豊かな奇想とアイロニーの物語をつむぐ卓抜な長編作家の背中がほのかに見えるようになったと思います。

さて、ここにお届けする『マンアライヴ』は、わが国に紹介されるチェスタトン三つめの長編です。一九一二年発表の作で、二〇〇六年に論創社から翻訳が出ているのですが、入手しづらくなっていたのを今回、南條氏が新たに訳稿を起こしました。奇妙な片仮名のならぶ題名を見て怯《ひる》むかたがいらっしゃるといけないので、まずはっきり書いておきましょう。これは、読むに値《あたい》する小説です。語《かた》り部《べ》チェスタトンの実力を再認識させる変幻自在の筋立てについていくうちに、当時の空気を肌で感じさせる数多《あまた》の場面にたちあい、それを見守っていると、周到な布石と巧みな弁論によるミステリの薬味がピリリときいてくるという塩梅《あんばい》。ひとつのジャンルに姿よく収まらないところは上級者向けといえなくもないですが、そこがかえって多面体の面白みをかもすのです。すれていない温かなことばにも出逢えますから、どうかおじけづかないで読みだしていただけますように。

さあ、物語の書き出しをのぞいてみましょう。

どことなく世界の突端《はて》を思わせるロンドン場末の高台にある下宿屋ビーコン・ハウスへ、

折からの大風に吹きこまれたかのごとく緑衣の巨漢が闖入《ちんにゅう》してきます。輝く緑のバッタのように塀をとびこえてきたこの人物は、奇妙なひとりごとと爆発的な行動力でもって、居合わせた住人と来客の度肝《どぎも》を抜いてしまいます。緑衣のひとの天衣無縫《てんいむほう》ぶりについては、まあ実見するに如かずでしょう。ほかのひとびとに目をむけると、二人の若い女と三人の男を描きわける筆法が、まことにチェスタトン流です。〝ごく散文的で実際的な人間〟にして〝頑張り屋の姪〟といった鍵となる表現をあたえたうえで、一人ひとりの人物をたちあげていく手法が基本ですが、そこに、帽子という小道具をシンボルとしてつかう趣向がかさねられます。脚注をこころみるなら、帽子（hat）という英単語には、特別な帽子によって象徴される地位、職業、肩書き、立場をあらわす場合が、そもそもあります。冒頭の場面では、二二頁の独白に顔を出す、枢機卿の赤い帽子というのが、まさに代表例です。冒頭の場面では、こうした語義をふまえ、小説的に拡張して、帽子が各人の特徴をあらわすという趣向をとっているわけです。一五頁に〝帽子と頭の問題〟とあるのも、帽子はくだんのごとき含みであり、頭のほうが指すのは……理性、でしょうか。

しかしながら、こうしてあたえられたキャラクターが、進行とともに新たな面を見せていくところが、本書の魅力でもあります。緑衣のひとのとっぴだけれど思いがけない啓示をときにもたらす言動にふれた結果、彼らは停滞していた人生や自分を縛っていた窮屈な行動律から半歩踏みだすきっかけや勇気をつかむ。それがまた、たがいの関係をふたたび起動する役目をはたし、連鎖反応を呼んで、第一部の終盤にはとんでもなく愉快な事態にまで発展します。あっけにとられる局面も、なかにはあるでしょう。ですが、すぐには呑みこめないとしても、過去のいきさつや個々のキャラクターに即して、納得させるべく書かれていることは請けあいます。現実に生きる人間のさまざまな想いが、無茶な話をこの地上にひきとめる引力となっている。それが本書に埋めこまれたひそかな力学なのです。

これは、前半の終盤を締める展開にもいえることです。

ドラマはあたかも大団円にむかうかにみえるのですが、ここで青天の霹靂《へきれき》のごとく、ある深刻な告発が権威筋によってなされます。告発は証拠に裏づけられていると説く専門家をまえに議論は紛糾、いきついたのが、治安判事にもちこむまえに下宿屋で私的な法廷をひらいて審理をしようという提案でした。黒人への私刑《リンチ》が横行してビリー・ホリデイが『奇妙な果実』を唄った時代の米国であれば諫《いさ》めてしかるべき、この冗談すれすれの（実際、もとは皮肉まじりの冗談として口にされた）思いつき。実行へとむかわせた事情がアイロニーにみちています。大騒ぎではなく穏やかな解決を好んだイングランド人、そうした制度が英国にはあるものと思いこんだ米国人、自由というものにこだわらずにはいられなかったアイルランド人。三者それぞれの現実に根ざした背景、性格、想いがかさなりあい、この空想的な法廷を実現させてしまったのです。ジャーナリストであり批評精神をふんだんにもつチェスタトンらしいほらの吹き方ですが、ここでもやはり、現実にない制度をもちこむにあたっては、現実の重石《おもし》が慎重におかれていることに注目すべきでしょう。ともあれ、舞台はととのいました。冗談から生まれたとはいえ、法廷です。自由を賭けた攻防がどんな真実をあぶりだすことになるのか、いっさいの予断を許しません。読者におかれましては、くれぐれもまず作品を楽しまれたうえで、このさきへお進みください。ねじれた物語の妙味をまっさらな状態で堪能してほしいと祈る、解説子からのお願いです。

第二部にはいってビーコン高等法院が開廷されると、被告人となる緑衣のひと――イノセント・スミス（名前をめぐっては一筋縄ではいかない書きぶりになっていますので、明記せずにきましたが、訴追の対象が名なしというわけにもいかず）への訴因は最終的に四つ。章ごとにひとつの罪状が論議され、結論にいたるという構成で、連作ミステリ風ではありますが、審理の進行にしたがって自然とつぎの罪状がうかびあがってくる側面もあり、無罪の評決がひとつ出てもけっして気の抜けない運びがしくまれています。

形式上のポイントが、もうひとつ。証人を召喚することのできない私的な法廷であるため、審理は証拠文書を朗読することが中心となります。その文書とはいかなるものかといえば、いろいろな階層、国籍、立場の証人がしたためた書簡の数々です。中身は哲学的エッセイさながらのものからそっけない書きつけまで、力点もスタイルも多種多様。社会のさまざまな場にいるひとの声をまるめることなく収めて、それこそサラダボウルのような世界の現場を報告する効果をもたらしています。チェスタトンが見たり聴いたりした同時代が、しばしばなまなましく書きこまれているわけですから、筋立てをひととき離れて細部を玩味《がんみ》したくなる。本書は、いわばタイムカプセルのような存在でもあるわけです。

それでは章ごとに見ていくとしましょう。

第一章では、ケンブリッジ大学の学寮で発生した学長への殺人未遂が俎上にのせられます。はじめにとりあげられるのは副学長と守衛による目撃談。発砲の事実にかんしては争いがなさそうですが、銃撃にいたった動機がどこにあるのか、二人の書簡からは判然としません。訴追側と弁護側、双方の弁論は脱線も少なくなく苦笑させられますが、弁護側が相手の主張の疑問点を質《ただ》しはじめると、論点の的確さに目のさめる心地がします。

さらには、弁護側が申し立てを結ぶために読みあげる供述書としての書簡が見事です。被害者と容疑者の合作になるこの文章、ハイブラウな哲学エッセイ風に始まりながら当事者の心情もあざやかに描きだされ、間然《かんぜん》するところがありません。オクスブリッジの伝統にのっとった、というふうに評する自信はまったくないのですが、セント・ポール校時代をともにすごした友人たちがケンブリッジ、オクスフォードの両大学へ進んだことをチェスタトンは一九三六年の『自叙伝』（春秋社）に記しています。学風や当時の学生生活が耳にとどいていたのかも、と想像してみることはできそうです。

話題にのぼるショーペンハウエルと悲観論《ペシミズム》について、光文社古典新訳文庫版のショーペンハウアー『幸福について』に付された訳者・鈴木芳子の解説の助けを借りて補足しておきますと（誤解があれば当方の責任です）、ショーペンハウエルの悲観論では、この世は考えることのできる最悪の世界と見なされ、彼の哲学は、このことを直視して、人生を耐えられるものとするにはどうすればよいかを考えるものです。本書の一六一頁で言及される〝生きんとする意志〟もショーペンハウエルの用いた概念。これは人間の自由意志とは関係がなく、人間のなかにあって人間を盲目的に駆り立てる終わりのない（世界原理に等しい）欲望を指します。チェスタトンは一九〇八年の『正統とは何か』（春秋社）等で悲観論を強く批判していました。その信条もしくは実感は、本書一五七頁からの讃美歌の詩句におそらく託されています。チェスタトンはイングランドの地をこよなく愛していました。目にするものからそれがいまそこにあることへの驚異と喜びをうけとる、そういう心を終生うしないませんでした。悲観論を遠ざけるにいたったのも無理はないと思います。

それから、大事なもう一点。この章のエピソードで明らかなとおり、本書における動機の謎は、被告人の信条、行動原理を読みとれば解明できます。イノセント・スミスとは何者か。つまりはそれが問題なのです。こうしたあり方は、チェスタトンの小説によくあらわれます。とくに、後年の『詩人と狂人たち』が明瞭でしょう。詳説は避けますが、この名作と本書は関連する点が少なくない。興味のあるかたは、ぜひ読みくらべてみてください。いっぽうで、学長の書簡の終わり近く、師《メンター》と仰ぐ学長に、若き日のスミスが叫んだときの必死の声音は、『詩人と狂人たち』では見かけないものでした。これは本書が青年時代の迷いと孤独から産声をあげた物語だからかもしれません。『自叙伝』の第四章によれば、中心の想を得たのは一八九〇年代、楽しかったセント・ポール校を終えて、精神的な面で深い迷路へとはいりこんだころのことだったようですので。

二番目の事案へ移りましょう。こんどは押込み泥棒の容疑。シンプルな展開なので結論の見当がつくかたもいらっしゃるでしょうが、世紀末ロンドンの街をいくスミスと副牧師の道行きはロバート・ルイス・スティーヴンスンの小説めいたスリルにあふれ、劇的な幕切れとあわせて、どきどきさせられます。舞台であるホクストン地区を、ベン・ワインレブとクリストファー・ヒバート編の *The London Encyclopaedia*（一九八三）でひくと、十六世紀にかけてロンドンの人口が周辺へあふれだした際に開発され、裕福でハイカラな階層が移り住んだ村落のひとつでした。それがこの十九世紀末には、貧困と人口過密が地区全体にひろがり、ロンドン最悪の状況になっていたそうです。書簡をとおして描かれる労働者の憤懣《ふんまん》には理由があったわけですね。『自叙伝』第七章には、本エピソードに書かれたキリスト教社会主義連合の集会を訪れ、講演した思い出が語られています。諧謔《かいぎゃく》に富む筆致でしたが、直面したものが本書につながっているのでしょう。

いまを生きる人間からすれば、ロンドンの屋根のうえで副牧師が目撃する光景が戦慄的です。濃霧が刻々と吐きだされるさまを精細に、かつまた禍々《まがまが》しく書きとめる作家は、有能なルポライターであると同時に、洞察力のある批評家であり、すぐれた幻視者です。現下の気候変動の原風景がありありと描きだされていたことに、ことばをうしないました。

第三章でも、同時代の観測者としてのチェスタトンの姿は躍如としています。

配偶者遺棄の容疑にかんしては、前章をうければ、スミスの心中なにが進行しているかは漠然と想像がつく。けれど、東への旅が突如始まり、しだいにそれが世界一周の旅路へとつづいていることが見えてくると、あまりの行動に驚愕してしまうでしょう。一八七三年にヴェルヌが『八十日間世界一周』（創元SF文庫ほか）を発表していたことでもわかるとおり、交通網の発達で当時の世界はなるほど狭くはなっていました。欧州の人間にとって東方やアフリカ大陸はエキゾチックな異郷であり、その文化習俗に興味津々だったようです。本エピソードではしかし、訪問先の異郷と現地インタビュウに力がこめられています。当地に住むひとが、どんなことを考えてすごしているのか。そこに興味はむかっているのです。ジャーナリストとしてのチェスタトンと、とっぴな行動にはふつうの人間という重石が必要と考える小説家チェスタトン。ここには、その二人がともにいる気がします。

ロシアの書簡について補足をこころみましょう。時期の記載がありませんが、描かれているのは一九〇五年革命のころのロシアだろうと思われます。同年の一月九日（西暦の二二日）、首都サンクト・ペテルブルクで数万人の民衆（労働者）が皇帝に請願すべく非暴力的に行進していたところ、軍が発砲して多数の死傷者が出ました。血の日曜日といわれることの事件をきっかけにストライキが始まり、各地に伝播していきます。十月にはモスクワの鉄道員のストにすぐ全鉄道が呼応し、全国的ゼネストに発展したといいますから、書簡の主パウルがスミスに遭遇したのはそうした一連の動きが終息したあとだったのか。一月の請願行動に際して、リベラルなインテリゲンチャは役にたたなかったとの批判もありました。パウルにとっては、なにかとつらい季節だったのではないかと察せられます。

さて、最後の告発です。この章では、つぎつぎと女性に接近しては手に手をとって消えてしまうスミスの行動（重婚の容疑）が提示され、なにが起こっているのかが問われます。答えはシンプルで、謎解きのカタルシスは強烈しごく。過去の事案がそれで解決するばかりでなく、そのことが現在の人間のキャラクターと素姓をひっくり返してしまうところ、それまで不可解に思えていた当該人物の言動が、じつはいちいち当然のものだったのだと完膚なきまでに納得させてしまうところに成功の要因があります。真相解明への手順がとのっていて、すばらしくはったりに富んでもいる点もポイントが高い。謎解きとはおおかた雄弁術なのだとしばしば言われますが、その良きサンプルたりえています。

審理をしめくくるマイケル・ムーンのことばが印象的です。イノセント・スミスが陽気で幸せな心、そしてみずからの信条を楽々とたもったまま、愚行に躊躇《ちゅうちょ》なく突進して、窮屈な風潮に叛旗を翻《ひるがえ》すことができるのは、彼がまさに無垢《イノセント》だからだと理解しながら、しかし自分にはその選択がむずかしいことをムーンはつけくわえずにはいられません。

「私はアイルランド人で、私の信条への迫害、あるいは私の信条そのものから生まれた悲しみが骨身に浸みています」——このことばは突然、口にされたわけではありません。英国では一八七〇年代から、統治下にあったアイルランドの自治を実現すべく自由党のグラッドストン内閣が尽力したにもかかわらず、法案はとおりませんでした。一九一〇年以降ふたたび法案の成立がはかられたものの、本書が出版された時点では実現していなかった。〝冷笑的で、非人間的〟な態度で、ビーコン高等法院の冗談を〝面白可笑《おか》しく話した〟ときには、その胸のうちが語られることは表向きなかったですが（ただし会話の行間に耳をすませば、きこえてくるものがあったのではないでしょうか？）、後刻、非情な司法の権威にたいして論陣をはったときには、怒りがあふれだしました。この自由なはずのイングランドの地でまで、こんなことがまかりとおるのか。そうした感情がムーンをつき動かしていたのだと思います。チェスタトンは、イングランドを愛していたからこそ、祖国がボーア人の土地を侵略することに異議を唱え、そしてアイルランド人が誇りをもって立つことを一貫して支持していました。信念は本書でもつらぬかれているのです。

ひとつの奇蹟のようでもあったスミスの存在と、空想的な法廷劇。楽しい探偵小説でもある『マンアライヴ』という物語には、現実に生きるさまざまな人間の声がひびいています。これらをまるごと味わうかたの多いことを願いつつ、稿をとじさせていただきます。

（二〇二二・一二・二〇）

編集注記

本作には、現在では差別的とされる表現や、時代的偏見に基づく記述が含まれますが、発表当時の時代背景を重んじてのものであり、差別を助長する意図によるものではないことを明記いたします。

検印
廃止

訳者紹介　1958年東京に生まれる。東京大学大学院英文科博士課程中退。著書に「怪奇三昧」「英語とは何か」他、訳書にチェスタトン「詩人と狂人たち」「ポンド氏の逆説」「奇商クラブ」「知りすぎた男」「裏切りの塔」、ハーン「怪談」、ラヴクラフト「インスマスの影　クトゥルー神話傑作選」他多数。

マンアライヴ

2023年1月27日　初版

著　者　G・K・チェスタトン

訳　者　南《なん》　條《じょう》　竹《たけ》　則《のり》

発行所　(株)　東京創元社
代表者　渋谷健太郎

162-0814/東京都新宿区新小川町1-5
電　話　03・3268・8231-営業部
03・3268・8204-編集部
URL　http://www.tsogen.co.jp
精興社・本間製本

乱丁・落丁本は、ご面倒ですが小社までご送付ください。送料小社負担にてお取替えいたします。

ISBN978-4-488-11022-2　C0197

東京創元社が贈る総合文芸誌創刊！
紙魚の手帖
SHIMINO TECHO
少女と犬の絆を描く、最新ミステリ短編
加納朋子
日本推理作家協会賞&本格ミステリ大賞受賞第一作
櫻田智也
ドラマ「シェフは名探偵」も好評、シリーズ最新作
近藤史恵
秋永真琴
石川宗生
乾石智子
ピーター・トレメイン
第21回
本格ミステリ大賞全選評
第31回 鮎川哲也賞
第18回 ミステリーズ！新人賞
第18回 ミステリーズ！新人賞受賞作 柳川一「三人書房」